Fantasy

Herausgegeben von Friedel Wahren

Ein Verzeichnis weiterer Bände dieser Serie
finden Sie am Schluß des Bandes.

ROBERT E. HOWARD/LIN CARTER
LYON SPRAGUE DE CAMP

CONAN DER ABENTEURER

Elfter Roman der Conan-Saga

Neuausgabe

WILHELM HEYNE VERLAG
MÜNCHEN

HEYNE SCIENCE FICTION & FANTASY
Band 06/3245

Titel der Originalausgabe
CONAN THE ADVENTURER
Übersetzung aus dem Amerikanischen von Lore Straßl
Das Umschlagbild malte Thomas Thiemeyer
Die Karten auf Seite 6/7, 16, 134, 186 und 252
zeichnete Erhard Ringer
Die Innenillustrationen sind von Klaus D. Schiemann

Redaktion: Friedel Wahren

Printed in Germany 1998
Umschlaggestaltung: Atelier Ingrid Schütz, München
Technische Betreuung: M. Spinola
Satz: Schaber Satz- und Datentechnik, Wels
Druck und Bindung: Presse-Druck, Augsburg

ISBN 3-453-30936-7

Die Hyborische Welt Conans

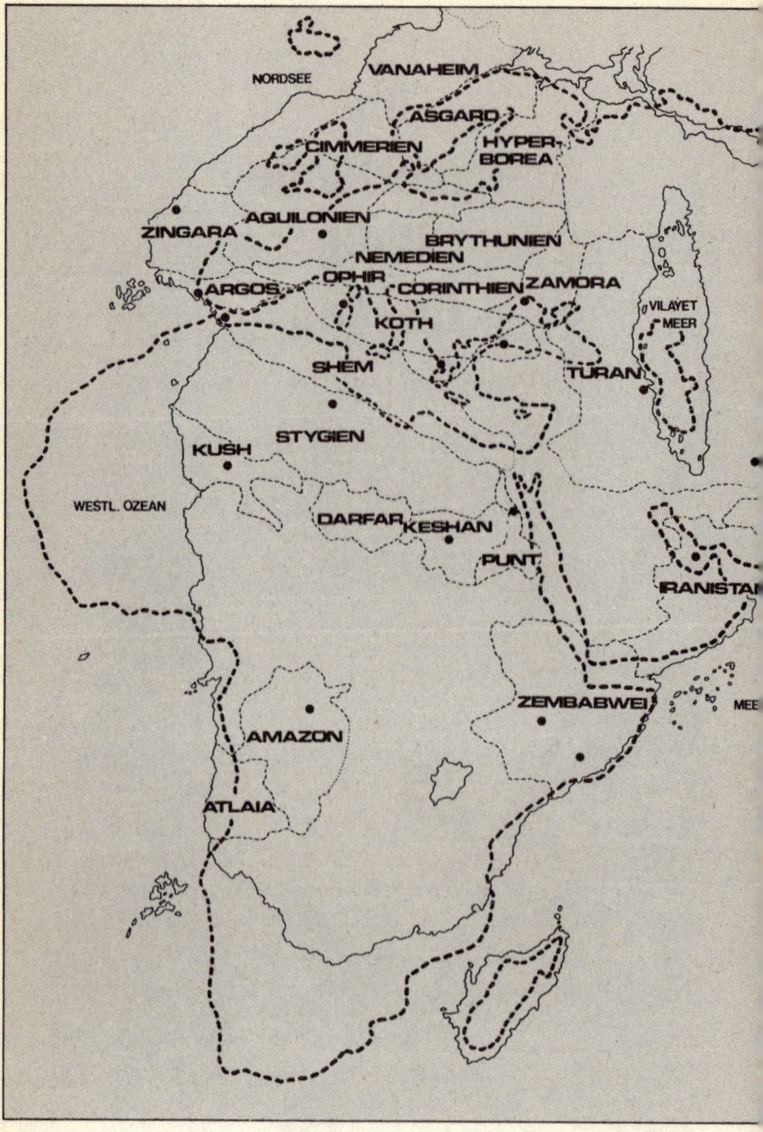
NORDSEE
VANAHEIM
ASGARD
CIMMERIEN
HYPER-
BOREA
ZINGARA
AQUILONIEN
BRYTHUNIEN
NEMEDIEN
OPHIR
ARGOS
CORINTHIEN
ZAMORA
VILAYET
MEER
KOTH
SHEM
TURAN
STYGIEN
KUSH
WESTL. OZEAN
DARFAR
KESHAN
PUNT
ZEMBABWEI
AMAZON
ATLAIA

KHITAI
KUSAN
MEER VON
KHITAI
ÖSTLICHER OZEAN
MERU
UTTARA
KURU
MEER VON LEMURIA
VENDHYEN
KAMBUJA
HYA
MEER VON MU
MU
ÜDLICHER OZEAN

Inhalt

EINLEITUNG

L. Sprague de Camp

Robert Ervin Howard (1906–36) wurde in Peaster/Texas geboren, verbrachte jedoch den größten Teil seines Lebens in Cross Plains/Texas. Er verfaßte eine große Zahl Romane und Stories, die in Pulp-Magazinen (dem amerikanischen Äquivalent für die Groschenhefte jener Zeit) erschienen, und zwar Sport-, Kriminal-, Wild West- und orientalische Abenteuer-Geschichten sowie viele Fantasy-Stories. Von seinen verschiedenen Serien heroischer Fantasy sind die Conan-Abenteuer die beliebtesten. Howard verlegte sie in sein erdachtes Hyborisches Zeitalter – zwischen dem Untergang von Atlantis und dem Beginn der Geschichtsschreibung. Howard war der geborene Erzähler, dessen Geschichten, was Lebendigkeit, Farbigkeit und mitreißende spannende Handlung anbelangt, unübertroffen sind. Seine Conan-Stories sind das Nonplusultra an tollkühnen schwerterklirrenden Abenteuern, mit dem gewissen Hauch des Übernatürlichen, der einem Schauder über den Rücken jagt.

Howard schrieb über zwei Dutzend Conan-Geschichten mit Anschlagzahlen von 15 000 bis 330 000. Achtzehn dieser Stories erschienen zu seinen Lebzeiten. Mehrere andere – von knappen Notizen bis zu fertigen Manuskripten – fanden sich in den vergangenen zwanzig Jahren in Howards weitverstreuten Papieren. Mir wurde die Ehre zuteil, sie zur Veröffentlichung vorzubereiten, einige, die nicht komplett waren, zu

Ende zu führen und andere noch nicht erschienene Howard-Geschichten zu Conan-Stories umzuschreiben.

Eine der Geschichten in diesem Band – THE DRUMS OF TOMBALKU (Die Trommeln von Tombalku) – entdeckte Glenn Lord, der für Howards Nachlaß zuständige Literaturagent, in Form eines Exposés und der Grobschrift der ersten Hälfte. Ich habe diese Story nach dem Exposé zu Ende geschrieben. Die anderen drei Geschichten sind, von minimalen redaktionellen Änderungen abgesehen, so, wie sie in den frühen dreißiger Jahren in WEIRD TALES abgedruckt wurden.

So gut es geschätzt werden kann, erlebte Conan seine Abenteuer vor etwa zwölftausend Jahren. Zu dieser Zeit (nach Howard) fanden sich im westlichen Teil des Hauptkontinents die hyborischen Königreiche. Sie umfaßten eine größere Zahl von Staaten, die die Invasoren aus dem Norden, die Hyborier, dreitausend Jahre zuvor auf den Ruinen des verruchten Reiches Acheron gegründet hatten. Südlich der hyborischen Königreiche lagen die sich ständig befehdenden Stadtstaaten Shems, und jenseits ihrer Grenzen schlummerte das alte finstere Königreich Stygien. Noch weiter im Süden, hinter Wüsten und Steppen, befanden sich die barbarischen schwarzen Königreiche.

Im Norden der Hyborier waren ebenfalls barbarische Lande: Cimmerien, Hyperborea, Vanaheim und Asgard. Im Westen, an der Küste, hausten die wilden Pikten. Im Osten prunkten die hyrkanischen Königreiche, deren mächtigstes Turan war.

Conan, ein riesenhafter Abenteurer aus dem rauhen Cimmerien, kam als junger Bursche nach Zamora, einem Königreich zwischen den hyborischen Reichen und Turan. Zwei bis drei Jahre verschaffte er sich ein knappes Auskommen als Dieb in Zamorien, Corinthien und Nemedien. Als er dieses Hungerleiderlebens müde wurde, heuerte er als Söldner in der turanischen Armee an. Die nächsten zwei Jahre kam er viel herum, lernte das Reiten und Bogenschießen und brachte es in beidem zur Vollkommenheit.

Nach einer Auseinandersetzung mit einem vorgesetzten Offizier verließ Conan Turan. Daraufhin begab er sich zur erfolglosen Schatzsuche nach Zamora, machte einen kurzen Besuch in seiner cimmerischen Heimat und entschied sich schließlich für eine Laufbahn als Söldner in den hyborischen Königreichen. Gewisse Umstände – die er wie häufig seinem Temperament zuzuschreiben hatte – ließen ihn zum Piraten entlang der Küste Kushs werden, wo die Eingeborenen ihn Amra den Löwen nannten. Als seine Gefährtin und Partnerin, die shemitische Piratin Bêlit, den Tod fand, wurde er zum Häuptling eines Stammes Schwarzer. Danach diente er als Söldner in Shem und in den meisten der südlichen hyborischen Königreiche.

Später wurde Conan Führer der Kozaki – einer Horde Gesetzloser, die durch die Steppen zwischen den Landen der Hyborier und Turan streiften. Auch Kapitän eines Piratenschiffs auf der Vilayetsee, dem großen Binnenmeer, und Häuptling der Zuagir-Nomaden in den südöstlichen Wüsten wurde er. Nach einer kurzen Zeit als Söldnerhauptmann im Dienst des Königs von Iranistan kam er zum Vorland der Himelianischen Berge – einem weiten zerklüfteten Gebiet, das Iranistan, Turan und das tropische Königreich Vendhya voneinander trennte. Hier beginnt der vorliegende Band.

Der Schwarze Kreis

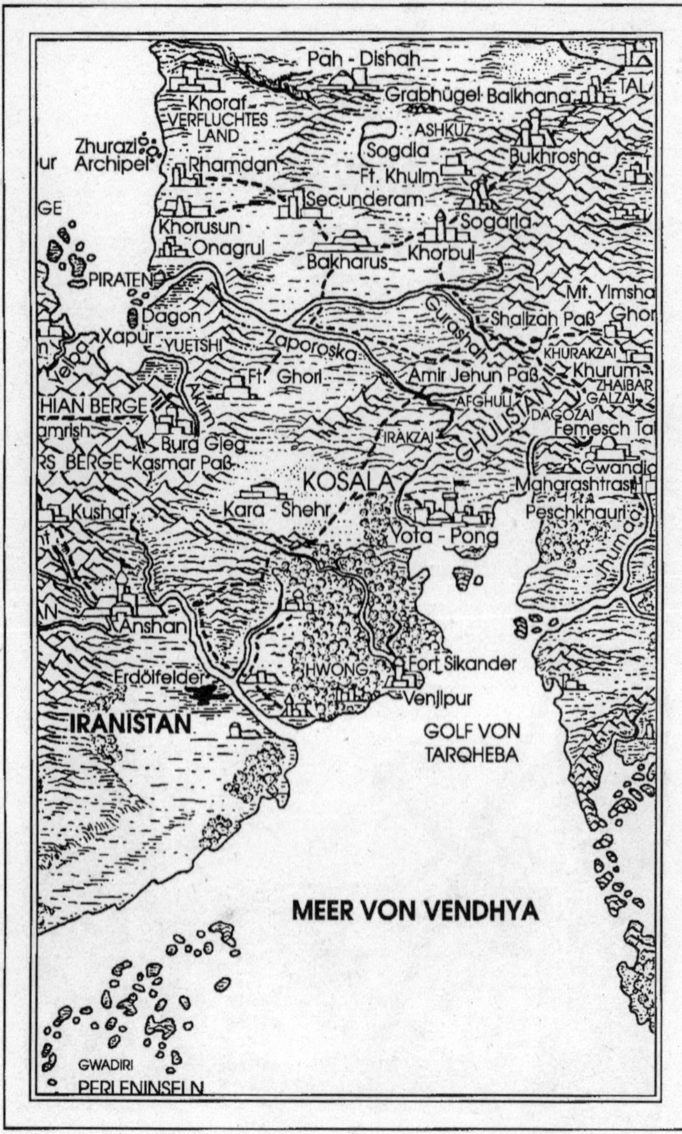
Pah - Dishah
Grabhügel Balkhana
Khoraf
VERFLUCHTES LAND
Zhurazi Archipel
Rhamdan
ASHKUZ
Sogdia
Ft. Khulm
Bukhrosha
Secunderam
Khorusun
Sogaria
Onagrul
Bakharus
Khorbul
PIRATEN
Mt. Ylmsha
Dagon
Xapur
YUETSHI
Zaporoska
Gurashah
Shalizah Paß
KHURAKZAI
Khurum
ZHAIBAR
GALZAI
Ft. Ghori
Amir Jehun Paß
AFGHULI
GHULISTAN
DAGOZAI
Femesch Tal
Akrim
HIAN BERGE
Burg Gleg
IRAKZAI
Kasmar Paß
KOSALA
Gwandio
Maharashtras
Kushaf
Kara - Shehr
Peschkhauri
Yota - Pong
Jhumda
Anshan
Fort Sikander
IHWONG
Erdölfelder
Venjipur
IRANISTAN
GOLF VON TARQHEBA
MEER VON VENDHYA
GWADIRI
PERLENINSELN

Der Schwarze Kreis

Robert E. Howard

Conan schlägt das Angebot Arshaks, Kobald Shahs Nachfolger, aus, in die Dienste Iranistans zurückzukehren und dieses Königreich gegen die Einfälle König Yezdigerds von Turan zu verteidigen. Er reitet ostwärts zum Vorland der Himelianischen Berge an der Nordwestgrenze Vendhyas und wird zum Häuptling der wilden Afghuli. Er ist jetzt Anfang der Dreißiger (etwa dreiunddreißig) und auf der Höhe seiner körperlichen Kräfte. Sowohl in der zivilisierten als auch barbarischen Welt – vom Piktenland bis Khitai – ist sein Name inzwischen bekannt.

1

DER TOD HOLT EINEN KÖNIG

Der König von Vendhya lag im Sterben. Durch die drückend schwüle Nacht schallten die Tempelgongs, und die Muschelhörner dröhnten. Doch nur dumpf waren sie in dem Goldkuppelgemach zu hören, wo Bhunda Chand sich vor Schmerzen auf den Samtpolstern eines Diwans wand. Schweißperlen glitzerten auf seiner dunklen Haut. Seine Finger krampften sich um das golddurchwirkte Tuch unter ihm. Er war ein junger Mann, kein Speer hatte ihn auch nur berührt, kein Gift seinen Wein unverdaulich gemacht. Aber seine Adern quollen wie blaue Stränge aus seinen Schläfen, und seine Augen waren im nahen Tod geweitet. Zitternde Sklavinnen knieten am Fußende seines Diwans. Seine Schwester, die Devi Yasmina, beobachtete ihn mit verzweifelter Aufmerksamkeit. Neben ihr, an der Diwanseite, stand der *Wazam,* ein Edler, der am Königshof alt geworden war.

Verärgert warf Yasmina den Kopf zurück, als das Hallen der fernen Gongs an ihr Ohr drang.

»Die Priester und ihr Lärm!« flüsterte sie. »Sie sind auch nicht klüger als die hilflosen Heiler. Nein, er stirbt, und niemand weiß, wieso. So nah ist ihm der Tod bereits – und ich, die ich die Stadt niederbrennen und das Blut Tausender vergießen würde, um ihn zu retten, kann nichts für ihn tun!«

»Es gibt keinen einzigen in Ayodhya, der nicht mit Freuden für ihn sterben würde, wenn das möglich wäre, Devi«, versicherte ihr der Wazam. »Dieses Gift ...«

»Ich sage Euch, es ist kein Gift!« Aufgewühlt ballte sie die Hände. »So sorgsam wird er seit seiner Geburt schon beschützt, daß selbst die listigsten Giftmischer des Ostens nicht an ihn heran konnten. Fünf Schädel, die am Drachenturm bleichen, sind Zeugnis vergeblicher Versuche.

Wie Ihr sehr wohl wißt, war es die einzige Pflicht von zehn Männern und Frauen, seine Speisen und Getränke zu kosten, und immer bewachten fünfzig Gardisten sein Gemach, so wie sie es auch jetzt noch tun. Nein, Gift kann es nicht sein. Es ist Zauberei, grauenvolle Schwarze Magie ...«

Sie unterbrach sich, als der König sprach. Seine bleichen Lippen bewegten sich nicht, und seine glasigen Augen waren blicklos. Aber seine Stimme erhob sich zu einem gespenstischen Ruf, der klang, als trüge der Wind ihn aus weiter Ferne herbei.

»Yasmina! Yasmina! Meine Schwester, wo bist du? Ich kann dich nicht finden. Es ist alles so dunkel, und der Wind heult!«

»Bruder!« rief Yasmina und umklammerte verzweifelt seine schlaffe Hand. »Ich bin hier! Erkennst du mich denn nicht ...«

Die absolute Leere seines Gesichts ließ sie verstummen. Ein schwaches Stöhnen quälte sich über seine Lippen. Die Sklavinnen am Fuß des Diwans wimmerten furchterfüllt, und Yasmina schlug verzweifelt die Hände auf die Brust.

In einem anderen Stadtviertel stand ein Mann auf einem schmiedeeisernen Balkon und blickte auf die lange Straße, in der rauchende, flackernde Fackeln erhobene Gesichter und das schimmernde Weiß von Augen offenbarten. Ein Wehklagen stieg von der Menge auf.

Der Mann zuckte die breiten Schultern und kehrte in das prunkvolle Gemach zurück. Ein großer stämmiger Mann war er in prächtigen Gewändern.

»Der König ist noch nicht tot, doch er wird schon betrauert«, wandte er sich an einen Mann, der mit überkreuzten Beinen auf einer Matte in einer Ecke saß. Dieser Mann trug ein braunes Kamelhaargewand, Sandalen und einen grünen Turban. Er wirkte gelassen, und der Blick, den er dem anderen widmete, war gleichmütig. »Das Volk weiß, daß er den neuen Tag nicht mehr erlebt«, sagte er.

Der andere musterte ihn durchdringend. »Ich verstehe nicht, weshalb ich so lange warten mußte, ehe Eure Meister zuschlugen. Wenn sie dem König jetzt ein Ende machen können, weshalb töteten sie ihn da nicht schon vor Monaten?«

»Selbst die Künste, die Ihr Zauberei nennt, werden von kosmischen Kräften geleitet«, antwortete der

Mann mit dem grünen Turban. »Die Sterne lenken sie, genau wie alles andere auch. Nicht einmal meine Meister können am Lauf der Sterne etwas verändern. Erst als sie richtig standen, vermochten sie diesen Zauber zu wirken.« Mit einem langen fleckigen Fingernagel zeichnete er die Konstellationen auf den Marmorboden. »Die Neigung des Mondes wies auf Schlimmes für den König hin. Die Sterne sind in Bewegung, die Schlange steht im Haus des Elefanten. Während einer solchen Stellung der Gestirne sind die unsichtbaren Beschützer vom Geist Bhunda Chands getrennt. Ein Pfad öffnete sich in übernatürliche Reiche. Sofort konnte eine Verbindung hergestellt werden, und mächtige Kräfte wurden auf den Weg gesetzt.«

»Diese Verbindung, kam sie durch Bhunda Chands Haarlocke zustande?« fragte der andere.

»Ja. Alle von einem Körper entfernten Teile bleiben auch weiterhin ein Stück von ihm und hängen nach wie vor auf unerklärliche Weise mit ihm zusammen. Die Asurapriester haben den Hauch einer Ahnung davon. Deshalb sorgen sie dafür, daß alles ausgekämmte oder abgeschnittene Haar, alle Fingernagelstückchen und andere Abfallprodukte aller Personen der königlichen Familie sorgfältigst zu Asche verbrannt werden und diese Asche gut durch Vergraben versteckt wird. Doch auf das Flehen der Prinzessin von Kosala hin, die Bhunda Chand liebte, ohne daß ihre Liebe erwidert wurde, schenkte er ihr als Trost eine Locke seines langen schwarzen Haares. Als meine Herren sich für seinen Tod entschieden, stahlen sie die Locke aus ihrem edelsteinbesetzten goldenen Döschen unter dem Kopfkissen der schlafenden Prinzessin und ersetzten sie durch eine ähnliche, so daß sie den Unterschied gar nicht erkennen konnte. Dann reiste die Locke mit einer Kamelkarawane den weiten Weg nach Peshkhauri, von dort hoch zum Zhaibarpaß, wo sie in die Hände jener gelangte, die sie hatten entwenden lassen.«

»Nur eine Haarlocke«, murmelte der Edle.

»Durch die eine Seele aus dem Körper durch die unendlichen Schluchten des Raumes gezogen wird«, entgegnete der Mann auf der Matte.

Der Edle betrachtete ihn nachdenklich.

»Ich weiß nicht, ob Ihr ein Mensch oder ein Dämon seid, Khemsa«, sagte er schließlich. »Wenige von uns sind, was wir zu sein scheinen. Ich, den die Kshatriyas als Kerim Shah kennen, ein Prinz von Iranistan, verstelle mich nicht mehr als die meisten. Fast alle sind auf die eine oder andere Weise Verräter, und die Hälfte weiß nicht, wem sie dient. In dieser Hinsicht, zumindest, habe ich keine Zweifel: Ich diene König Yezdigerd von Turan.«

»Und ich den Schwarzen Sehern von Yimsha«, sagte Khemsa. »Und meine Meister sind größer als Eure, denn durch ihre Künste vollbrachten sie, was Yezdigerd nicht mit hunderttausend Schwertern fertigbrachte.«

Das Wehklagen Tausender stieg zu den Sternen empor, die die drückende Nacht mit ihrem Glitzern zu verschönern suchten, und die Muschelhörner brüllten wie gequälte Ochsen.

Im Palastgarten spiegelten sich die Fackeln in den glänzenden Helmen, den Krummsäbeln und den goldverzierten Harnischen. Alle Streiter Ayodhyas von edler Geburt hatten sich im und um den gewaltigen Palast gesammelt, und an jedem der breiten Bogenportale hatten Schützen mit gespannten Bogen Posten bezogen. Aber der Tod schlich durch den Königspalast, und niemand vermochte ihn aufzuhalten.

Der König auf dem Diwan unter der goldenen Kuppel schrie erneut auf, von schrecklichen Krämpfen geschüttelt. Wieder erklang seine Stimme wie aus unsagbar weiter Ferne, und wieder beugte die Devi sich über ihn, von Furcht erfüllt, die schlimmer war als die Angst vor dem Tod.

»Yasmina!« rief die Stimme gespenstisch. »Hilf mir! So fern bin ich meiner sterblichen Hülle! Hexer zerrten meine Seele durch sturmgepeitschte Finsternis. Sie wollen den Silberfaden durchtrennen, der mich an meinen sterbenden Leib bindet. Sie scharen sich um mich mit ihren Krallenfingern und den Augen, die rot wie Flammen in der Dunkelheit glühen. Rette mich, meine Schwester! Ihre Finger versengen mich! Sie wollen meinen Körper vernichten und meine Seele verdammen! Was schaffen sie da herbei? – *Ahhhh!*«

Das Grauen, das dieser Schrei verriet, ließ Yasmina schrill wimmern und sich in ihrer Verzweiflung auf den Bruder werfen. Schreckliche Krämpfe schienen ihn zu zerreißen. Schaum trat über seine verzerrten Lippen, und seine Nägel krallten sich in die Schultern des Mädchens. Aber die bisher blicklosen glasigen Augen klärten sich, und er erkannte seine Schwester.

»Bruder!« schluchzte sie. »Bruder ...«

»Schnell!« keuchte er. Seine geschwächte Stimme verriet, daß er bei vollem Bewußtsein war. »Ich weiß jetzt, was mich zum Todesfeuer bringt. Ich war auf einer weiten Reise und verstehe jetzt. Die Zauberer der Himelianischen Berge verhexten mich. Sie zogen meine Seele aus dem Körper in ein fernes Steingemach und versuchten, meinen silbernen Lebensfaden zu zerreißen. Meine Seele steckten sie in den Körper einer grauenvollen Kreatur der Finsternis, die ihre Hexerei aus der Hölle herbeibeschwor. Ah, ich spüre ihr Zerren. Dein Schrei und deine Berührung brachten mich zurück, aber mir bleibt nicht mehr viel Zeit. Meine Seele klammert sich an meinen Leib, aber ihr Halt wird immer schwächer. Schnell – töte mich, ehe sie sie für immer gefangensetzen!«

»Ich kann nicht!« wimmerte Yasmina und schlug sich auf die nackte Brust.

»Schnell! Ich befehle es dir!« Der alte Kommandoton klang aus seinem sterbenden Flüstern. »Nie hast du mir den Gehorsam verweigert – gehorche meinem letzten Befehl! Schick meine Seele rein zu Asura! Beeil dich, wenn du mich nicht dazu verdammen willst, in alle Ewigkeit als grauenvolles Alptraumgeschöpf in der Finsternis zu hausen. Stoß zu, ich befehle es dir! *Stoß zu!*«

Wild schluchzend riß Yasmina ihren Schmuckdolch aus dem Gürtel und stieß ihn bis zum Griff in seine Brust. Der König erstarrte, ehe er mit einem Lächeln auf den toten Lippen erschlaffte. Yasmina warf sich mit dem Gesicht auf den binsenbedeckten Boden und hämmerte mit den geballten Händen auf die Binsen ein. Draußen hallten und donnerten die Gongs und Muschelhörner, und die Priester stießen sich immer wieder die Kupfermesser in das Fleisch.

2

EIN BARBAR AUS DEN BERGEN

Chunder Shan, der Statthalter von Peshkhauri, legte seine goldene Feder zur Seite und las sorgfältig, was er auf das Pergament mit dem Amtssiegel geschrieben hatte. Nur weil er jedes Wort abwog, ehe es aus seinem Mund oder von seiner Feder kam, herrschte er so lange schon über Peshkhauri. Gefahr gebiert Vorsicht, und nur einem stets Wachsamen ist in diesem wilden Land, wo die heißen Ebenen Vendhyas sich mit den

Himelianischen Bergen treffen, ein langes Leben beschieden. Ein Stundenritt west- oder nordwärts, und man hatte bereits die Grenze überquert und befand sich in den Bergen, wo Menschen ihre Gesetze mit dem Messer selbst schufen.

Der Statthalter war allein in seinem Gemach, wo er an seinem reichgeschnitzten Ebenholzschreibtisch mit der Intarsienplatte saß. Durch das wegen der Kühlung weitgeöffnete Fenster sah er ein Stück der blauen himelianischen Nacht, gepunktet von ein paar großen weißen Sternen. Die Brustwehr in der Nähe war nur als schattenhafte Linie zu erkennen, und die Zinnen und Schießscharten waren kaum zu sehen. Die Festung des Statthalters lag außerhalb der Mauern der Stadt, die sie bewachte. Die leichte Brise, die hin und wieder mit den Wandbehängen spielte, trug leise Geräusche aus den Straßen Peshkhauris herbei – hin und wieder Fetzen wimmernden Gesangs oder die Zupftöne einer Laute.

Ganz langsam las der Statthalter, was er geschrieben hatte. Er bewegte die Lippen und schirmte die Augen von der bronzenen Butterlampe ab. Abwesend vernahm er Hufgedröhn in der Nähe des Wachtturms und den Anruf der Posten. Doch so sehr war er in sein Schreiben vertieft, daß er nicht darauf achtete. Es war an den Wazam von Vendhya am Königshof von Ayodhya gerichtet und besagte, nach den üblichen Höflichkeitsfloskeln:

Wisset, Eure Exzellenz, daß ich die Anweisungen Eurer Exzellenz getreulich ausgeführt habe. Die sieben Stammesbrüder sind in ihrem Gefängnis wohlbewacht, und ich schickte mehrmals Nachricht in die Berge, daß ich nur mit ihrem Häuptling persönlich um ihre Freilassung verhandeln würde. Aber ich hörte noch nichts weiter von ihm, als daß er Peshkhauri niederbrennen würde, wenn sie nicht auf freien Fuß gesetzt werden, und daß er sich den Sattel mit meiner Haut überziehen lassen würde – verzeiht, Eure Exzellenz, daß ich das wörtlich wiedergebe. Er ist durchaus imstande, seine Drohung wahrzumachen, deshalb verdreifachte ich die Zahl der Posten. Der Mann ist kein Ghulistani. Ich kann seinen nächsten Schritt nicht mit Sicherheit vorhersehen. Aber da es die Devi wünscht …

Mit einem Satz war er von seinem Elfenbeinstuhl gesprungen und stand nun mit dem Gesicht der Tür zugewandt. Er wollte den Krummsäbel aus der prunkvollen Hülle auf dem Tisch reißen, doch mitten in der Bewegung hielt er inne.

Es war eine Frau, die unangemeldet sein Amtsgemach betreten hatte, eine Frau deren hauchfeine Schleier die prächtige Kleidung darunter genausowenig verbargen wie die geschmeidige Schönheit der hochgewachsenen schlanken Figur. Das geflochtene goldene Stirnband, in dem ein goldener Halbmond steckte, hielt die Schleier zusammen, die bis weit über den Busen fielen. Dunkle Augen beobachteten den erstaunten Statthalter durch den Schleier, ehe die Frau das dünne Gespinst vom Gesicht abnahm.

»Devi!« Der Statthalter ließ sich vor ihr auf die Knie fallen. Seine Verwunderung und Verwirrung machten seinen Kniefall ein wenig ungeschickt. Die Devi bedeutete ihm mit majestätischer Gebärde, aufzustehen. Er beeilte sich, ihr seinen Elfenbeinstuhl anzubieten, und verneigte sich unentwegt tief, so daß seine Nase fast den Gürtel berührte. Doch der tadelnde Tonfall seiner ersten Worte war unüberhörbar.

»Eure Majestät! Wie unklug! Unruhen herrschen an der Grenze, Plünderzüge von den Bergen sind alltäglich! Kamt Ihr mit einem großen Gefolge?«

»Es genügte für eine Reise nach Peshkhauri«, antwortete Yasmina. »Ich quartierte meine Leute dort ein und kam mit meiner Leibmagd Gitara sogleich hierher zum Fort.«

Chunder Shan stöhnte erschrocken auf.

»Devi! Ihr wißt nicht, in welche Gefahr Ihr Euch begeben habt! Nur einen Stundenritt von hier wimmelt es von Barbaren, die vom Rauben und Brandschatzen leben. Zwischen hier und der Stadt wurden schon viele Frauen entführt und Männer erdolcht. Peshkhauri ist nicht wie Eure Provinzen im Süden ...«

»Aber ich bin unbelästigt hergelangt«, unterbrach sie ihn mit einer Spur von Ungeduld. »Ich wies den Posten am Tor und jenem vor Eurer Tür meinen Siegelring vor, und sie ließen mich unangemeldet ein. Sie erkannten mich nicht, nahmen jedoch an, ich sei ein Geheimkurier von Ayodhya. Doch laßt uns die Zeit nicht vergeuden. Habt Ihr inzwischen vom Häuptling der Barbaren gehört?«

»Nichts außer Drohungen und Verwünschungen, Devi. Er ist wachsam und mißtrauisch. Er hält das Ganze für eine Falle, und das kann man ihm nicht verdenken. Die Kshatriyas haben den Bergstämmen gegenüber schon manchesmal ihr Versprechen gebrochen.«

»Er muß auf meine Bedingungen eingehen!« Yasmina ballte die Hände, daß die Knöchel sich weiß abhoben.

»Ich verstehe nicht.« Der Statthalter schüttelte den Kopf. »Als ich zufällig diese sieben Stammesbrüder gefangennahm, meldete ich es dem Wazam, wie üblich. Noch ehe ich sie hängen konnte, erhielt ich den Befehl, sie in den Kerker zu werfen und mich mit ihrem Häuptling in Verbindung zu setzen. Ich versuchte es, aber der Bursche ist ungemein wachsam und mißtrauisch, wie ich bereits erwähnte. Die Gefangenen gehören dem Stamm der Afghulis an, er dagegen ist ein Fremder aus dem Westen namens Conan. Ich drohte, sie morgen in aller Früh hängen zu lassen, wenn er nicht kommt.«

»Gut!« lobte die Devi. »Ihr habt es richtig gemacht. Ich werde Euch nun auch sagen, weshalb ich diese Anweisungen gab. Mein Bruder ...« Sie stockte und schluckte schwer. Der Statthalter verneigte sich tief, wie es der Respekt vor einem dahingeschiedenen Herrscher verlangte.

»Der König von Vendhya wurde durch Zauberei in den Tod getrieben«, fuhr sie schließlich leise fort. »Ich habe beschlossen, nicht eher zu ruhen, bis seine Mörder ein nicht weniger grauenvolles Ende genommen haben. Als er starb, gab er mir einen Hinweis, dem ich folgte. Ich las das Buch von Skelos und unterhielt mich mit namenlosen Eremiten in den Höhlen unterhalb von Jhelai. Ich erfuhr, wie und durch wen er vernichtet wurde. Seine Feinde waren die Schwarzen Seher vom Berg Yimsha.«

»Asura!« flüsterte Chunder Shan erbleichend.

Schneidend blickte sie ihn an. »Fürchtet Ihr Euch vor ihnen?«

»Wer tut das nicht, Eure Majestät? Sie sind schwarze Teufel, die ihr Unwesen in den menschenleeren Bergen jenseits des Zhaibars treiben. Aber die Weisen sind der Meinung, daß sie sich selten in die Dinge der Sterblichen einmischen.«

»Weshalb sie meinen Bruder töteten, weiß ich nicht«, entgegnete die Devi. »Aber ich habe an Asuras Altar geschworen, sie zu vernichten. Und dazu brauche ich die Hilfe eines Mannes von außerhalb. Eine kshatriyanische Armee würde ohne Unterstützung Yimsha nie erreichen.«

»Ich fürchte, damit habt Ihr recht. Es wäre ein ständiger Kampf auf jedem Fußbreit des Weges, während die haarigen Stammesbrüder Lawinen zu uns herabschickten und in jedem Tal mit ihren langen Dolchen über uns herfielen. Die Turaner kämpften sich einmal ihren Weg durch die Himelians, aber wie viele von ihnen kehrten lebend nach Khurusun zurück? Und nur wenige, die den Säbeln der Kshatriyas entgingen, nachdem der König, Euer Bruder, ihre Armeen am Jhumda aufrieb, sahen je Secunderam wieder.«

»Genau deshalb brauche ich Männer jenseits der Grenze, Männer, die den Weg zum Berg Yimsha kennen ...«

»Aber die Stämme fürchten die Schwarzen Seher und meiden den Berg der Finsteren«, unterbrach sie der Statthalter.

»Fürchtet auch ihr Häuptling Conan sie?« fragte Yasmina.

»Nun, ich weiß nicht, ob dieser Teufel überhaupt etwas fürchtet.«

»Diese Antwort erhielt ich schon mehrmals. Deshalb ist er der Mann, mit dem ich verhandeln muß. Er wünscht die Freigabe seiner sieben Männer. Also gut, ihr Lösegeld sollen die Schädel der Schwarzen Seher sein!« Ihre Stimme vibrierte vor Haß bei den letzten Worten, und sie ballte die Hände an ihren Seiten. Wie eine Rachegöttin sah sie aus, als sie ihren Kopf stolz zurückwarf und ihr Busen heftig wogte.

Wieder kniete der Statthalter vor ihr nieder, denn in seiner Weisheit wußte er, daß eine Frau in ihrem Zustand so gefährlich wie eine blinde Kobra für alle rings um sie war. »Euer Wunsch ist mir Befehl, Eure Majestät.« Als sie sich ein wenig beruhigt zu haben schien, erhob er sich und bemühte sich um eine Warnung, die nicht sofort ihren Zorn heraufbeschwor. »Ich kann nicht vorhersagen, was dieser Häuptling Conan tun wird. Die Stämme sind in ständigem Aufruhr, und ich habe Grund zur Annahme, daß turanische Agenten sie zu Überfällen an unseren Grenzen aufhetzen. Wie Euch bekannt ist, Eure Majestät, haben die Turaner sich in Secunderam und anderen Städten im Norden eingerichtet, auch wenn die Bergstämme sich ihnen nicht beugen. Seit langem schon blickt König Yezdigerd gierigen Auges südwärts und versucht mit List und Tücke an sich zu bringen, was er mit Waffengewalt nicht schafft. Conan könnte sehr leicht einer seiner Spione sein.«

»Das wird sich herausstellen«, antwortete Yasmina. »Wenn er etwas für seine Männer übrig hat, wird er im Morgengrauen zur Unterhandlung am Tor sein. Ich werde die Nacht in der Festung schlafen. Ich kam inkognito nach Peshkhauri und brachte mein Gefolge deshalb in einem Gasthaus statt im Palast unter. Außer meinen Leuten wißt nur Ihr von meinem Hiersein.«

»Ich führe Euch zu Euren Gemächern, Eure Majestät«, sagte der Statthalter. Als sie auf den Gang traten, winkte er dem Posten vor seiner Tür zu, ihnen zu folgen.

Die Leibmagd, die, verschleiert wie ihre Herrin, vor der Tür gewartet hatte, schloß sich ihnen an, und so schritten sie durch einen breiten gewundenen Korridor, den rauchende Fackeln erhellten, und erreichten die Räumlichkeiten für hohe Besucher – hauptsächlich Generale und Vizekönige. Bisher hatte noch kein Mitglied der königlichen Familie das Fort mit seiner Anwesenheit beehrt. Chunder Shan befürchtete, daß die Suite nicht fein genug für so eine hochgestellte Persönlichkeit wie die Devi war, aber sie ließ sich nichts anmerken. Er war froh, als sie ihn bald wegschickte und er sich rückwärtsgehend mit tiefer Verbeugung zurückziehen durfte. Alle Dienstboten im Fort stellte er zur Verfügung seines hohen Gastes ab, obgleich er das Inkognito der Devi wahrte. Er postierte einen ganzen Trupp Lanzer vor ihrer Tür, unter ihnen auch den Mann, der seine eigene Tür bewacht hatte. In seiner Gedankenabwesenheit vergaß er, einen anderen für ihn einteilen zu lassen.

Der Statthalter war kaum gegangen, als Yasmina plötzlich etwas einfiel, das sie noch mit ihm hatte besprechen wollen, das ihr dann jedoch bis jetzt entfallen war. Es betraf einen gewissen Kerim Shah, einen Edlen aus Iranistan, der eine Weile in Peshkhauri gelebt hatte, ehe er an den Hof von Ayodhya gekommen war. Ein vages Mißtrauen war in ihr erwacht, als sie ihn an diesem Abend unerwartet und glücklicherweise unbemerkt von ferne in Peshkhauri gesehen hatte. Sie fragte sich, ob er ihnen wohl von Ayodhya gefolgt war. Da sie eine wahrhaftig ungewöhnliche Devi war, beorderte sie den Statthalter nicht zu sich, sondern rannte den Korridor zu seinem Amtsgemach hinauf.

Chunder Shan hatte, in seinem Zimmer angekommen, die Tür hinter sich geschlossen und sich an seinen Schreibtisch begeben. Er nahm den Brief, den er vor der Ankunft der Devi geschrieben hatte, und zerriß ihn. Kaum war er damit fertig, hörte er ein gedämpftes Geräusch auf der Brustwehr vor seinem Fenster. Er blickte hoch. Eine Gestalt hob sich flüchtig von den Sternen ab, und gleich darauf schwang ein Mann sich leichtfüßig in sein Gemach. Das Lampenlicht spiegelte sich auf dem glänzenden Stahl in seiner Hand.

»Pssst!« warnte der Eindringling. »Beim geringsten Laut schicke ich dem Teufel einen neuen Knecht!«

Der Statthalter, der nach seinem Säbel hatte greifen wollen, hielt mitten in der Bewegung inne. Der drei Fuß lange Zhaibardolch, der in der Hand des Fremden glitzerte, war ihm ganz nah, und Chunder Shan kannte die Flinkheit der Männer aus den Bergen.

Der Eindringling war ein riesenhafter Mann, kräftig und geschmeidig zugleich. Er war wie ein Stammesangehöriger gekleidet, doch seine tiefgetönte Haut und die funkelnden blauen Augen waren ungewöhnlich. Nie zuvor hatte Chunder Shan einen Mann wie ihn gesehen. Er war nicht aus dem Osten, sondern zweifellos ein Barbar aus dem Westen. Aber er wirkte genauso ungebändigt und gefährlich wie die haarigen Stammesbrüder, die die Berge von Ghulistan unsicher machten.

»Ihr kommt wie ein Dieb in der Nacht«, sagte der Statthalter, als er seine Fassung wiedergewonnen hatte, obgleich er sich erinnerte, daß kein Posten in Rufnähe war. Aber das wußte der Bursche ja nicht.

»Ich kletterte eine Bastion hoch«, knurrte der Eindringling. »Ein Wächter steckte vorwitzig den Kopf über die Brustwehr, da mußte ich ihn mit dem Dolchgriff schlafen schicken.«

»Ihr seid Conan?«

»Wer sonst? Ihr schicktet die Nachricht in die Berge, daß ich zu Euch kommen und mit Euch verhandeln sollte. Nun, bei Crom, hier bin ich. Bleibt dem Tisch fern, oder ich spieße Euch auf!«

»Ich möchte mich nur setzen«, versicherte ihm der Statthalter. Er rückte den Elfenbeinstuhl vom Schreibtisch weg und setzte sich. Conan schritt ruhelos, aber leise vor ihm hin und her und warf einen mißtrauischen Blick auf die Tür, während er mit dem Daumen die Schneide seines drei Fuß langen Messer prüfte. Er bewegte sich nicht wie ein Afghuli und bediente sich einer offenen Sprache, im Gegensatz zu den Menschen des Ostens, die blumige Umschreibungen und Langschweifigkeit vorzogen.

»Ihr habt sieben meiner Männer«, sagte er. »Ich bot Euch ein hohes Lösegeld. Was wollt Ihr denn noch?«

»Besprechen wir die Bedingungen«, entgegnete Chunder Shan vorsichtig.

»Bedingungen?« Aufkommender Grimm ließ Conans Stimme drohend klingen. »Was soll das heißen. Genügt Euch Gold nicht?«

Chunder Shan lachte.

»Gold? Es gibt mehr Gold in Peshkhauri, als Ihr je gesehen habt.«

»Da täuscht Ihr Euch!« knurrte Conan. »Ich besuchte die Suks der Goldschmiede in Khurusun.«

»Nun, dann zumindest mehr Gold, als ein Afghuli je sah«, berichtigte Chunder Shan. »Und das ist nur ein Tropfen, verglichen mit dem Staatsschatz von Vendhya. Weshalb sollten wir an Gold interessiert sein? Als abschreckendes Beispiel hätten wir mehr davon, wenn wir die sieben Halunken hängen.«

Conan fluchte wild, und die lange Klinge in seiner Rechten vibrierte, als die Muskeln seines sonnengebräunten Armes sich spannten.

»Ich spalte Euch den Schädel!«

Die blauen Augen des Barbaren glitzerten wie Eis in der Wintersonne. Chunder Shan zuckte lediglich die Schultern, achtete jedoch heimlich auf den scharfen Stahl.

»Es würde Euch zweifellos nicht allzu schwerfallen, mich zu töten und über die Mauer zu entkommen, doch damit wäre Euren sieben Stammesbrüdern nicht gedient. Meine Männer würden nicht länger zögern, sie aufzuknüpfen. Ihr solltet nicht vergessen, daß die Gefangenen Häuptlinge der Afghulistämme sind.«

»Das lassen meine Leute mich schon nicht vergessen«, brummte Conan. »Sie heulen wie Wölfe, weil ich sie noch nicht auslöste. Sagt mir endlich ohne Umschweife, was Ihr wollt, denn – bei Crom! – wenn es keine andere Möglichkeit gibt, werde ich meine ganze Horde um mich scharen und die Häuptlinge mit Gewalt befreien!«

Chunder Shan bezweifelte beim Anblick dieses Burschen, der breitbeinig, mit dem langen Dolch in der Hand und funkelnden Auges vor ihm stand, keineswegs, daß er dazu imstande war. Er glaubte zwar nicht, daß er ganz Peshkhauri einnehmen könnte, aber es wäre schon schlimm genug, wenn diese Wilden die Gegend verwüsteten.

»Um die Gefangenen unbeschadet zurückzubekommen, braucht Ihr nur einen Auftrag für uns durchzuführen.« Er wählte seine Worte mit größter Sorgfalt. »Ihr ...«

Conan war zurückgesprungen und gleichzeitig mit gefletschten Zähnen zur Tür herumgewirbelt. Seine in der Wildnis geschulten Ohren hatten die fast lautlosen Schritte weicher Pantoffeln vor der Tür vernommen. Im nächsten Moment schwang die Tür auf. Eine schlanke Gestalt in Seidengewändern trat hastig ein, schloß die Tür schnell hinter sich – und blieb beim Anblick des Barbaren wie angewurzelt stehen.

Chunder Shan sprang erschrocken auf. »Devi!« rief er unwillkürlich in seiner Angst um sie.

»Devi!« kam das wilde Echo von den Lippen des Cimmeriers. Chunder Shan las aus den auffunkelnden eisblauen Augen, was der Bursche beabsichtigte.

Verzweifelt brüllte der Statthalter auf und griff nach seinem Säbel. Aber der Barbar handelte blitzschnell. Er sprang, schlug den Statthalter mit dem Dolchgriff nieder, klemmte sich die verblüffte Devi unter den Arm und rannte zum Fenster. Chunder Shan kämpfte sich benommen auf die Füße und sah gerade noch, wie das Seidengewand der königlichen Gefangenen um den Burschen flatterte, der sich über das Fensterbrett schwang, hörte sein Knurren: »Jetzt werdet Ihr es nicht mehr wagen, meine Männer zu hängen!« Und schon war der Barbar über die Brustwehr verschwunden. Ein schriller Angstschrei der Devi drang an des Statthalters Ohren.

»Wachen! Wachen!« brüllte er und taumelte wie betrunken zur Tür. Er riß sie auf und torkelte auf den Korridor. Seine Schreie hallten von den Wänden wider. Als die Soldaten angerannt kamen, sahen sie Chunder Shan die Hände auf den Kopf drücken, von dem das Blut floß.

»Alarmiert die Lanzer!« brüllte er. »Die Frau wurde entführt!« Selbst in seiner Verzweiflung war er klug genug, ihr Inkognito zu wahren. »Schnell ...« Er unterbrach sich, als er den Hufschlag, einen Verzweiflungsschrei und begeistertes Lachen hörte.

Von den verwirrten Wachen gefolgt, rannte der Statthalter die Treppe hinunter. Im Hof des Forts war jederzeit ein Trupp Lanzer mit gesattelten Pferden in Bereitschaft, um im Notfall sofort auszureiten. Chunder Shan brauste mit seiner Schwadron hinter dem Fliehenden her, obgleich sein Schädel zu platzen drohte und er sich mit beiden Händen am Sattel festhalten mußte. Er tat die Identität der Entführten nicht kund, sondern erwähnte lediglich, daß die Edelfrau, die die Botschaft aus dem Königshof gebracht hatte, vom Oberhäuptling der Afghuli verschleppt worden war. Zwar war der Entführer bereits nicht mehr in Sicht- oder Hörweite, aber sie wußten, welchen Weg er nehmen würde: die Straße, die direkt zum Zhaibarpaß führte. Nur schwacher Sternenschein erhellte die mondlose Nacht und ließ die vereinzelten Bauernkaten als eckige Schatten erkennen. Die grimmigen Mauern der Festung und die Türme von Peshkhauri blieben hinter den Reitern zurück, während die schwarzen Berge der Himelians immer näherkamen.

3

KHEMSA BEDIENT SICH DER MAGIE

In der Verwirrung im Fort, während die Soldaten sich sammelten, bemerkte niemand, daß das Mädchen, die Begleiterin der Devi, sich aus dem Tor stahl und in der Dunkelheit verschwand. Die hochgeschürzten Röcke in der Hand, rannte sie zur Stadt. Sie vermied die offene Straße und hielt sich querfeldein, wich Zäunen aus und sprang über Bewässerungsgräben mit einer Sicherheit, als herrschte helles Tageslicht, und der Leichtigkeit eines ausgebildeten Läufers. Das Hufgedröhn der Schwadron hatte sich auf der Straße zu den Bergen verloren, noch ehe sie die Stadtmauer erreichte. Sie begab sich nicht zum großen Tor, unter dessen Bogen die Wachen sich an ihre Lanzen lehnten, in die Dunkelheit spähten und sich wunderten, was die ungewohnte Aufregung um das Fort zu bedeuten hatte. Sie hielt sich an der Mauer, bis sie zu einem bestimmten Punkt kam, wo über der Brustwehr eine Turmspitze zu sehen war. Nun legte sie die Hände als Trichter vor den Mund und stieß einen gedämpften seltsamen Ruf aus, den die Luft auf gespenstische Weise trug.

Gleich darauf blickte jemand über die Brüstung, und ein Seil glitt die Mauer hinunter. Das Mädchen griff danach, setzte einen Fuß in die Schlinge im Seil und winkte. Schnell und sicher wurde sie die glatte Steinwand hochgezogen. Einen Herzschlag später kletterte sie über die Zinnen und stand auf dem flachen Dach eines Hauses, das an die Stadtmauer anschloß. Eine Falltür stand offen, und der Mann im Kamelhaargewand daneben rollte bereits das Seil wieder auf. Nicht einmal ein schnellerer Atem deutete darauf hin, daß es ihn angestrengt hatte, eine erwachsene Frau die vierzig Fuß hohe Mauer hochzuziehen.

»Wo ist Kerim Shah?« fragte sie, nach ihrem langen Lauf heftig keuchend.

»Er schläft unten im Haus. Gibt es etwas Neues?«

»Conan hat die Devi aus dem Fort entführt und schleppt sie in die Berge!« Ihre Worte überschlugen sich schier.

Khemsas Gesicht blieb unbewegt. Er nickte lediglich. »Kherim Shah wird sich freuen, das zu hören«, sagte er nur.

»Warte!« Sie warf die Arme um seinen Hals. Immer noch atmete sie schwer, aber nun nicht nur aufgrund der überstandenen Anstrengungen. Ihre Augen funkelten wie Edelsteine im Sternenlicht. Ihr erhobenes Gesicht war dem Khemsas ganz nah, doch obgleich er ihre Umarmung duldete, erwiderte er sie nicht.

»Verrate es dem Hyrkanier nicht!« keuchte sie. »Laßt uns dieses Wissen selbst nutzen! Der Statthalter ist mit seinen Reitern in die Berge, aber genausogut könnte er einen Geist jagen. Er hat niemandem gesagt, daß es sich bei der Entführten um die Devi handelt. Niemand im Fort noch in Peshkhauri weiß es außer uns.«

»Aber was soll uns das nutzen?« fragte der Mann. »Meine Meister schickten mich mit Kerim Shah, um ihm auf jede Weise zu helfen …«

»Hilf dir doch selbst!« rief sie heftig. »Streif dein Joch ab.«

»Du meinst – ich soll meinen Meistern den Gehorsam verweigern?« rief er entsetzt, und sie spürte, wie er in ihrer Umarmung erstarrte.

»Ja!« Sie schüttelte ihn in ihrer Gefühlsaufwallung. »Auch du bist ein Zauberer! Weshalb willst du Sklave sein und deine Kräfte nur benutzen, um andere noch größer zu machen? Benutz deine Künste für dich selbst!«

»Das ist verboten!« Er zitterte wie im Fieber. »Ich gehöre dem Schwarzen Kreis nicht an. Nur auf Anweisung der Meister wage ich die Kräfte einzusetzen, die sie mich lehrten.«

»Aber du bist imstande, sie zu nutzen!« sagte sie heftig. »Tu, worum ich dich bitte. Natürlich hat Conan die Devi verschleppt, um sie als Geisel zum Auslösen der sieben Männer in des Statthalters Kerker zu benutzen. Vernichte diese Gefangenen, damit Chunder Shan die Devi nicht freikaufen kann. Und dann gehen wir in die Berge und holen sie uns von den Afghuli. Ihre Dolche nutzen nichts gegen deine Zauber. Die Schätze der vendhyanischen Könige werden uns als Lösegeld für sie gehören – und sobald sie in unseren Händen sind, verkaufen wir die Devi, statt sie auszuliefern, an den König von Turan. Wir werden über alle Vorstellung reich sein. Dann können wir Söldner anheuern, Khorbhul einnehmen, die Turaner aus den Bergen jagen, unsere Armeen gen Süden schicken und König und Königin über ein mächtiges Reich werden!«

Auch Khemsa keuchte jetzt und zitterte wie Espenlaub in ihren Armen. Sein Gesicht, über das dicke Schweißtropfen perlten, wirkte im Sternenlicht grau.

»Ich liebe dich!« rief sie plötzlich wild und raubte ihm fast den Atem, als sie ihn noch heftiger an sich drückte und ihn schließlich in ihrer Erregung schüttelte. »Ich mache dich zum König! Aus Liebe zu dir verriet ich meine Herrin! Verrate du aus Liebe zu mir deine Meister! Warum fürchtest du die Schwarzen Seher? Durch deine Liebe zu mir hast du bereits eines ihrer Gesetze gebrochen. Brich auch die restlichen! Du bist genauso stark wie sie!«

Selbst ein eiskalter Mann hätte der versengenden

Glut ihrer Leidenschaft nicht widerstehen können. Mit einem heiseren Aufschrei preßte er sie an sich und überschüttete ihre Augen, ihre Lippen, ihr ganzes Gesicht mit brennenden Küssen.

»Ich werde es tun!« Die aufgewühlten Gefühle machten seine Stimme rauh. Er taumelte wie ein Betrunkener. »Was sie mich lehrten, soll mir von Nutzen sein, nicht ihnen. Wir werden über die Welt herrschen – die ganze Welt ...«

»Dann komm!« Sie entwand sich geschmeidig seiner Umarmung und zog ihn zur Falltür. »Erst müssen wir dafür sorgen, daß der Statthalter die sieben Afghuli nicht gegen die Devi austauschen kann.«

Khemsa bewegte sich wie im Traum, bis sie am Fuß der Leiter angekommen waren und im Gemach daneben anhielten. Kerim Shah lag reglos auf einem Diwan, einen Arm über dem Gesicht, als wollte er seine Augen noch im Schlaf vor dem sanften Schein einer Messinglampe schützen.

Das Mädchen zupfte Khemsa am Ärmel und beschrieb eine flinke Geste quer über ihre Kehle. Khemsa hob die Hand, doch dann änderte sich sein Gesichtsausdruck, und er wich zurück.

»Ich habe sein Salz gegessen«, murmelte er. »Außerdem kann er uns ohnedies nichts anhaben.«

Er führte das Mädchen durch eine Tür, die sich zu einer Wendeltreppe öffnete. Nachdem ihre leisen Schritte sich in der Ferne verloren hatten, setzte der Mann auf dem Diwan sich auf und wischte den Schweiß von der Stirn. Einen Dolchstoß fürchtete er nicht, wohl aber den Mann Khemsa, als wäre er eine Giftschlange.

»Leute, die ihre Komplotte auf dem Dach schmieden, sollten nicht so laut reden«, murmelte er. »Nun, da Khemsa sich gegen seine Meister gewandt hat und er meine einzige Verbindung zu ihnen war, kann ich nicht mehr mit ihrer Hilfe rechnen. Von jetzt an bin ich auf mich selbst gestellt.«

Er stand auf, trat an einen Tisch, zog Feder und Pergament aus seinem Gürtel und kritzelte hastig ein paar Zeilen:

An Khosru Khan, Statthalter von Secunderam! Der Cimmerier Conan hat die Devi Yasmina zu den Afghuli verschleppt. Das wäre eine günstige Gelegenheit, die Devi in unsere Hand zu bekommen, wie der König es sich lange schon wünscht. Schickt sofort dreitausend Kavalleristen. Ich werde sie mit einheimischen Führern im Gurashahtal erwarten.

Er unterzeichnete mit einem Namen, der keine Ähnlichkeit mit ›Kerim Shah‹ hatte.

Dann griff er in einen goldenen Käfig, holte eine Brieftaube heraus und befestigte an ihrem Bein das Pergament, das er eng zusammengerollt hatte, mit einem Stück Golddraht. Er stieß den Vogel durch ein Fenster hinaus in die Nacht. Kurz zögerte die Taube mit flatternden Flügeln, dann schoß sie davon.

Kerim Shah nahm Helm, Schwert und Umhang und eilte die Wendeltreppe hinab.

Das Gefängnis von Peshkhauri war vom Rest der Stadt durch eine dicke hohe Mauer mit einem einzigen eisenbesetzten Tor getrennt. Über dem Torbogen brannte eine Öllampe, und am Tor lehnte ein Soldat mit Lanze und Schild. Hin und wieder gähnte er schläfrig, doch plötzlich sperrte er erstaunt die Augen weit auf. Vor ihm stand ein Mann, den er weder kommen gesehen noch gehört hatte. Er trug ein Kamelhaargewand und einen grünen Turban. Im flackernden Lampenlicht waren seine Züge kaum zu erkennen, wohl aber die Augen, die seltsam glühten.

»Wer da?« fragte der Soldat und streckte die Lanze aus. »Wer seid Ihr?«

Obgleich die Lanzenspitze fast seine Brust berührte, achtete der Fremde nicht darauf. Seine Augen schienen sich in die des Soldaten zu bohren.

»Was ist deine Pflicht?« fragte er mit sonderbarer Betonung.

»Das Tor zu bewachen!« antwortete der Soldat mit schwerer Zunge. Er stand starr wie eine Statue, und seine Augen wirkten glasig.

»Du lügst! Deine Pflicht ist, mir zu gehorchen. Du hast in meine Augen geblickt, und nun gehört deine Seele nicht mehr dir. Öffne das Tor!«

Steif, mit den unbewegten Zügen einer Statue, drehte der Soldat sich um, zog einen großen Schlüssel aus seinem Gürtel, drehte ihn im Schloß und stieß einen Torflügel auf. Dann stellte er sich stramm davor und blickte starr geradeaus.

Eine Frau glitt aus den Schatten und legte eine Hand auf den Arm des Mannes.

»Befiehl ihm, uns Pferde zu besorgen, Khemsa«, flüsterte sie.

»Nicht nötig«, antwortete der Rakhsha. Mit etwas lauterer Stimme wandte er sich an den Wächter: »Ich brauche dich nicht mehr! Töte dich!«

Der Soldat stieß den Lanzenschaft gegen den Fuß der Wand und drückte die Spitze unmittelbar unter den Rippen an seinen Leib. Dann preßte er sich mit unbewegtem Gesicht mit seinem ganzen Gewicht dagegen, so daß die Lanze in seinen Körper drang. Er fiel tot zu Boden.

Das Mädchen starrte den toten Soldaten mit weiten Augen an, bis Khemsa nach seiner Liebsten Arm griff und sie durch das Tor führte. Fackeln beleuchteten einen Durchgang zwischen der äußeren und der niedrigeren inneren Mauer. Ein Wächter patrouillierte hier. Als das Tor aufschwang, marschierte er arglos darauf zu, bis Khemsa und das Mädchen durch die Bogenöffnung traten. Und dann war es zu spät. Der Rakhsha vergeudete keine Zeit mit Hypnose, obwohl er wußte, wie sehr seine Geliebte – die sie für Zauber hielt – davon beeindruckt war. Der Soldat streckte drohend die Lanze aus, öffnete die Lippen, um Alarm zu schlagen und damit sofort die Soldaten aus den Wachstuben zu beiden Enden des Durchgangs herbeizurufen. Mit der Linken stieß Khemsa die Lanze wie eine Gerte zur Seite, während seine Rechte einmal vor und zurück schlug. Es sah aus, als berühre er nur sanft im Vorüberstreifen den Hals des Soldaten, doch dieser brach wortlos zusammen.

Khemsa beachtete ihn überhaupt nicht, sondern schritt weiter zu einer Bogentür. Er drückte die Handfläche auf das große Bronzeschloß. Die Tür kippte berstend nach innen. Als das Mädchen Khemsa folgte, sah sie, daß das dicke Teakholz zersplittert, der Bronzeriegel gebogen und aus der Halterung gerissen war, und daß die schweren Angeln ausgebrochen waren. Ein tausend Pfund schwerer Rammbock, mit der Kraft von vierzig Mann hinter sich, hätte es weder schneller noch besser geschafft. Die neue Freiheit und das Bewußtsein seiner Kräfte machten Khemsa trunken. Er genoß seine Macht und protzte mit seiner Stärke wie ein junger Bulle mit dem Bedürfnis, sich auszutoben.

Die gebrochene Tür führte zu einem kleinen Innenhof, der von nur einer Lampe schwach beleuchtet wurde. Der Türöffnung gegenüber befand sich ein langes Eisengitter. Eine haarige Hand umklammerte einen der Gitterstäbe, hinter denen das Weiß von Augen schimmerte.

Khemsa blieb eine kurze Weile stumm stehen und spähte in die Schatten, aus denen die schimmernden Augen seinen Blick durchdringend erwiderten. Dann schob er seine Hand in sein Gewand. Als er sie wieder zurückzog und sie öffnete, rieselte glitzernder

Staub auf das Pflaster. Grünes Licht stieg blendend davon auf und offenbarte die sieben Männer hinter den Gitterstäben in allen Einzelheiten. Große behaarte Männer in der inzwischen zerlumpten Tracht der Bergstämme waren es. Kein Laut drang von ihren Lippen, aber aus ihren Augen leuchtete Todesfurcht, und ihre haarigen Finger umklammerten die Gitterstäbe.

Das grüne Feuer erstarb, aber ein Glühen blieb zurück: eine vibrierende Kugel auf dem Pflaster vor Khemsas Füßen. Die Afghuli vermochten den Blick nicht davon abzuwenden. Sie pulsierte, dehnte sich aus und wurde zu leuchtendem grünen Rauch, der kräuselnd aufstieg. Er drehte und wand sich wie der Schatten einer riesigen Schlange. Dann breitete er sich aus und wallte in leuchtenden Wogen. Er wuchs zu einer Wolke an, die über das Pflaster schwebte – geradewegs auf das Gitter zu.

Mit angstverzerrten Augen beobachteten es die Afghuli. Die Gitterstäbe erzitterten unter dem verzweifelten Griff ihrer Finger. Bärtige Lippen öffneten sich, doch kein Laut entrang sich ihnen. Die grüne Wolke schwebte zum Gitter und verbarg es. Dann drang sie wie Nebelschwaden zwischen den Stäben hindurch, und die Männer waren nicht mehr zu sehen. Ein schnell abgewürgtes Keuchen war zu hören, wie das eines Mannes, dem das Wasser über den Kopf steigt. Das war alles.

Khemsa berührte den Arm des Mädchens, das mit offenem Mund und weitaufgerissenen Augen dastand. Mechanisch drehte sie sich mit ihm um, doch sie blickte über die Schulter zurück. Die Wolke löste sich bereits auf. Dicht an den Gittern sah sie ein Paar Füße in Sandalen, die Zehen himmelwärts gerichtet, und verschwommen die Umrisse von sieben reglos auf dem Boden liegenden Männern.

»Und jetzt ein Reittier, schneller als das flinkste Pferd, das je ein Sterblicher großzog«, sagte Khemsa. »Noch vor dem Morgengrauen werden wir in Afghulistan sein.«

4

BEGEGNUNG IM PASS

Nie konnte die Devi Yasmina sich ganz genau an die Einzelheiten ihrer Entführung erinnern. Es war so plötzlich und mit solcher Wildheit dazu gekommen, daß es sie regelrecht gelähmt hatte. Und so schnell war alles gegangen: Ein unerbittlicher Arm hatte sie gepackt, heißer Atem auf ihrer Haut gebrannt, und grimmige Augen hatten sie angefunkelt. Und dann der Sprung durchs Fenster zur Brustwehr, die wilde Raserei über Wehrgang und Dächer, wo ihre Furcht sie erst recht hatte erstarren lassen, und dann der Abstieg mit Hilfe eines Seiles, das um eine Zinne gebunden war. Ihr Entführer war an der Mauer fast hinuntergelaufen, während sie verzweifelt über seiner Schulter gehangen hatte. All das war ein wildes Kaleidoskop in ihrer Erinnerung. Besser entsann sie sich, wie er sie einem Kind gleich durch die Schatten hoher Bäume getragen und sich schließlich mit ihr auf den Rücken eines schnaubenden Bhalkhanahengstes geschwungen hatte, der sich wild aufbäumte. Und dann hatte sie das Gefühl gehabt, sie flögen dahin, obgleich sie die Funken sah, die von den Hufen aufsprühten, wenn sie gegen den Stein der Straße schlugen.

Als sie wieder klarer denken konnte, waren ihre ersten Empfindungen Wut und Scham. Sie war empört. Die Herrscher der goldenen Königreiche südlich der Himelianischen Berge wurden als göttergleich verehrt, und sie war schließlich die Devi von Vendhya! Königlicher Zorn überlagerte ihre Furcht. Wild schrie sie auf ihren Entführer ein und begann sich zu wehren. Sie, Yasmina, wurde wie eine gewöhnliche Straßendirne auf dem Sattelknauf eines Barbarenhäuptlings verschleppt! Aber er verstärkte seinen Griff um sie noch ein wenig mehr, und so bekam sie zum erstenmal in ihrem Leben Unterdrückung durch rohe Gewalt zu spüren. Seine Arme fühlten sich wie Eisenzangen um ihre schlanken Glieder an. Er blickte zu ihr herunter und grinste übers ganze Gesicht, so daß seine Zähne im Sternenschein schimmerten. Die Zügel lagen lose um die fliegende Mähne des Hengstes, jede Sehne und jeder Muskel des flinken Tieres spannten sich an, als es über den holprigen Pfad dahinflog. Trotzdem saß Conan bequem, ja fast sorglos im Sattel und ritt wie ein Zentaur.

»Du – du Hund!« keuchte sie, während die Mischung aus Scham, Grimm und dem Bewußtsein ihrer Hilflosigkeit sie erzittern ließ. »Du – du wagst es – *wagst es!* Dafür wirst du mit dem Leben bezahlen! Wohin bringst du mich?«

»Zu den Ansiedlungen der Afghuli«, antwortete er und warf einen Blick über die Schulter.

Hinter ihnen, jenseits der Hügel, die sie überquert hatten, erhellte Fackelschein die Mauern des Forts, und er sah einen breiten Lichtschein, der bedeutete, daß das große Tor offenstand. Er lachte laut.

»Der Statthalter hat uns seine Reiter nachgehetzt. Bei Crom, das wird eine vergnügliche Jagd. Was meinst du, Devi, wird ihnen eine Kshatriya-Prinzessin das Leben von sieben Männern wert sein?«

»Sie werden eine ganze Armee ausschicken, um dich und deine Teufelsbrut auszurotten!« sagte sie mit tiefer Überzeugung.

Er lachte noch lauter und rückte sie zu einer bequemeren Haltung in seinen Armen herum. Aber sie betrachtete das als neue Unverschämtheit und begann sich erneut vergebens zu wehren, bis sie bemerkte, daß er sich über ihre Anstrengungen nur amüsierte. Außerdem litt darunter ihr dünnes Seidengewand, das im Wind flatterte. Also überlegte sie, daß es für ihre Würde besser wäre, wenn sie sich einstweilen in ihr Schicksal fügte, und so verfiel sie in erzürntes Schweigen und rührte sich nicht mehr.

Doch selbst ihren Grimm vergaß sie fast bei dem ehrfurchteinflößenden Anblick des Passes, der sich wie ein gewaltiger Schlund mit seinen schwarzen Steilwänden vor ihnen öffnete. Er sah aus, als hätte ein Riese einen schmalen Schlitz in das feste Gestein geschnitten. Tausende von Fuß hoben die Wände sich fast gerade dem Himmel entgegen, und in seiner Tiefe herrschte selbst im strahlenden Sonnenschein finsterste Nacht. Nicht einmal Conan mit seinen Katzenaugen konnte hier etwas sehen. Aber er kannte den Weg, und da er wußte, daß ihnen eine ganze Reiterschar auf den Fersen war, ließ er seinen Hengst weiter im Galopp dahinbrausen. Das mächtige Roß zeigte noch keinerlei Anzeichen von Erschöpfung. Es donnerte den Weg durch die Talsohle dahin, kämpfte sich einen Hang empor, balancierte an einem niedrigen Kamm entlang, wo brüchiger Schiefer zu beiden Seiten jeden falschen Schritt zur Lebensgefahr machte, und kam zu einem Pfad entlang einem breiten Sims der linken Wand.

Nicht einmal Conan bemerkte in dieser Dunkelheit den Hinterhalt der Zhaibarmänner. Als sie am Eingang einer Schlucht vorbeibrausten, die sich in den Paß öffnete, schwirrte ein Wurfspeer durch die Luft und traf den Hengst hinter der Schulter. Das mächtige Tier hauchte sein Leben in einem schluchzenden Laut aus und stürzte mitten im Schritt. Conan hatte die Flugbahn des Speeres erkannt und handelte blitzartig.

Noch während das Pferd fiel, sprang er weit aus dem Sattel, das Mädchen hoch in der Luft, um zu verhindern, daß sie gegen die Felsen schlug. Wie eine Katze landete er auf den Fußballen, stieß Yasmina in einen Spalt und wirbelte mit dem Dolch in der Hand herum.

Es war wieder alles so schnell gegangen, daß die Devi überhaupt nicht so recht wußte, was vorging, als sie vage eine Gestalt aus der Dunkelheit stürmen sah. Nackte Sohlen huschten über den Stein, Lumpenkleidung schlug in der Eile gegen die Beine des Herbeistürzenden. Stahl blitzte und klirrte bei Hieb und Gegenhieb, dann war zu hören, wie Conans langer Dolch den Schädel des anderen traf.

Der Cimmerier sprang zurück und duckte sich gegen die Felswand. In der Finsternis bewegten sich Gestalten, und eine durchdringende Stimme brüllte: »Was, ihr Hunde! Zieht ihr die Schwänze ein? Marsch, auf sie, und bringt sie mir!«

Conan richtete sich auf und spähte in die Finsternis, ehe er laut rief:

»Yar Afzal! Bist du es?«

Jemand fluchte hörbar erstaunt, dann erklang die fremde Stimme wachsam:

»Conan? Bist du es?«

»Ja!« Der Cimmerier lachte. »Komm her, alter Streithahn! Ich habe einen deiner Männer getötet.«

Zwischen den Felsen bewegte sich etwas, ein Licht flackerte auf, eine Fackel näherte sich leicht schwankend, und schließlich offenbarte sie ein wildes, bärtiges Gesicht. Der Mann, der das Licht trug, hielt es hoch ausgestreckt und verrenkte sich fast den Hals, als er sich zwischen den Steinblöcken umsah. In der anderen Hand hielt der Bursche einen riesigen Tulwar. Conan ging dem Mann entgegen und steckte seinen Dolch in die Scheide zurück.

Der andere brüllte erfreut: »Ja, es ist Conan! Kommt aus euren Verstecken heraus, Hunde! Es ist Conan!«

Weitere Männer drängten sich in den schwankenden Lichtkreis – wilde, zerlumpte Männer mit zerzausten Bärten und Augen wie Wölfe, lange Klingen in den Händen. Sie sahen Yasmina nicht, denn sie war hinter Conans breitem Rücken verborgen. Doch als sie vorsichtig hervorspitzte, legte zum erstenmal in dieser Nacht Furcht ihre eisigen Finger um ihr Herz. Diese Männer glichen eher Wölfen als menschlichen Wesen.

»Was jagst du denn mitten in der Nacht im Zhaibar, Yar Afzal?« erkundigte sich Conan. Der rundliche Häuptling grinste wie ein bärtiger Ghul.

»Man kann nie wissen, was des Nachts den Paß hochkommt. Wir Wazuli sind Nachtvögel. Aber was ist mit dir, Conan?«

»Ich habe eine Gefangene«, antwortete der Cimmerier. Er rückte zur Seite und holte mit langem Arm das zitternde Mädchen aus dem Felsspalt.

Von ihrer majestätischen Haltung war nichts geblieben. Verängstigt starrte sie auf den Halbkreis wilder, bärtiger Gesichter und war dankbar für die starken Arme, die sich besitzergreifend um sie legten. Die Fackel wurde ihr fast unter die Nase gestoßen, dann hörte man, wie die Männer laut die Luft einsogen.

»Sie ist meine Gefangene!« warnte Conan und blickte bedeutungsvoll auf die Füße des getöteten Angreifers, die gerade im Lichtkreis zu sehen waren. »Ich war dabei, sie nach Afghulistan zu bringen, aber jetzt habt ihr mein Pferd getötet, und die Kshatriya sind mir dicht auf den Fersen.«

»Komm mit zu unseren Hütten«, schlug Yar Afzal vor. »Wir haben in der Schlucht Pferde versteckt. In der Dunkelheit können sie uns nicht verfolgen. Du sagst, sie sind schon dicht hinter dir?«

»So dicht, daß ich ihren Hufschlag auf den Steinen höre«, antwortete Conan grimmig.

Sofort wurde die Fackel gelöscht, und die zerlumpten Gestalten tauchten wie Phantome in der Finsternis unter. Conan hob die Devi auf die Arme. Sie wehrte sich nicht. Die rauhen Steine schmerzten ihren Füßen in den dünnen Pantoffeln, und sie fühlte sich so unsagbar klein und hilflos in der undurchdringlichen Dunkelheit zwischen diesen rauhen zerklüfteten Felsen.

Als Conan spürte, wie sie im Wind zitterte, der durch die Schlucht heulte, riß er einem der Männer den zerschlissenen Umhang von der Schulter und hüllte sie darin ein. Er zischte ihr warnend ins Ohr, keinen Laut von sich zu geben. Sie hörte den fernen Hufschlag nicht wie die in den Bergen aufgewachsenen Männer, aber sie wäre ohnehin viel zu verängstigt gewesen, um Hilfe zu rufen.

Sie sah nichts als ein paar Sterne am Himmel, doch an der Dunkelheit, die noch tiefer zu werden schien, erkannte sie, daß sie die Schlucht betraten. Leichtes Stampfen unruhiger Pferde war zu hören, ein paar gemurmelte Worte, und Conan setzte sich auf das Pferd des Mannes, den er getötet hatte. Das Mädchen zog er zu sich hoch. Wie Phantome – sah man von dem Klicken der Hufe ab – ritten sie durch die dunkle Schlucht. Den Toten und das verendete Pferd ließen sie zurück. Beide wurden wenig später von den Kavalleristen aus dem Fort gefunden, die den Mann als Wazuli erkannten, woraufhin sie ihre eigenen Schlußfolgerungen zogen.

Yasmina, die sich in den Armen ihres Entführers wohlig warm fühlte, versuchte vergebens, wach zu bleiben. Obwohl der Weg holprig war und in ständigem Wechsel auf und ab führte, waren die Bewegungen des Pferdes doch rhythmisch und wirkten einschläfernd. Sie hatte jegliches Richtungs- und Zeitgefühl verloren. Tiefe Dunkelheit umgab sie, in der sie hin und wieder noch schwärzere Felswände mehr spürte als sah, und ab und zu hoben sich Felszacken hoch oben im schwachen Sternenlicht ab. Manchmal verrieten hohle Echos auch ungeheure Klüfte neben ihnen, und sie fühlte den eisigen Wind, der aus schwindelerregenden Höhen herabpfiff. Allmählich wurde alles zu einem Traumerlebnis für sie, in das das Hufklacken sich harmonisch einfügte.

Vage wurde ihr bewußt, daß die Bewegungen aufgehört hatten, sie vom Pferd gehoben und ein paar Schritt getragen wurde, ehe man sie auf etwas Raschelndes, Weiches legte und etwas – einen zusammengerollten Umhang möglicherweise – unter ihren Kopf schob. Der Umhang, in den Conan sie gehüllt hatte, wurde ein wenig zurechtgezogen. Sie hörte Yar Afzal lachen.

»Eine würdige Beute für den Häuptling der Afghuli, Conan!«

»Nur eine Geisel«, antwortete Conan. »Für sie bekomme ich meine sieben Männer zurück – mögen sie verdammt sein, daß sie sich fangen ließen!«

Mehr hörte sie nicht, denn dann schlief sie tief und fest.

Sie schlummerte, während Bewaffnete durch die dunklen Berge ritten und das Schicksal nicht nur eines Königreichs in der Schwebe hing. In den Schluchten und Klüften hallte in dieser Nacht der Hufschlag galoppierender Pferde wider, und Sternenschein schimmerte auf Helmen und Krummsäbeln, bis die Nachtwesen, die hier hausten, aus Spalten und über Felsblöcke in die Dunkelheit spähten und sich wunderten, was in den sonst so stillen Bergen vorging.

Eine Horde Männer saß auf hageren Rossen im

schwarzen Schlund einer Schlucht, als die eiligen Hufe vorbeibrausten. Ihr Führer, ein gutgewachsener Mann in Helm und goldlitzenverziertem Umhang, hob warnend die Hand, bis die Reiterschar vorbei war. Dann lachte er leise.

»Sie müssen die Spur verloren haben! Oder sie fanden heraus, daß Conan die Afghuli bereits erreicht hat. Ihr Nest auszuräuchern, bedarf es größerer Trupps. Im Morgengrauen werden mehrere Schwadronen den Paß hochreiten.«

»Wenn es zu Kämpfen in den Bergen kommt, wird es auch genug zum Plündern geben«, brummte eine Stimme hinter ihm im Dialekt der Irakzai.

»Daran wird es nicht fehlen«, antwortete der Mann im Helm. »Doch zuerst müssen wir zum Gurashahtal und die Reiter erwarten, die von Secunderam südwärts galoppieren werden, noch ehe der Tag anbricht.«

Er hob die Zügel und ritt aus der Schlucht. Seine Männer folgten ihm dichtauf: dreißig Phantome im Sternenlicht.

5

DER RAPPHENGST

Die Sonne stand schon hoch am Himmel, als Yasmina erwachte. Sie schaute nicht ungläubig um sich, sondern erinnerte sich sofort an die Geschehnisse der Nacht. Sie fühlte sich steif vom langen Ritt, und irgendwie war ihr, als spürte sie immer noch die kräftigen Arme ihres Entführers um sich.

Sie lag auf einem Schaffell, das über einen Laubhaufen auf festgetretenem Lehmboden gebreitet war. Ein zusammengerollter Schafpelzmantel diente ihr als Kopfkissen, und sie war in einen zerlumpten Umhang gehüllt. Sie befand sich in einer geräumigen Hütte mit Wänden aus unbehauenem Stein, der mit getrocknetem Lehm gefugt war. Schwere Balken trugen das Dach mit einer Falltür, zu der eine Leiter führte. Fenster gab es nicht in den dicken Mauern, nur Schießscharten. Die Tür war aus Bronze und vermutlich Plündergut von einer vendhyanischen Grenzstadt. Auf einer Seite befand sich eine breite Öffnung in der Wand, die statt durch eine richtige Tür durch ein festes Holzgitter gesichert war. Durch dieses Gitter sah Yasmina einen prachtvollen edlen Rapphengst, der Heu kaute. Die Hütte war ganz offensichtlich Fort, Wohnraum und Stallung in einem.

In einer Ecke der Hütte kauerte ein Mädchen in Mieder und Pluderhose, der Kleidung der Bergfrauen neben einem kleinen Feuer und briet Fleischstreifen auf einem Eisengrill, der auf Steinblöcken ruhte. Ein paar Fuß über dem Boden war ein rußiger Spalt in der Wand, durch den ein Teil des Rauches abzog, der Rest trieb in dünnen blauen Schwaden durch den Raum.

Das Mädchen, das ein hübsches keckes Gesicht hatte, warf einen Blick über die Schulter auf Yasmina, dann beschäftigte sie sich wieder mit dem brutzelnden Fleisch. Jemand unterhielt sich vor der Tür, die aufschwang. Conan trat ein. Mit der Morgensonne im Rücken wirkte er noch größer und kräftiger, als Yasmina ihn in Erinnerung hatte, und ihr fielen nun auch einige Einzelheiten auf, die ihr am Abend entgangen waren. Seine Kleidung war sauber und ohne Risse und Löcher. Der breite Bakhariotwaffengürtel, von dem sein Dolch in einer reichverzierten Scheide hing, hätte der eines Prinzen sein können. Durch sein Hemd schimmerten die Glieder einer Kettenrüstung feinster turanischer Arbeit.

»Deine Gefangene ist wach, Conan«, wandte das Wazulimädchen sich an ihn. Er brummte etwas Unverständliches, schritt zum Feuer und schob ein paar der Hammelfleischstreifen auf einen Steinteller.

Das kauernde Mädchen blickte lachend zu ihm hoch. Sie sagte etwas Zweideutiges, woraufhin er grinste und sie mit dem Fuß stupste, so daß sie nach vorn auf den Boden fiel. Diese rauhe Behandlung schien ihr ungemein zu gefallen, aber Conan kümmerte sich nicht weiter um sie. Er legte ein riesiges Stück Brot zu dem Fleisch und brachte das Ganze mit einer Kupferkanne Wein zu Yasmina, die sich von ihrem Lager erhoben hatte und ihm ein wenig unsicher entgegensah.

»Kein Frühstück, wie es eine Devi gewohnt ist«, brummte er. »Aber es ist das Beste, was wir haben, und auf jeden Fall füllt es den Magen.«

Er stellte den Teller auf dem Boden ab, und plötzlich wurde Yasmina sich bewußt, wie hungrig sie war. Wortlos setzte sie sich mit gekreuzten Beinen auf den Boden, hob den Teller auf den Schoß und begann mit den Fingern zu essen, denn Besteck gab es hier ganz offensichtlich nicht. Aber schließlich war Anpassungsfähigkeit ein Beweis wahrer Aristokratie. Conan blickte, die Daumen in seinen Gürtel gehakt, auf sie hinunter. Er saß nie auf die Weise des Ostens auf überkreuzten Beinen.

»Wo bin ich?« fragte sie plötzlich.

»In der Hütte Yar Afzals, des Häuptlings der Khurum Wazuli«, antwortete er. »Afghulistan liegt viele Meilen weiter westlich. Wir verstecken uns hier eine Weile. Die Kshatriyas suchen die Berge nach dir ab – mehrere ihrer Schwadronen wurden bereits von den Stämmen aufgerieben.«

»Was hast du vor?« erkundigte sie sich.

»Ich behalte dich hier, bis Chunder Shan bereit ist, mir meine sieben Viehdiebe zurückzugeben. Ein paar Wazulifrauen sind schon dabei, Tinte aus Shokiblättern zu pressen. Wenn sie genügend haben, kannst du einen Brief an den Statthalter schreiben.«

Ein Teil ihres alten Grimmes ergriff sie, als sie daran dachte, wie sehr ihre Pläne schiefgelaufen waren, so daß sie nun Gefangene des Mannes war, den sie in ihre Gewalt hatte bringen wollen. Sie schleuderte den Teller mit den Resten ihres Mahles von sich und sprang weiß vor Zorn auf.

»Ich werde keinen Brief schreiben! Wenn du mich nicht zurückbringst, werden sie nicht nur deine sieben Männer hängen, sondern noch tausend dazu!«

Das Wazulimädchen lachte spöttisch, und Conan zog finster die Brauen zusammen, als die Tür aufschwang und Yar Afzal hereinstolziert kam. Der Wazulihäuptling war so groß wie Conan und noch breiter, aber er wirkte fett und langsam neben dem Cimmerier mit den harten Muskeln. Er zupfte an seinem rotgefleckten Bart und starrte das Wazulimädchen an, das sich daraufhin sofort erhob und die Hütte verließ. Erst jetzt wandte Yar Afzuli sich seinem Gast zu.

»Meine verdammten Leute brummeln, Conan«, sagte er. »Sie wollen, daß ich dich umbringe und wir die Frau hierbehalten, bis wir Lösegeld für sie bekommen. Mit ihrer Kleidung muß sie eine sehr vornehme Dame sein, sagen sie. Sie sagen, weshalb sollen die Afghulihunde durch sie profitieren, wenn sie sie beschützen müssen und sich so in Gefahr bringen.«

»Leih mir dein Pferd«, bat Conan. »Dann reite ich mit ihr weg.«

»Pah!« brummte Yar Afzal. »Glaubst du, ich kann nicht mit meinen Männern umgehen? Sie wissen, was ihnen blüht, wenn sie mich zu hintergehen versuchen! Sie mögen dich nicht – und auch sonst keine Fremden –, aber du hast mir einmal das Leben gerettet, das werde ich dir nie vergessen. Aber komm jetzt mit mir hinaus, Conan. Ein Kundschafter ist zurückgekehrt.«

Conan rückte seinen Gürtel zurecht und folgte dem Häuptling ins Freie. Sie schlossen die Tür hinter sich. Yasmina spähte durch eine Schießscharte. Sie sah einen ebenen Platz vor der Hütte, an dessen gegenüberliegender Seite mehrere Lehm- und Steinhütten standen. Nackte Kinder spielten zwischen den Felsen, und schlanke gutgewachsene Frauen gingen ihrer Arbeit nach.

Ganz in der Nähe der Häuptlingshütte hockten haarige Männer im Halbkreis, der Tür zugewandt. Conan und Yar Afzal waren ein paar Schritte vor der Tür stehengeblieben. Im Halbkreis saß ein weiterer Mann mit überkreuzten Beinen und sprach im rauhen Dialekt der Wazuli (den Yasmina kaum verstehen konnte, obgleich zu ihrer königlichen Erziehung auch Unterricht in den Sprachen Iranistans und der verwandten ghulistanischen Dialekte gehört hatte) zum Häuptling.

»Ich habe mich mit einem Dagozai unterhalten, der die Reiter in der Nacht gesehen hat«, sagte der Kundschafter. »Er lauerte ganz in der Nähe, als sie zu der Stelle kamen, wo wir den Lord Conan überfielen. Er belauschte sie. Chunder Shan war bei ihnen. Sie fanden den Kadaver des Pferdes und den Mann, den Conan getötet hatte, und sie erkannten, daß er ein Wazuli war. Also gaben sie ihre Absicht auf, weiter nach Afghulistan zu reiten. Aber sie wußten nicht, aus welchem Dorf der Tote stammte, und wir hatten keine Spuren hinterlassen, denen die Kshatriyas folgen konnten.

Also ritten sie zum nächsten Wazulidorf, nach Jugras. Sie brannten es nieder und töteten viele der Stammesbrüder. Doch dann fielen die Männer von Khojur in der Dunkelheit über sie her, töteten einige und verwundeten den Statthalter, der sich mit den Überlebenden kurz vor Morgengrauen durch den Zhaibarpaß zurückzog. Aber noch ehe die Sonne aufging, kehrten die Kshatriyas mit Verstärkung wieder. Den ganzen Vormittag kam es zu Scharmützeln und größeren Kämpfen. Angeblich soll eine große Armee aufgestellt werden, um die Berge rings um den Zhaibar zu durchkämmen. Die Stämme wetzen ihre Dolche und liegen an allen Pässen von hier bis zum Gurashahtal im Hinterhalt. Außerdem ist Kerim Shah in die Berge zurückgekehrt.«

Die Männer sogen hörbar die Luft ein, und Yasmina lehnte sich bei der Erwähnung dieses Mannes, dem sie Mißtrauen entgegenbrachte, noch dichter an die Schießscharte.

»Wo ist er hin?« fragte Yar Afzal.

»Das wußte der Dagozai nicht. Er hatte dreißig Irakzai von den unteren Dörfern bei sich. Sie ritten in die Berge und verschwanden.«

»Diese Irakzai sind Schakale, die einem Löwen in der Hoffnung auf ein paar Überreste folgen«, knurrte Yar Afzal. »Sie haben gierig die Münzen eingesammelt, die Kerim Shah unter den Grenzstämmen verteilt, um sich Männer wie Pferde zu kaufen. Ich mag ihn nicht, auch wenn er ein mit uns verwandter Iranistanier ist.«

»Er ist keiner«, warf Conan ein. »Ich kenne ihn von früher. Er ist Hyrkanier, ein Spion Yezdigerds. Wenn ich ihn erwische, hänge ich ihn an einer Tamariske auf!«

»Aber die Kshatriyas!« murrten die Männer im Halbkreis. »Sollen wir untätig herumhocken, bis sie uns ausräuchern? Sie werden schließlich dahinterkommen, in welchem Wazulidorf das Mädchen festgehalten wird. Die Zhaibari mögen uns nicht, sie werden den Kshatriyas helfen, uns zu finden.«

»Sollen sie doch kommen!« knurrte Yar Afzal. »Wir können die Schlucht auch gegen eine ganze Armee halten!«

Ein Mann sprang auf und schüttelte die Faust mit einem finsteren Blick auf Conan.

»Sollen wir alle seinetwegen unser Leben aufs Spiel setzen, während er die Belohnung einsteckt?« brüllte er. »Sollen wir seine Schlachten für ihn schlagen?«

Mit einem Schritt war Conan bei ihm und bückte sich leicht, um ihm voll ins haarige Gesicht zu starren. Der Cimmerier hatte sein langes Messer nicht gezogen, doch seine Linke umklammerte die Scheide und drückte den Griff bedeutungsvoll nach vorn.

»Ich bitte keinen, meine Schlachten zu schlagen«, sagte er gefährlich leise. »Zieh deine Klinge, wenn du den Mut dazu hast, japsender Hund!«

Der Wazuli wich fauchend wie eine Katze zurück.

»Wag es, mich hier anzugreifen, und fünfzig Männer werden dich zerreißen!« kreischte er.

»Was?« donnerte Yar Afzal, und sein Gesicht lief rot vor Grimm an. Er schob das Kinn vor und stemmte die Hände an die Hüften. »Bist du vielleicht der Häuptling von Khurum? Von wem nehmen die Wazuli Befehle entgegen? Von Yar Afzal oder von einem räudigen Hund?«

Der Mann wurde unter dem Blick seines unbezwingbaren Häuptlings immer kleiner. Yar Afzal packte ihn um die Kehle und würgte ihn, bis sein Gesicht sich blau färbte, dann warf er ihn wütend zu Boden und stellte sich mit dem Tulwar in der Hand über ihn.

»Bestehen noch irgendwelche Zweifel, wer hier der Häuptling ist?« fragte er drohend leise. Seine Krieger wandten verlegen die Augen ab, als sein wilder Blick über den Halbkreis streifte. Yar Afzal brummte verächtlich und schob seine Waffe mit einer Geste in die Scheide zurück, die nicht beleidigender hätte sein können. Dann versetzte er dem halb unter ihm liegenden

Aufwiegler einen Tritt, daß er vor Schmerzen aufheulte.

»Marsch hinunter ins Tal mit dir zu den Spähern auf den Höhen und frag sie, ob sie etwas gesehen haben, dann komm sofort zurück!« befahl Yar Afzal. Zitternd vor Furcht und vor Wut mit den Zähnen knirschend, machte der Mann sich auf den Weg.

Wuchtig setzte Yar Afzal sich auf einen Felsbrocken und brummte in seinen Bart. Conan stand breitbeinig, die Daumen im Gürtel, neben ihm und beobachtete die Krieger aus engen Augenschlitzen. Sie starrten ihn finster an. Sie wagten nicht, Yar Afzals Wut auf sich herabzubeschwören, aber sie haßten den Fremden, wie nur ihresgleichen hassen konnten.

»Hört mir gut zu, ihr Hundesöhne, denn ich sage euch jetzt, was der Lord Conan und ich uns ausgedacht haben, um die Kshatriyas an der Nase herumzuführen ...« Die donnernde Stimme Yar Afzals folgte dem Krieger, der seines Häuptlings Grimm zu spüren bekommen hatte.

Er schlich vorbei an den Hütten, wo die Frauen, die seine Demütigung mitangesehen hatten, ihn jetzt auslachten und ihm spöttische Bemerkungen nachschickten, und rannte auf dem Pfad dahin, der sich zwischen Felsblöcken zum Tal hinunterschlängelte.

Als er um die erste Biegung kam, die ihn vor den Blicken im Dorf verbarg, blieb er abrupt stehen und riß die Augen weit auf. Er hatte es für unmöglich gehalten, daß ein Fremder das Tal von Khurum betreten konnte, ohne von den adleräugigen Wächtern auf den Höhen gesehen zu werden. Und doch saß da ein Mann mit überkreuzten Beinen auf einem niedrigen Sims neben dem Pfad – ein Mann in Kamelhaargewand und grünem Turban.

Der Wazuli wollte einen Warnschrei ausstoßen, und seine Hand fuhr um den Griff seines Dolches, – aber in diesem Moment begegneten seine Augen denen des Fremden. Der Schrei erstarb in seiner Kehle, seine Finger hingen schlaff hinunter. Mit leeren, glasigen Augen stand er starr wie eine Statue.

Eine Weile tat sich überhaupt nichts, dann zog der Mann auf dem Sims mit dem Zeigefinger ein geheimnisvolles Zeichen in den Staub auf dem Fels. Der Wazuli sah nicht, daß er etwas ins Innere dieses Zeichens legte, aber plötzlich schimmerte dort etwas: ein glänzender schwarzer Ball, der aussah, als wäre er aus poliertem Gagat. Der Mann im Turban griff danach und warf ihn dem Wazuli zu, der ihn mechanisch auffing.

»Bring das Yar Afzal«, befahl der Mann. Willenlos drehte der Wazuli sich um und kehrte den Pfad zurück. Die schwarze Kugel hielt er in seiner ausgestreckten Hand. Er drehte nicht den Kopf, als die Frauen ihn erneut verhöhnten, während er an den Hütten vorbeiging. Er schien sie nicht einmal zu hören.

Der Mann auf dem Sims blickte ihm mit rätselhaftem Lächeln nach. Der Kopf eines Mädchens tauchte über dem Simsrand auf. Sie schaute den Mann bewundernd an, aber auch mit einer Spur Furcht, die sie am Abend zuvor noch nicht empfunden hatte.

»Warum hast du das getan?« fragte sie.

Liebkosend strich er über ihre dunklen Locken.

»Bist du immer noch verwirrt von unserem Flug auf dem Luftpferd, daß du an meiner Weisheit zweifelst?« fragte er lachend. »Solange Yar Afzal lebt, ist Conan unter den Wazulikriegern sicher. Ihre Messer sind scharf und zahlreich. Mein Plan ist sicherer, auch für mich, denn so brauche ich ihn nicht selbst zu töten, um an die Devi heranzukommen. Es gehört kein Zauberer dazu, um vorherzusehen, was die Wazuli und Conan tun werden, wenn der Bursche dem Häuptling von Khurum die Kugel Yezuds aushändigt.«

Yar Afzal hielt mitten in einem Wortschwall inne und blickte überrascht und verärgert dem Mann entgegen, den er zum Tal geschickt hatte, der sich jetzt aber durch die Herumstehenden drängte.

»Habe ich dir nicht befohlen, zu den Spähern zu gehen?« brüllte er ihn an. »Du kannst noch gar nicht zurück sein!«

Der andere schwieg. Hölzern blieb er vor dem Häuptling stehen, stierte ihm leeren Blickes ins Gesicht und streckte ihm den Gagatball entgegen. Conan, der über Yar Afzals Schulter schaute, murmelte etwas und wollte die Hand auf des Häuptlings Arm legen, aber im gleichen Moment schlug Yar Afzal den Mann in einem Wutanfall nieder. Die Kugel entglitt seiner Hand und rollte auf Yar Afzals Fuß zu. Der Häuptling, der sie erst jetzt zu sehen schien, bückte sich danach. Die Männer, die verblüfft auf ihren bewußtlosen Kameraden starrten, sahen, wie ihr Häuptling sich bückte, doch nicht, was er vom Boden aufhob.

Yar Afzal richtete sich auf, betrachtete flüchtig den Gagatball und machte sich daran, ihn in seinen Gürtel zu schieben.

»Schafft den Burschen in seine Hütte!« knurrte er. »Er sieht aus wie ein Lotusesser. Er hat durch mich hindurchgeschaut. Ich – ahhh!«

In seiner Rechten, die er gerade zum Gürtel führte, hatte er eine plötzliche Bewegung gespürt, wo keine sein durfte. Seine Stimme erstarb, während er wie erstarrt stand und ins Leere blickte. In seiner geballten Rechten empfand er eine *Veränderung*, eine *Bewegung, Leben*. Er hielt keine glatte, glänzende Kugel mehr in seinen Fingern. Und er wagte nicht nachzusehen.

Seine Zunge klebte am Gaumen, und er konnte die Hand auch gar nicht öffnen. Seine erstaunten Krieger sahen, wie seine Augen sich unnatürlich weiteten, wie sein Gesicht jegliche Farbe verlor. Plötzlich drang ein grauenvoller Schmerzensschrei von seinen bartumrahmten Lippen. Er schwankte und fiel wie vom Blitz getroffen. Sein rechter Arm war ausgestreckt, als er so mit dem Gesicht auf dem Boden lag – und zwischen den sich öffnenden Fingern kroch eine Spinne heraus: eine häßliche schwarze Kreatur mit behaarten Beinen und einem kugelförmigen Leib, der wie Gagat glänzte. Die Männer schrien und wichen hastig zurück, doch das Spinnenwesen kümmerte sich nicht um sie, sondern verschwand in einem Felsspalt.

Die Krieger blickten auf und starrten wild um sich, als plötzlich über ihr Geschrei hinweg eine dröhnende Stimme scheinbar aus dem Nichts erklang.

»Yar Afzal ist tot! Tötet den Fremden!« befahl sie.

Später leugnete jeder, der noch am Leben war, daß er gerufen hatte. Aber gehört hatten es alle. Und dieser donnernde Befehl löste ihre Verwirrung. Alle Zweifel und Furcht gingen in der plötzlich aufwallenden Blutlust unter. Ein wilder Schrei zerriß die Luft, als die Krieger sich daran machten, diesem Befehl zu gehorchen. Mit flatternden Umhängen, funkelnden Augen und erhobenen Dolchen stürmten sie auf Conan zu.

Der Cimmerier reagierte schnell. Als die Stimme erschallte, sprang er sofort zur Hüttentür. Doch die Männer waren ihm näher als er der Tür. Den Fuß auf der Schwelle, mußte er herumwirbeln und den Hieb einer drei Fuß langen Klinge parieren. Er traf den Kopf des Angreifers, duckte sich unter einem weiteren Messer, stach seinem Besitzer in den Bauch, fällte einen anderen mit der Linken und hieb einem vierten in den Leib, ehe er die Schultern gegen die geschlossene Tür warf. Klingen prallten neben seinen Ohren vom Messing ab, während andere Stücke aus dem hölzernen Rahmen hackten. Aber die Tür sprang auf, und er stolperte rückwärts in die Hütte. Ein Bärtiger, der die Klinge mit aller Kraft geschwungen hatte, als Conan zurückgesprungen war, verlor das Gleichgewicht und flog kopfüber durch die Türöffnung. Conan bückte sich, packte ihn am Gewand und riß ihn zur Seite, um sofort den Nachstürmenden die Tür ins Gesicht zu schmettern. Es krachte, und die Tür rastete ein. Hastig schob Conan die Riegel vor und wirbelte herum, um dem Angriff des anderen Mannes zu begegnen, der vom Boden aufgesprungen war und wie ein Wahnsinniger auf ihn losging.

Yasmina drückte sich in eine Ecke und beobachtete entsetzt die beiden Männer, die für ihren wilden Kampf den ganzen Raum brauchten und sogar manchmal sie in Gefahr brachten. Das Blitzen, Klirren und Krachen ihrer Klingen erfüllte die Luft, während die Meute vor der Hütte wie Wölfe heulte, mit ihren langen Dolchen ohrenbetäubend auf die Bronzetür schlugen und schwere Felsbrocken dagegen warfen. Einer holte einen Baumstamm, und die Tür erzitterte unter dem donnernden Angriff.

Yasmina drückte die Hände an die Ohren und starrte wild um sich. Ein schrecklicher Kampf fand vor ihren Augen statt, und außerhalb der Hütte herrschte der absolute Wahnsinn. Der Hengst in seiner Stallabteilung wieherte, bäumte sich auf und schlug mit den Hufen gegen die Wände. Er wirbelte herum und stieß die Vorderhufe durch das Holzgitter, gerade als der Wazuli, der vor Conans Hieben zurückwich, dagegen stolperte. Seine Wirbelsäule brach, und er wurde gegen den Cimmerier geschmissen, den er rückwärts umwarf, so daß sie beide schwer auf dem Boden landeten.

Yasmina schrie auf und rannte auf sie zu. Sie hielt beide für tot. Doch noch ehe sie die Männer erreicht hatte, stieß Conan den toten Gegner zur Seite und erhob sich. Sie griff nach seinem Arm und zitterte am ganzen Körper.

»Oh – du lebst! Ich dachte – ich dachte – du seist ebenfalls tot!«

Er blickte schnell hinunter in ihr bleiches zu ihm aufschauendes Gesicht und die dunklen erschrockenen Augen.

»Weshalb zitterst du so?« fragte er. »Warum sollte es dir etwas ausmachen, ob ich lebe oder tot bin?«

Sie versuchte ein wenig ihrer Haltung wiederzugewinnen, aber es glückte ihr nicht so recht, die Devi herauszukehren.

»Ich ziehe dich jedenfalls diesen Wölfen vor, die da draußen heulen.« Sie deutete auf die Tür, deren steinerne Schwelle abzusplittern begann.

»Sie wird nicht mehr lange halten«, murmelte Conan und ging eilig zum Stall des Hengstes.

Yasmina verkrampfte die Hände ineinander und hielt den Atem an, als sie sah, wie er die geborstenen Holzstäbe zur Seite riß und zu dem panikerfüllten Tier trat. Der Hengst hatte sich hoch aufgebäumt. Er wieherte durchdringend mit entblößten Zähnen und hatte die Ohren zurückgelegt. Conan sprang und griff nach seiner Mähne. Mit unvorstellbarer Kraft zog er das Pferd auf die Vorderbeine herunter. Es schnaubte und zitterte, verhielt sich jedoch ruhig, während Conan ihm den Zügel anlegte und den goldverzierten Sattel mit den breiten silbernen Steigbügeln befestigte.

Der Cimmerier drehte das Pferd zur Wand um und rief Yasmina herbei. Vorsichtig zwängte sich das Mädchen an dem Tier vorbei. Conan hantierte an der Steinmauer und erklärte:

»Es gibt eine Geheimtür hier, von der nicht einmal die Wazuli etwas wissen. Yar Afzal zeigte sie mir einmal, als er sehr betrunken war. Sie führt hinaus in die Schlucht hinter der Hütte. Ha!«

Als er an einem natürlich wirkenden Steinvorsprung zog, glitt ein ganzer Wandteil auf geölten Eisenschienen zurück. Das Mädchen blickte hinaus in eine schmale Kluft mit hohen Steilwänden. Schon saß Conan im Sattel und zog sie zu sich herauf. Hinter ihnen ächzte die dicke Messingtür wie ein lebendes Wesen und stürzte krachend nach innen. Wildes Geschrei brandete zum Dach, als sich die Öffnung sofort mit Wazuli füllte, die Dolche in den haarigen Fäusten trugen. Und dann schoß der edle Hengst wie von einer Sehne abgeschnellt durch die Kluft.

Das war völlig unerwartet für die Wazuli – genau wie für jene, die sich durch die Kluft zur Hütte stahlen. So schnell geschah es – dieser orkanartige Sturm des Streitrosses –, daß ein Mann in grünem Turban nicht mehr imstande war, ihm auszuweichen. Er ging unter den Hufen zu Boden, und ein Mädchen kreischte. Nur einen flüchtigen Blick erhaschte Conan von ihr, als sie vorüberbrausten: Eine schlanke junge Frau war es, in bauschiger Seidenhose und edelsteinbesetztem Brustband, die sich an die Steilwand drückte. Und schon flog der Hengst wie eine Feder im Wind weiter durch die Kluft. Die Männer, die durch die Wandöffnung hinaus in die Kluft stürmten, um die Flüchtigen zu verfolgen, stießen auf etwas, das ihre blutrünstigen Schreie zu jenen des Grauens und des Verderbens machten.

6

DER BERG DER SCHWARZEN SEHER

»Wohin jetzt?« Yasmina bemühte sich, auf dem schaukelnden Sattelbogen aufrecht zu sitzen, mußte sich jedoch an ihrem Entführer festhalten. Sie schämte sich ein wenig, daß sie es als angenehm empfand, die kräftigen Muskeln unter ihren Fingern zu spüren.

»Nach Afghulistan«, antwortete Conan. »Es ist ein gefahrvoller Weg, aber mit diesem Pferd werden wir es schon schaffen, außer wir fallen einem Trupp deiner Freunde oder Feinden der Afghuli in die Hände. Nun, da Yar Afzal tot ist, werden wir die verdammten Wazuli auf den Fersen haben. Ich bin überrascht, daß wir sie noch nicht hinter uns sehen.«

»Wer war der Mann, den du niedergeritten hast?« fragte sie.

»Ich habe keine Ahnung. Ich habe ihn noch nie zuvor gesehen. Ghulistan war er gewiß nicht. Was, bei den Göttern, er in der Kluft zu suchen hatte, ist mir ein Rätsel. Es war auch ein Mädchen bei ihm.«

»Ja«, murmelte sie nachdenklich. »Gerade das verstehe ich nicht, denn es war meine Leibmagd Gitara. Glaubst du, sie kam, um mir zu helfen? Daß der Mann ein Freund war? Wenn ja, werden die Wazuli sie beide gefangengenommen haben.«

»Wie auch immer, wir können nichts für sie tun. Kehren wir um, werden sie uns beide umbringen. Es ist mir unbegreiflich, wie ein Mädchen mit nur einem Begleiter – und einem Weisen noch dazu, denn das war er seiner Kleidung nach – so weit in die Berge gelangen konnte. Etwas ist da nicht ganz geheuer. Dieser Bursche, den Yar Afzal gezüchtigt und mit einem Auftrag weggeschickt hatte, kehrte wie ein Schlafwandler zurück. Ich sah den Priestern von Zamora bei ihren schrecklichen Riten zu, ihre Opfer hatten den gleichen blicklosen, leeren Ausdruck wie dieser Mann. Die Priester blickten in die Augen ihrer Opfer, murmelten irgendwelche Beschwörungen, woraufhin die Bedauernswerten sich mit glasigen Augen wie wandelnde Tote bewegten und ohne eigenen Willen jeden Befehl der Priester ausführten.

Ich sah auch, was der Bursche in der Hand hielt, und daß Yar Afzal es aufhob. Es glich einer kleinen Gagatkugel, wie sie die Tempeltänzerinnen von Yezud tragen, wenn sie vor der schwarzen Steinspinne tanzen, die ihr Gott ist. Nur sie hatte Yar Afzal in der Hand, das weiß ich sicher, doch als er tot auf dem Boden lag, kroch eine Spinne von der Art des Yezudgottes aus seinen Fingern, nur viel kleiner natürlich. Und dann, als die Wazuli verwirrt herumstanden, befahl eine Stimme ihnen, mich zu töten. Die Stimme kam von keinem der Krieger, genausowenig von einer der Frauen bei den Hütten, daran zweifle ich nicht. Mir schien es, als erschallte sie von aus der Luft *über* den Kriegern.«

Yasmina schwieg. Sie blickte auf die schroffen Felsen ringsum, und ihr schauderte. Sie erschienen ihr finster und drohend. Das hier war ein grimmiges rauhes Land, wo Schreckliches geschehen mochte. Für Menschen, die im Prunk und mit aller Bequemlichkeit der Städte in den Ebenen des heißen Südens aufgewachsen waren, galten sie als die Brutstätte unbeschreiblicher Schrecken.

Die Sonne stand hoch am Himmel und brannte mit glühender Hitze herab, doch der wechselnde Wind brachte eine Kälte wie von Gletschern mit sich. Einmal hörte sie ein seltsames Rauschen über ihren Köpfen, das nicht vom Wind kam. Aus der Art, wie Conan hochblickte, erkannte Yasmina, daß auch er sich Gedanken darüber machte. Ihr war, als wäre einen flüchtigen Moment das Blau des Himmels verschwommen gewesen, als hätte sich etwas Unsichtbares zwischen sie und die Sonne geschoben. Aber sie war nicht ganz sicher, ob sie es sich nicht eingebildet hatte. Weder sie noch Conan erwähnten es, doch der Cimmerier lockerte den Dolch in seiner Scheide.

Sie folgten einem undeutlich erkennbaren Pfad, der so tief kluftabwärts führte, daß kein Sonnenstrahl über ihn streifte, der wieder zu steilen Hängen anstieg, wo loser Schiefer jeden Schritt zur Gefahr machte, und sich über schmale Grate über widerhallenden Schlünden schlängelte.

Die Sonne hatte ihren Zenit überschritten, als sie zu einem schmalen Pfad kamen, der sich zwischen Felsen dahinwand. Conan zügelte den Hengst und folgte dem Pfad südwärts, in fast rechtem Winkel zu ihrem bisherigen Kurs.

»Am Ende dieses Weges liegt ein Dorf der Galzai. Ihre Frauen benutzen ihn, um Wasser von einer Quelle zu holen. Du brauchst andere Kleidung.«

Yasmina schaute an sich hinunter und pflichtete ihm bei. Ihre Pantoffeln waren zerrissen, und ihr dünnes Gewand sowie das seidene Unterzeug hingen in Fetzen, die kaum noch richtig zusammenhielten. Vornehme Kleidung, wie sie auf den Straßen von Peshkhauri gesehen wurde, war nicht gerade das Richtige für die Himelianischen Berge.

An einer Biegung saß Conan ab und half Yasmina vom Pferd. Er lauschte, dann nickte er, obgleich sie nicht das geringste hörte.

»Eine Frau kommt des Weges«, murmelte er.

In plötzlicher Panik umklammerte Yasmina seinen Arm. »Du – du wirst sie doch nicht töten!«

»Ich töte gewöhnlich keine Frauen«, brummte er, »obgleich einige dieser Bergfrauen wilder als Wölfinnen sind. Nein.« Er grinste wie über einen gelungenen Scherz. »Bei Crom, ich werde für ihre Kleidung *bezahlen!* Was sagst du dazu?« Er brachte eine Handvoll Goldmünzen zum Vorschein und steckte alle außer der größten wieder ein. Yasmina nickte erleichtert. Es war vielleicht natürlich, daß Männer sich gegenseitig umbrachten, aber ihr stellten sich die Härchen auf den Armen auf, als sie daran dachte, daß sie zusehen müßte, wie eine Frau abgeschlachtet wurde.

Kurz darauf kam ein schlankes Galzaimädchen, gerade gewachsen wie eine Gerte, um die Biegung. Beim Anblick der beiden entglitt ihr der Tonkrug, den sie getragen hatte. Im ersten Moment sah es aus, als wollte sie die Flucht ergreifen, doch dann schien ihr klarzuwerden, daß der riesenhafte Fremde viel zu nah war, um sie entkommen zu lassen. Also blieb sie stehen und starrte die beiden furchterfüllt, doch gleichzeitig neugierig an.

Conan zeigte ihr die Goldmünze.

»Du wirst dieser Frau deine Sachen geben, dafür bekommst du das Geld.«

Das Mädchen strahlte sofort übers ganze Gesicht. Mit der Mißachtung der Bergfrau für die falsche Scham der Zivilisierten öffnete sie ihr reichbesticktes Mieder, schlüpfte aus der Pluderhose, zog die weitärmelige Bluse über den Kopf und löste die Sandalen. Sie bündelte alles zusammen und reichte es Conan, der es der überraschten Devi entgegenstreckte.

»Geh hinter den Felsblock und zieh das Zeug an«, forderte er sie auf und bewies damit wieder einmal, daß er nicht hier in den Bergen aufgewachsen war. »Roll deine alten Sachen zusammen und gib sie mir, wenn du, fertig bist.«

»Das Geld!« rief das Galzaimädchen fordernd und hielt Conan die Hand unter die Nase. »Das Gold, das du mir versprochen hast!«

Conan ließ das Goldstück in ihre Hand fallen. Sie schob es zwischen die Lippen und biß darauf, ehe sie es in ihrem Haar versteckte. Dann bückte sie sich nach ihrem Krug und schritt gleichmütig den Weg weiter.

Conan wartete ungeduldig, bis die Devi sich zum erstenmal in ihrem verwöhnten Leben selbst angekleidet hatte. Als sie hinter dem Felsblock hervortrat, pfiff er unwillkürlich durch die Zähne, und sie fühlte, wie ihr das Blut in den Kopf stieg angesichts der offenen Bewunderung, die sie in seinen Augen las. Sie empfand ein wenig Scham, Verlegenheit, aber auch etwas Eitelkeit und ein nicht unangenehmes Prickeln. Er legte eine schwere Hand auf ihre Schulter, drehte sie langsam um und betrachtete sie von allen Seiten.

»Bei Crom!« sagte er. »In diesen vornehmen Gewändern warst du unnahbar und kalt und fern wie ein Stern. Jetzt bist du plötzlich eine Frau aus warmem Fleisch und Blut. Als Devi von Vendhya bist du hinter den Felsen getreten, als Bergmädchen kamst du hervor – nur tausendmal schöner als jede Zhaibarfrau! Du warst eine Göttin – jetzt bist du Wirklichkeit!«

Er versetzte ihr einen ordentlichen Klaps, und da sie das als weiteres Zeichen seiner Bewunderung erkannte, entrüstete sie sich nicht darüber. Tatsächlich kam es ihr selbst so vor, als hätte der Kleiderwechsel auch ihre Persönlichkeit verändert. Alle Gefühle, die sie bisher unterdrückt hatte, machten sich nun frei, so daß sie schon fast glaubte, sie hätte mit der königlichen Gewandung unsichtbare Fesseln und Hemmungen abgelegt.

Trotz seiner ehrlichen Bewunderung für die Devi vergaß Conan nicht, daß überall um sie Gefahr lauerte. Je weiter sie sich vom Zhaibar entfernten, desto weniger wahrscheinlich wurde es, daß sie auf Kshatriyatruppen stießen, andererseits befanden die rachsüchtigen Wazuli sich zweifellos noch auf ihrer Spur.

Er hob die Devi aufs Pferd, schwang sich ebenfalls in den Sattel und lenkte den Hengst wieder westwärts. Das Bündel mit den königlichen Gewändern warf er in einen tiefen Spalt.

»Warum hast du das getan?« fragte sie ihn. »Du hättest die Sachen doch dem Mädchen geben können.«

»Die Reiter von Peshkhauri durchkämmen die Berge«, antwortete er. »Überall legt man ihnen einen Hinterhalt und lockt sie in Fallen. Als Vergeltungsmaßnahme brennen sie jedes Dorf nieder, das sie überfallen können. Es dauert vielleicht nicht mehr lange, bis sie sich westwärts wenden. Stießen sie auf ein Mädchen, das deine Gewänder trägt, würden sie sie foltern, bis sie alles sagt, was sie weiß, und das würde die Burschen vielleicht auf unsere Fährte führen.«

»Was wird das Mädchen tun?« fragte Yasmina.

»Ins Dorf zurückkehren und behaupten, ein Fremder habe sie überfallen. Natürlich werden sie uns verfolgen. Aber sie mußte unbedingt zuerst das Wasser holen, denn wagte sie sich ohne gefüllten Krug zurück, würde man sie auspeitschen. Dadurch gewinnen wir einen ordentlichen Vorsprung. Sie werden uns nie einholen. Bei Einbruch der Nacht überqueren wir die Grenze nach Afghulistan.«

»Es gibt in dieser Gegend nirgends Pfade oder irgend etwas, das auf menschliche Behausungen hinweist«, bemerkte sie. »Selbst für die Himelians erscheint es mir ungewöhnlich still und verlassen hier. Wir haben keinen Pfad mehr gesehen, seit jenem, der zum Brunnen führte.«

Als Antwort deutete Conan in den Nordwesten, wo ein Berggipfel in einer Lücke zwischen schroffen Felsen zu sehen war.

»Yimsha«, brummte der Cimmerier. »Die Stämme bauen ihre Behausungen so weit entfernt von diesem Berg, wie sie nur können.«

Sie erstarrte. »Yimsha!« wisperte sie erschrocken. »Der Berg der Schwarzen Seher!«

»Das wird jedenfalls behauptet«, erwiderte er. »Näher war ich ihm noch nie. Ich bin nordwärts abgebogen, um kshatriyanische Truppen zu vermeiden, die möglicherweise durch die Berge streifen. Der übliche Weg von Khurum nach Afghulistan liegt weiter im Süden. Der hier ist uralt und wird nur selten benutzt.«

Sie starrte angespannt auf den fernen Berg. Ihre Nägel krallten sich in die rosige Handfläche.

»Wie lange würde man von hier zum Yimsha brauchen?«

»Den Rest des Tages und die ganze Nacht«, antwortete Conan grinsend. »Möchtest du denn hin? Bei Crom, es ist kein Ort für normale Sterbliche, wenn die Stämme hier recht haben.«

»Weshalb tun sie sich denn nicht zusammen und vernichten diese Teufel, die dort hausen?« fragte sie heftig.

»Die Zauberer mit Schwertern vernichten? Und warum auch? Sie kümmern sich nicht um die Menschen, außer jemand mischt sich in ihre Angelegenheiten. Ich selbst habe noch keinen von ihnen gesehen, aber ich unterhielt mich mit Männern, die behaupteten, sie hätten sie aus der Ferne beobachtet. Bei Sonnenaufgang und Sonnenuntergang kommen sie aus ihrem Turm und streifen durch die Felsen. Hochgewachsene schweigende Männer in schwarzen Gewändern sollen es sein.«

»Hättest du Angst, sie anzugreifen?«

»Ich?« Auf den Gedanken schien er bisher noch nicht gekommen zu sein. »Nun, wenn sie mir etwas anhaben wollten, würde ich es natürlich nicht duldsam hinnehmen. Aber ich habe mit ihnen nichts zu tun. Ich bin in diese Berge gekommen, um eine Streitmacht um mich zu sammeln, doch nicht, um die Hexer zu bekämpfen.«

Yasmina antwortete nicht sofort. Sie starrte auf den Gipfel, als wäre er ein menschlicher Feind, und sie spürte, wie all der Grimm und Haß sich erneut in ihrem Busen regte. Und noch ein Gefühl nahm vage Form an. Sie hatte ursprünglich geplant gehabt, den Mann, dessen Arme um sie lagen, gegen die Meister von Yimsha zu benutzen. Vielleicht gab es noch eine andere Weise als die ursprünglich vorgesehene, um ihr Ziel zu erreichen. Es war nicht schwer, den Ausdruck in den Augen dieses Mannes zu deuten, wenn ihr Blick auf ihr ruhte. Wie oft schon fielen Königreiche, wenn die schlanken weißen Hände einer Frau an den Fäden des Geschicks zogen? Plötzlich erstarrte sie und streckte den Finger aus.

»Schau!«

Über dem fernen Berggipfel war plötzlich eine ungewöhnliche Wolke zu sehen. Sie war von eisigem Rot mit glitzerndem Gold durchzogen, und sie bewegte sich! Während sie wie um ihre Achse wirbelte, zog sie sich zusammen. Sie schrumpfte zu einer sich drehenden Spindel zusammen, die in der Sonne blitzte. Und mit einemmal löste sie sich von dem schneebedeckten Gipfel, schwebte über die Leere wie eine bunte Feder und verlor sich gegen den blauen Himmel.

»Was mag das gewesen sein?« fragte das Mädchen unsicher, als sie an einer Felswand vorbeiritten, die die Sicht auf den fernen Berg raubte. Trotz ihrer Schönheit war die seltsame Erscheinung beunruhigend gewesen.

»Die Stämme hier nennen dieses … Ding Yimshas Teppich, was immer das bedeutet«, sagte Conan. »Ich sah fünfhundert meiner Männer davonlaufen, als wäre der Teufel hinter ihnen her, um sich in Höhlen und Felsspalten zu verstecken, nur weil sie die rote Wolke vom Berggipfel aufsteigen sahen. Was ...«

Sie waren durch eine Kluft, kaum mehr als ein breiter Spalt, zwischen hohen Wänden gekommen und hatten sich einem breiten Sims genähert, von dessen einer Seite ein zerklüfteter Hang aufwärtsführte, während der Abhang auf der anderen Seite in gewaltige Tiefen fiel. Der Pfad folgte dieser Leiste, bog um einen Felsvorsprung und führte in Serpentinen abwärts. Am Ende der Kluft, unmittelbar vor dem Sims, hatte der Hengst abrupt angehalten und schnaubte nun. Conan drängte ihn ungeduldig weiter, doch das Tier warf wiehernd den Kopf hoch und kämpfte zitternd wie gegen eine unsichtbare Barriere an.

Conan fluchte. Er sprang aus dem Sattel und hob Yasmina herunter. Eine Hand ausgestreckt, ging er vorsichtig den Weg weiter, als er erwartete er tatsächlich, gegen eine Barrikade zu stoßen, aber nichts hinderte ihn am Vorwärtsschreiten. Doch als er das Pferd zu führen versuchte, wieherte es erneut schrill und wich zurück. Da schrie Yasmina plötzlich auf. Conan wirbelte herum, während seine Hand nach dem Dolchknauf griff.

Weder er noch Yasmina hatten ihn kommen gesehen, aber plötzlich stand ein Mann in Kamelhaargewand und grünem Turban, mit auf der Brust überkreuzten Armen vor ihnen. Conan brummte vor Überraschung etwas Unverständliches, denn er erkannte in ihm den Mann, den der Rapphengst in der Kluft außerhalb des Wazulidorfs niedergerannt hatte.

»Wer zum Teufel seid Ihr?« fragte er.

Der Mann antwortete nicht. Conan fiel auf, daß seine Augen ungemein weit, starr und von gespenstischer Leuchtkraft waren. Und diese Augen hielten seinen Blick wie ein Magnet fest.

Khemsas Zauberei beruhte zu einem großen Teil auf

Hypnose, wie überhaupt die meiste Magie in den östlichen Landen. Für den Hypnotiseur war der Weg durch unzählige Generationen geebnet, die im festen Glauben an die Wirklichkeit und Macht der Hypnosekräfte gelebt hatten und gestorben waren, durch eine Massenüberzeugung und Atmosphäre, gegen die der einzelne nicht ankommt, der mit den Traditionen des Landes aufgewachsen ist.

Aber Conan war kein Sohn des Ostens. Seine Traditionen bedeuteten ihm nichts. Er war in einer völlig anderen Atmosphärc groß geworden. In Cimmerien kannte man Hypnose nicht einmal vom Hörensagen. Das Erbgut, das einen Sohn des Ostens für Hypnose anfällig machte, war ihm fremd.

Er wußte, was Khemsa mit ihm zu tun versuchte, aber er spürte die unheimlichen Kräfte des anderen nur als vagen Zug, wie durch ein spinnwebfeines Netz, das er mit der kleinsten Bewegung zerreißen konnte.

Und da er sich der Feindseligkeit dahinter ebenfalls bewußt war, zog er seinen langen Dolch und griff flink wie ein Berglöwe an.

Aber Khemsas Magie war nicht Hypnose allein. Yasmina, die genau beobachtete, konnte nicht sagen, durch welche listige Bewegung oder Illusion der Mann im grünen Turban dem schrecklichen Hieb entgangen war. Jedenfalls stieß die scharfe Klinge zwischen Seite und erhobenem Arm des Mannes hindurch, ohne etwas auszurichten, während Khemsa lediglich mit der Handfläche über Conans Hals zu streichen schien. Wie vom Blitz erschlagen, stürzte der Cimmerier zu Boden.

Doch Conan war nicht tot. Er milderte seinen Fall mit der Linken und hieb gleichzeitig mit dem Dolch in der Rechten im Stürzen nach Khemsas Beinen. Der Rakhsha konnte diesem sensengleichen Schlag nur durch einen sehr unzauberhaften Rückwärtssprung entgehen. Yasmina schrie schrill auf, als sie die Frau – die sie sofort als Gitara erkannte – hinter Felsblöcken hervor auf den Mann zukommen sah. Aber ihre Freude über das Wiedersehen legte sich sogleich, denn die Bosheit in dem schönen Mädchengesicht war nicht zu übersehen.

Conan erhob sich langsam, noch benommen von dem Schlag, der den Hals eines weniger muskelkräftigen Mannes gebrochen hätte. Es war ein Kunstschlag einer Kampfart gewesen, wie sie vor dem Untergang von Atlantis bekannt gewesen, aber seither längst vergessen war. Khemsa beobachtete Conan wachsam und ein wenig unsicher. Der Rakhsha hatte selbst erst die volle Flut seiner Kraft kennengelernt, als er den Dolchen der haßerfüllten Wazuli in der Kluft hinter dem Khurumdorf gegenübergestanden hatte. Doch der Widerstand des Cimmeriers hatte sein Selbstvertrauen ein wenig erschüttert.

Er machte einen Schritt und hob eine Hand – dann blieb er wie angewurzelt stehen und legte mit weiten Augen den Kopf schräg. Gegen seinen Willen folgte Conan seinem Blick, genau wie die beiden Frauen: das Mädchen neben dem zitternden Hengst und das andere neben Khemsa.

Wie eine schimmernde Staubwolke, die der Wind vor sich herwirbelt, kam eine rote spindelförmige Wolke den Hang herunter. Khemsas dunkles Gesicht wurde aschgrau. Seine Hand begann heftig zu zittern und fiel an der Seite hinab. Das Mädchen neben ihm spürte, daß eine Verwandlung in ihm vorging. Sie starrte ihn fragend an.

Die rote Spindel verließ den Hang und näherte sich in einem langen Bogen. Zwischen Conan und Khemsa landete sie auf dem Sims. Der Rakhsha wich mit einem würgenden Schrei zurück und schob Gitara schützend hinter sich.

Die rote Wolke drehte sich noch kurz in blendendem Glitzern, dann war sie so plötzlich verschwunden wie eine geplatzte Seifenblase. Auf dem Sims standen mit einemmal vier Männer. Es war unglaublich, unmöglich und doch Wirklichkeit. Es waren weder Geister noch Phantome, sondern hochgewachsene Männer mit kahlen Schädeln und geierartigen Gesichtern. Sie trugen schwarze Gewänder, die ihre Füße verbargen. Ihre Hände waren in den weiten Ärmeln verborgen. Stumm nickten sie gleichzeitig. Sie standen Khemsa gegenüber, aber Conan hinter ihm spürte, wie ihm das Blut in den Adern zu gefrieren drohte. Er wich langsam zurück, bis er die Schulter des zitternden Hengstes im Rücken spürte. Die Devi schmiegte sich schutzsuchend an ihn. Niemand sprach ein Wort. Drückendes Schweigen herrschte.

Alle vier Schwarzgewandeten blickten Khemsa an. Ihre Raubvogelgesichter waren reglos, ihre Augen schienen nach innen gekehrt und nachdenklich. Khemsa zitterte heftig wie im Schüttelfrost. Er hatte die Beine, um besseren Halt zu haben, weit gespreizt, und die Wadenmuskeln drohten wie im Krampf die Haut zu sprengen. Schweiß rann in Strömen über sein dunkles Gesicht. Seine Rechte umklammerte so verzweifelt etwas unter seinem braunen Gewand, daß die Hand immer blutleerer wurde. Seine Linke umkrallte Gitaras Schulter, die sich wieder neben ihn gestellt hatte. Obgleich seine Finger sich wie Klauen in ihr Fleisch gruben, gab sie keinen Laut von sich und versuchte auch nicht, sich zu befreien.

Conan war in seinem wilden Leben Zeuge zahlloser Kämpfe gewesen, doch nie eines solchen Kampfes wie jetzt, da vier teuflische Energien eine geringere, aber nicht weniger teuflische Energie zu überwältigen versuchten. Nur vage ahnte er die Kräfte, die im Spiel waren. Mit dem Rücken zur Felswand, von seinen ehemaligen Meistern gestellt, kämpfte Khemsa mit all den finsteren Kräften, all den schrecklichen Künsten und dem Wissen, die er sich in den langen grimmigen Jahren des Noviziats erworben hatte, um sein Leben.

Er war stärker, als er selbst gedacht hatte, und da er seine Kräfte für seine eigenen Zwecke eingesetzt und so immer weiter ausgebildet hatte, hatte er ungeahnte Kraftreserven angezapft. Und seine panische Furcht und Verzweiflung verliehen ihm noch weitere Kräfte. Er schwankte schier unter der gnadenlosen Eindringlichkeit dieser hypnotischen Augen, aber er hielt ihnen stand. Seine Züge waren zu einem qualvollen Grinsen verzerrt und seine Glieder wie auf der Folterbank verdreht. Es war ein Kampf der Seelen, ein Kampf von Gehirnen, die sich einer Kunst bedienten, wie sie dem Menschen seit Millionen von Jahren verboten war und die die Abgründe zwischen den Sternen genauso erforscht hatten wie die dunklen Sterne, die Brutstätte der Schatten sind.

Yasmina verstand es besser als Conan, und sie verstand auch, wieso Khemsa den konzentrierten Kräften dieser höllischen Energien widerstehen konnte, die den Fels unter seinen Füßen zu Atomen zu zerschmettern vermochten. Er verdankte es dem Mädchen, an das er sich mit der Kraft seiner Verzweiflung klammerte. Sie war für seine taumelnde Seele wie ein Anker, an dem die Wellen der seelischen Ausstrahlungen rüttelten. Seine Schwäche war jetzt seine Kraft. Seine Liebe zu dem Mädchen, so wild und vom Bösen beherrscht sie auch sein mochte, war das Tau, das ihn an den Rest der Menschheit band und seinem Willen den irdischen Halt verlieh – ein Tau oder eine Kette, die seine nichtmenschlichen Feinde nicht brechen konnten, jedenfalls nicht durch Khemsa.

Das wurde den Fremden noch vor ihm klar. Einer wandte seinen Blick vom Rakhsha ab und voll auf Gitara. Hier stieß er auf keinen Widerstand. Das Mädchen erzitterte wie ein Blatt im Wind. Ohne eigenen Willen befreite sie sich aus dem Griff ihres Liebsten, ehe ihm bewußt wurde, was geschah. Und dann tat sich etwas Schreckliches. Das Gesicht den Schwarzgewandeten zugewandt, die Augen groß und leer wie dunkles Glas, hinter dem die Kerze erloschen war, schritt sie rückwärts zum Rand des Abgrunds. Khemsa stöhnte und taumelte ihr nach und fiel so in die ihm gestellte Falle. Ein abgelenkter Geist hatte nicht die gleiche Kraft wie ein konzentrierter Geist. Er war geschlagen, ein Strohhalm in ihren Händen. Wie eine Schlafwandlerin ging das Mädchen rückwärts, und Khemsa schwankte ihr wie ein Betrunkener nach, die Hände vergebens nach ihr ausgestreckt. Er ächzte und schluchzte in seinem Schmerz, und seine Füße schleppte er mit sich, als wären sie aus Blei.

Hart am Rand des Simses hielt Gitara an, die Fersen hingen schon ein wenig ins Leere. Khemsa fiel auf die Knie und kroch wimmernd auf sie zu. Er streckte die Finger nach ihr aus, um sie zurückzuziehen. Doch noch ehe seine jetzt schwerfälligen Hände sie berühren konnten, lachte einer der Zauberer auf. Es klang, als schlüge eine Bronzeglocke in der Hölle. Das Mädchen schwankte plötzlich, und als Höhepunkt der wohlbedachten Grausamkeit gaben die schwarzen Seher dem Mädchen das volle Bewußtsein zurück, und sie erkannte die Lage, in der sie sich befand. Ihre Augen weiteten sich vor unbeschreiblicher Furcht. Sie schrie und griff verzweifelt nach den ausgestreckten Händen ihres Liebsten. Aber sie konnte sich nicht retten. Mit einem wimmernden Schrei stürzte sie in die Tiefe.

Khemsa zog sich mühsam an den Rand und lehnte sich hinüber. Lautlos bewegten sich seine Lippen. Dann drehte er sich um und starrte eine lange Weile mit weiten Augen, aus denen alles Menschliche geschwunden war, auf seine Foltermeister. Mit einem Schrei, der schier den Fels barst, schwankte er hoch und stürzte sich mit einem Dolch in der Hand auf sie.

Einer der Rakhshas stampfte mit dem Fuß auf. Ein Grollen erhob sich, das zum ohrenbetäubenden Donnern wurde. Vor den Zauberern öffnete sich im festen Gestein ein Spalt, der sich sofort weitete. Mit einem alleserschütternden Krachen splitterte ein ganzer Teil des Simses ab. Khemsa verschwand mit wild hochgeworfenen Armen in der Geröllawine, die in den Abgrund polterte.

Die vier blickten nachdenklich auf den ausgezackten neuen Rand der Felsleiste und drehten sich jäh um. Conan, der durch die Erschütterung des Berges von den Füßen gerissen worden war, griff nach Yasmina und erhob sich mit ihr. Er bewegte sich so langsam, wie sein Gehirn im Augenblick funktionierte. Er war so benommen, daß ihm das Denken schwerfiel. Er wußte, daß er unbedingt die Devi auf den Rapphengst setzen und mit ihr so schnell wie der Wind davongaloppieren mußte, aber eine unbeschreibliche Last schien ihn niederzudrücken.

Und jetzt hatten die Zauberer sich ihm zugewandt. Sie hoben die Arme, und vor seinen erschrocken aufgerissenen Augen verschwammen ihre Umrisse, wurden nebelhaft, während roter Rauch um ihre Füße wallte und sich schließlich aufwärts kräuselte, um zur wirbelnden Wolke zu wachsen. Jetzt erst wurde ihm bewußt, daß auch er in roten Dunst gehüllt war. Er hörte Yasmina aufschluchzen, und der Hengst schrie wie eine Frau unter großen Schmerzen. Die Devi wurde seinen Armen entrissen. Als er blindlings mit dem Dolch zustieß, traf ihn ein betäubender Schlag wie von einer plötzlichen Sturmböe und schmetterte ihn gegen die Felswand. Wie durch dichte Schleier sah er eine spindelartig sich drehende rote Wolke aufsteigen und über dem Berg verschwinden – mit ihr Yasmina und die vier Männer in Schwarz. Nur der verstörte Hengst blieb mit ihm auf dem Sims zurück.

7

AUF ZUM YIMSHA!

Wie Nebel sich im brausenden Wind auflöst, lösten sich auch die Schleier der Benommenheit von Conans Gehirn. Mit einem wilden Fluch schwang er sich in den Sattel, und der Hengst bäumte sich wiehernd auf. Nach einem Blick den Felshang hinauf entschied er sich, weiter dem Weg zu folgen, den er eingeschlagen hatte, als Khemsa ihn aufhielt. Doch jetzt ritt er nicht gemessenen Schrittes, sondern gab dem Pferd freien Zügel. Das Tier sauste dahin wie der Blitz, als wollte es sein Grauen durch körperliche Anstrengung abschütteln. Über den jetzt viel schmaleren Felsgrat brauste es, um eine Biegung im Fels und hinunter den schmalen Serpentinenpfad. Als sie bereits tief unten waren, sah Conan, wo das Geröll des geborstenen Simses sich am Fuß eines Steilhangs gehäuft hatte.

Der Talboden befand sich noch weit unter ihm, als er zu einem langen hohen Kamm gelangte, der wie eine Landzunge vom Hang wegführte. Zu beiden Seiten fiel der Fels steil ab. Er sah den Pfad, dem er folgen mußte. In der Ferne verließ er den Kamm und beschrieb einen großen U-Bogen zum Flußbett auf der linken Seite. Conan fluchte, daß er ausgerechnet diesem Weg folgen mußte, aber es war unmöglich – außer für einen Vogel –, auf andere Weise zum Flußbett zu kommen.

Also lenkte er den ermüdeten Rapphengst über den schmalen Grat, bis das Klacken von Hufen von unten an sein Ohr drang. Er hielt das Pferd an, beugte sich ein wenig über den Gratrand und spähte hinunter auf das ausgetrocknete Flußbett entlang dem Fuß der Felsen. Eine bunte Menge ritt hindurch: etwa fünfhundert bärtige, waffenstarrende Männer auf halbwilden Pferden. Aus dreihundert Fuß Höhe brüllte Conan hinunter.

Als sie ihn hörten, zügelten sie ihre Pferde. Fünfhundert Mann starrten zu ihm hoch, und zahllose Stimmen brüllten durcheinander. Conan vergeudete keine Worte.

»Ich war auf dem Weg nach Ghor!« donnerte er, so daß es das Gebrüll übertönte. »Welch ein Glück, euch hier zu treffen! Folgt mir, so schnell eure lahmen Gäule es erlauben! Ich reite zum Yimsha und ...«

»Verräter!« schlug es ihm wie ein Guß Eiswasser entgegen.

»Wa-as?« Sprachlos funkelte er zu ihnen hinunter. Er sah ihre Augen haßerfüllt brennen, ihre Gesichter sich vor Wut verziehen und ihre Fäuste erbost die Klingen schwingen.

»Verräter!« brüllten sie erneut. »Wo sind die sieben Häuptlinge, die gefangengenommen wurden?«

»Im Gefängnis des Statthalters, nehme ich an!« rief er zurück.

Blutdürstig heulten sie auf, während sie die Waffen noch wilder schwangen, und brüllten erneut durcheinander, so daß er nicht verstehen konnte, was sie sagten. Mit aller Kraft seiner Lunge donnerte er: »Was zum Teufel soll das? Laßt einen sprechen, damit ich euch verstehen kann!«

Ein hagerer alter Häuptling machte sich zum Wortführer. Als Einleitung schüttelte er seinen Tulwar drohend und schrie anklagend: »Du wolltest uns

Peshkhauri nicht überfallen lassen, um unsere Brüder zu befreien!«

»Nein, ihr Narren!« schrie Conan aufgebracht. »Selbst wenn ihr eine Bresche in die Festung schlagen könntet, was sehr unwahrscheinlich ist, hätten sie die Gefangenen längst gehängt, ehe ihr sie erreichen würdet!«

»Und du bist allein zum Statthalter geritten, um mit ihm zu verhandeln!« brüllte der Afghul wutschäumend.

»Na und?«

»Wo sind die sieben Häuptlinge?« heulte der alte Unterführer und schlug mit dem Tulwar ein schimmerndes Rad über dem Kopf. »Wo sind sie? Tot!«

»Was?« Conan fiel vor Überraschung fast vom Pferd.

»Ja, tot!« kreischten fünfhundert Stimmen.

Der alte Häuptling fuchtelte mit der Klinge herum, bis man ihm wieder das Wort überließ. »Und sie wurden nicht gehängt!« schrillte er. »Ein Wazuli in einer anderen Zelle sah sie sterben! Der Statthalter schickte einen Zauberer, um sie durch Hexerei zu ermorden!«

»Das kann nicht stimmen!« rief Conan. »Das würde der Statthalter gar nicht wagen. Ich sprach mit ihm vergangene Nacht ...«

Das hätte er nicht erwähnen sollen. Eine fast spürbare Welle des Hasses schlug ihm entgegen, und die schlimmsten Anschuldigungen wurden ihm an den Kopf geworfen.

»Ja! Du bist allein zu ihm! Um uns zu verraten. Und es stimmt! Der Wazuli floh durch die Tür, die der Zauberer aufgesprengt hatte, und berichtete unseren Spähern alles, die er im Zhaibar traf. Als sie des Wazulis Geschichte hörten, kehrten sie in aller Eile nach Ghor zurück, und wir sattelten unsere Pferde und griffen zu den Waffen!«

»Und was habt ihr Narren vor?« fragte der Cimmerier.

»Wir werden unsere Brüder rächen!« brüllten die Afghuli. »Tod den Kshatriyas! Tötet ihn, Brüder, er ist ein Verräter!«

Pfeile schwirrten empor und sirrten an Conan vorbei. Er erhob sich in den Steigbügeln und versuchte sich über dem Lärm Gehör zu verschaffen, doch vergebens. Wütend und voll Verachtung wendete er das Pferd und galoppierte den Weg zurück, den er gekommen war. Immer weitere Pfeile kamen geflogen, und die Afghuli tobten in ihrem Haß. Sie waren viel zu erbost, auch nur daran zu denken, daß der Grat, auf dem er sich befand, von ihnen aus nur zu erreichen war, wenn sie das Flußbett in entgegengesetzter Richtung überquerten, dem U-Bogen und dann dem Serpentinenweg zum Kamm folgten. Als sie sich daran erinnerten und umkehrten, hatte ihr gestürzter Häuptling fast das Ende des Grates erreicht.

An der Felswand nahm er nicht den Weg, den er heruntergekommen war, sondern einen kaum erkennbaren Pfad an einem Abhang, wo der Hengst Mühe hatte, sich zu halten. Er war noch nicht sehr weit gekommen, da schnaubte das Tier und scheute vor etwas zurück, das auf dem Pfad lag. Conan starrte hinunter auf das, was einst ein Mann gewesen war und nun gebrochen vor ihm lag und mit den Zähnen knirschte.

Nur die finsteren Götter, die über das Los der Zauberer bestimmen, wissen, wie Khemsa seinen zerschmetterten Leib unter dem Grabhügel der Steinlawine hervor- und den steilen Hang zum Pfad hochgeschleppt hatte.

Aus einem ihm selbst unerklärlichen Grund saß Conan ab und beugte sich über das menschliche Bündel. Er wußte, daß es ein Wunder und wider die Natur war, daß der Mann noch lebte. Der Rakhsha hob den Kopf. Seine von unerträglichen Schmerzen gezeichneten Augen, die im Nahen des Todes glasig zu werden begannen, erkannten Conan.

»Wo sind sie?« Das gequälte Röcheln war kaum noch einer Stimme ähnlich.

»Zurück in ihre verdammte Burg auf dem Yimsha«, knurrte Conan. »Sie haben die Devi mitgenommen.«

»Ich werde ihnen folgen«, krächzte Khemsa. »Sie töteten Gitara! Ich werde *sie* töten – die Akoluthen, die Vier des Schwarzen Kreises, den Meister! Sie alle werde ich töten!« Er plagte sich, seinen zerschmetterten Körper weiter über den Felsen zu schleppen, doch selbst sein unbrechbarer Wille vermochte ihn nicht mehr zu bewegen.

»Ihnen folgen!« wütete Khemsa, und Schaum quoll über seine Lippen. »Folgen …«

»Ich werde es tun!« knurrte Conan. »Ich wollte meine Afghuli holen, aber sie wandten sich gegen mich. Jetzt ziehe ich allein zum Yimsha. Ich werde mir die Devi zurückholen, und wenn ich den ganzen verdammten Berg mit den bloßen Händen niederreißen muß. Ich hatte nicht geglaubt, daß der Statthalter meine Häuptlinge töten würde, solange die Devi in meiner Gewalt ist – aber er hat es offenbar doch getan. Das wird er mir mit seinem Kopf büßen. Yasmina nutzt mir als Geisel nichts mehr, aber …«

»Der Fluch Yizils auf sie alle!« keuchte Khemsa. »Geh! Ich – Khemsa – sterbe. Warte – nimm meinen Gürtel!«

Mit der Hand fummelte er an seinen Fetzen. Conan, der wußte, was er vorhatte, bückte sich noch weiter und löste einen ungewöhnlichen Gürtel von dem zerschundenen Leib.

»Folge der goldenen Ader durch den Abgrund«, murmelte Khemsa. »Trag den Gürtel. Ich bekam ihn von einem stygischen Priester. Er wird dir helfen, auch wenn er mich schließlich im Stich ließ. Brich die Kristallkugel mit den vier goldenen Granatäpfeln. Hüte dich vor des Meisters Verwandlungen – ich eile zu Gitara – sie wartet in der Hölle auf mich – *aje, ya Skelos yar!*« Und so starb er.

Conan betrachtete den Gürtel. Das Haar aus dem er geflochten war, schien kein Roßhaar zu sein, nein, er war sogar ziemlich sicher, daß es die dicken schwarzen Zöpfe einer Frau waren. Winzige Edelsteine, derengleichen er noch nie zuvor gesehen hatte, waren darin befestigt. Die ungewöhnliche Schließe aus Gold war als Schlangenschädel gearbeitet: flach, keilförmig und mit unvorstellbarer Kunstfertigkeit geschuppt. Ein Schauder schüttelte ihn, als er darüber strich. Im ersten Ekel wollte er den Gürtel in den Abgrund werfen, doch dann zögerte er und schnallte ihn sich schließlich unter den Bakhariotgürtel. Dann schwang er sich wieder in den Sattel und ritt weiter.

Die Sonne war hinter den Bergen untergegangen. Der Hengst kletterte den Pfad in den gewaltigen Schatten der Felsen empor, Schatten, die sich wie ein dunkler Mantel über die Täler und Grate tief unten legten. Er war dem Kamm schon nahe und bog gerade um einen Felsvorsprung, als Conan vor sich das Klicken beschlagener Hufe hörte. Er drehte nicht um. Es wäre auch kaum möglich gewesen, denn so schmal war der Pfad, daß das mächtige Streitroß nicht hätte wenden können. Als er den Felsbuckel hinter sich hatte, wurde der Pfad ein wenig breiter. Drohendes Gebrüll empfing ihn, aber sein Hengst zwängte ein verstörtes Pferd gegen den Fels, und Conan packte den mit dem Säbel erhobenen Arm eines Reiters.

»Kerim Shah!« murmelte der Cimmerier, und seine Augen glühten auf. Der Turaner wehrte sich nicht.

Ihre Pferde standen Schulterblatt an Schulterblatt. Conans Finger hielten den Schwertarm des anderen ganz fest. Hinter Kerim Shah reihte sich ein ganzer Trupp hagerer Irakzai auf mageren Pferden. Mit wölfischer Wut starrten sie den Cimmerier an und umklammerten Bogen und Dolche, wagten jedoch des engen Pfades und des gähnenden Abgrunds wegen nichts zu unternehmen.

»Wo ist die Devi?« zischte Kerim Shah.

»Was geht es dich an, hyrkanischer Spion?« knurrte Conan.

»Ich weiß, daß du sie hast«, sagte Kerim Shah finster. »Ich war auf dem Weg nach Norden mit einigen Stammesbrüdern, als wir von Feinden im Shalizahpaß überfallen wurden. Viele meiner Männer wurden getötet und ich mit dem Rest wie Schakale durch die Berge gejagt. Als wir unsere Verfolger abgehängt hatten, bogen wir nach Westen zum Amir-Jehun-Paß ab. Heute morgen stießen wir auf einen Wazuli, der allein durch die Berge irrte. Etwas hatte ihm den Verstand geraubt, trotzdem erfuhr ich aus seinem wirren Geplappere noch viel, ehe er starb. Er war der einzige Überlebende eines Trupps der dem Häuptling der Afghuli und einer gefangenen Kshatriya in eine Kluft hinter dem Khurumdorf gefolgt war. Er brabbelte viel von einem Mann mit einem grünen Turban, den der Afghuli niedergeritten hatte, der aber die Wazuli, als sie ihn angriffen, auf unbeschreibliche Weise auslöschte.

Wie dieser eine Wazuli entkam, weiß ich nicht, er wußte es selbst nicht, aber seinem Geschwafel entnahm ich, daß Conan von Ghor mit seiner königlichen Gefangenen in Khurum gewesen war. Und als wir weiter durch die Berge ritten, überholten wir ein nacktes Galzaimädchen mit einem Wasserkrug. Sie erzählte uns, sie sei von einem riesigen Fremden in der Kleidung eines Afghulihäuptlings überfallen und geschändet worden. Ihr Gewand hat er einer Vendhyanerin gegeben, die ihn begleitete. Sie sagte, die beiden ritten westwärts weiter.«

Kerim Shah hielt es nicht für angebracht zu erwähnen, daß er auf dem Weg zu dem Treffpunkt mit den Truppen aus Secunderam gewesen war und festgestellt hatte, daß ihm dieser Weg durch feindliche Bergkrieger versperrt war. Der Weg zum Gurashahtal durch den Shalizahpaß war länger als der über die Straße durch den Amir-Jehun-Paß, aber letzterer führte durch Afghuliland, das Kerim Shah zu durchqueren unbedingt vermeiden wollte, solange er nicht eine ganze Armee bei sich hatte. Da ihm dann jedoch der Weg zum Shalizah abgeschnitten war, hatte er die andere Route genommen, bis er erfuhr, daß Conan mit seiner Gefangenen Afghulistan noch nicht erreicht hatte. Daraufhin war er sofort südwärts abgebogen, in der Hoffnung, den Cimmerier in den Bergen einzuholen.

»Du verrätst uns besser, wo die Devi ist«, drohte Kerim Shah. »Wir sind in der Überzahl …«

»Soll nur einer von deinen Hunden einen Pfeil abschießen, dann werfe ich dich in den Abgrund!« warnte Conan. »Es würde dir ohnehin nichts nutzen, mich zu töten. Fünfhundert Afghuli sind auf meiner Fährte. Wenn sie feststellen, daß du sie um das Vergnügen gebracht hast, mich zu töten, werden sie dir die Haut bei lebendigem Leib abziehen. Außerdem habe ich die Devi nicht mehr. Sie ist in den Händen der Schwarzen Seher von Yimsha.«

»*Tarim!*« fluchte Kerim Shah und verlor zum erstenmal seine Fassung. »Khemsa …«

»Khemsa ist tot«, brummte Conan. »Seine Meister schickten ihn mit einer Geröllawine in die Hölle. Und jetzt mach mir Platz. Es wäre mir ein Vergnügen, dich zu töten, wenn ich Zeit hätte, aber ich muß mich beeilen, um zum Yimsha zu kommen.«

»Ich begleite dich«, sagte der Turaner abrupt.

Conan lachte spöttisch. »Glaubst du, ich würde dir trauen, hyrkanischer Hund?«

»Das verlange ich auch nicht«, erwiderte Kerim Shah. »Wir beide wollen die Devi. Du kennst meine Gründe: König Yezdigerd will ihr Reich dem seinen anschließen und möchte sie selbst für seinen Harem. Und ich kenne dich aus den Tagen, als du Hetman der Kozaki warst. Du bist nur an Beute großen Stils interessiert. Du willst Vendhya plündern, dir ein gewaltiges Lösegeld für die Devi holen. Wir wollen uns eine Weile, ohne Illusionen über den anderen, zusammentun und versuchen, die Devi aus den Klauen der Seher zu befreien. Wenn es uns gelingt und wir am Leben bleiben, können wir ja darum kämpfen, wer sie behält.«

Conan musterte den anderen einen Moment aus halbzusammengekniffenen Augen, dann gab er den Arm des Turaners frei. »Abgemacht. Was ist mit deinen Leuten?«

Kerim Shah drehte sich zu den schweigenden Irakzai um und sagte kurz: »Dieser Häuptling und ich reiten zum Yimsha, um gegen die Zauberer zu kämpfen. Kommt ihr mit, oder bleibt ihr hier, um euch von den Afghuli, die diesen Mann verfolgen, lebendigen Leibes häuten zu lassen?«

Sie blickten ihn mit grimmiger Schicksalsergebenheit an. Sie wußten, daß sie dem Tod geweiht waren – wußten es, seit die singenden Pfeile der Dagozai sie aus dem Hinterhalt vom Shalizahpaß vertrieben hatten. Die Männer des unteren Zhaibars hatten zu viele Blutfehden mit denen der Höhen. Sie waren auch ein viel zu kleiner Trupp, als daß sie sich ohne die Führung des gerissenen Turaners durch die Berge zurück zu den Grenzdörfern gewagt hätten, denn entgingen sie dem einen Stamm, fielen sie dem nächsten in die Hände. Und da sie sich so gut wie für tot hielten, gaben sie die Antwort, die kein Mensch mit auch nur ein bißchen Hoffnung geben würde: »Wir folgen Euch und sterben auf dem Yimsha.«

Kerim Shah lenkte sein Pferd zurück von dem Rappen und der Felswand, steckte seinen Säbel ein und wendete mit größter Vorsicht sein Tier. So schnell es der Pfad gestattete, eilte der Trupp bergauf. Sie erreichten den Kamm, der etwa eine Meile östlich von dem Punkt lag, wo Khemsa den Cimmerier und die Devi aufgehalten hatte. Selbst für die in den Bergen aufgewachsenen Männer war dieser Pfad gefährlich gewesen. Aus diesem Grund hatte Conan ihn auch mit Yasmina nicht genommen, während Kerim Shah diesem Weg nur gefolgt war, weil er fest geglaubt hatte, Conan hätte sich für ihn entschieden. Selbst der Cimmerier seufzte erleichtert auf, als sie endlich auf dem Kamm angelangt waren. Wie Phantome ritten sie nun durch dieses wie verzauberte Schattenland, bis wieder dunkle Hänge kahl und still im Sternenlicht vor ihnen lagen.

8

YASMINA LERNT DAS KALTE GRAUEN KENNEN

Nur einen Schrei hatte Yasmina hervorgebracht, als sie spürte, wie sie von dem roten Wirbel erfaßt und mit ungeheurer Gewalt von der Seite ihres Beschützers gerissen wurde. Für einen zweiten Schrei reichte ihre Kraft nicht. Die rauschende Luftverdrängung raubte ihr Atem, Sicht und Gehör und fast das Bewußtsein. Nur vage erkannte sie, daß sie mit betäubender Geschwindigkeit durch schwindelerregende Höhen getragen wurde, und dann verließen sie die Sinne.

Noch beim Erwachen erinnerte sie sich an diesen wahr gewordenen Alptraum. So schrie sie auf und schlug haltsuchend um sich, als stürze sie aus unendlicher Höhe. Ihre Finger krallten sich in etwas Weiches. Erleichtert atmete sie auf, als ihr bewußt wurde, daß sie etwas durchaus Stabiles unter sich hatte. Sie öffnete die Augen und sah sich um.

Sie lag auf einem mit schwarzem Samt gepolsterten Diwan in einem großen dämmerigen Gemach, dessen Wände mit dunklen Behängen bedeckt waren, über die Drachen krochen. Erst beim zweiten blinzelnden Blick erkannte sie, daß diese Drachen ungemein lebensecht auf diese Behänge gestickt waren. Die tiefen Schatten ließen die hohe Decke nur ahnen, und die Düsternis in den Ecken erweckte beängstigende Phantasien. Es schien weder Fenster noch Türen zu geben, vielleicht waren sie aber auch bloß hinter den dunklen Wandteppichen verborgen. Woher das bißchen dämmerige Licht rührte, vermochte Yasmina nicht zu sagen. Dieser große Raum erschien ihr ein Reich der Geheimnisse, der Schatten und schattenhaften Formen zu sein. Obwohl sie nicht hätte schwören können, daß sich auch nur das geringste bewegte, erfüllte er sie mit schrecklichem, unbestimmtem Grauen.

Ihr Blick fiel auf etwas, das Wirklichkeit sein mußte: Auf einem zweiten kleineren Diwan, nur wenige Fuß entfernt, saß ein Mann mit überkreuzten Beinen und blickte sie sinnend an. Sein langes schwarzes Samtgewand mit feiner Goldstickerei fiel lose und verbarg seine Figur. Die Hände waren in den Ärmeln gefaltet. Eine Samtkappe saß auf dem Kopf. Das Gesicht war ruhig und gelassen und nicht häßlich. Die leuchtenden Augen wirkten unergründlich. Er bewegte keinen

Muskel, während er sie betrachtete, noch änderte sich der Ausdruck, als er bemerkte, daß ihr Bewußtsein wiedergekehrt war.

Yasmina spürte Angst, eisigem Wasser gleich, über ihren Rücken rinnen. Sie stützte sich auf die Ellbogen und blickte den Fremden furchterfüllt an.

»Wer seid Ihr?« fragte sie. Selbst in ihren Ohren klang ihre Stimme zittrig und brüchig.

»Ich bin der Meister von Yimsha.« Die Stimme war kräftig und klangvoll wie das Schallen einer Tempelglocke.

»Weshalb habt Ihr mich hierhergebracht?«

»Suchtet Ihr mich denn nicht?«

»Wenn Ihr einer der Schwarzen Seher seid – ja!« antwortet sie mutig, denn sie war sicher, daß er ihre Gedanken ohnedies lesen konnte.

Er lachte leise, und wieder rann es ihr kalt über den Rücken.

»Ihr wolltet die wilden Kinder der Berge gegen die Seher von Yimsha werfen!« Er lächelte rätselhaft. »Ich las es in Eurem Gehirn, Prinzessin, in diesem schwachen menschlichen Geist, den lächerliche Träume von Haß und Rache erfüllen.«

»Ihr habt meinen Bruder getötet!« Grimm überflutete sie und verdrängte kurz die Furcht. Sie hatte die Hände geballt und sich stolz aufgerichtet. »Weshalb habt Ihr ihn heimgesucht? Nie hat er Euch und den Euren etwas getan. Die Priester glaubten, die Seher mischen sich nicht in die Angelegenheiten der Menschen. Weshalb habt Ihr den König von Vendhya vernichtet?«

»Wie könnte ein Menschlein die Motive der Seher verstehen?« entgegnete der Meister ruhig. »Meine Akoluthen in den Tempeln in Turan, die die Priester hinter den Priestern Tarims sind, beschworen mich, mich für Yezdigerd einzusetzen. Aus eigenen Gründen tat ich es. Wie kann ich jemandem mit Eurem geringen Intellekt meine mystischen Gründe erklären? Ihr würdet es nicht verstehen.«

»Ich verstehe eines: Mein Bruder starb!« Tränen der Trauer und Wut glänzten in ihren Augen. Sie erhob sich auf die Knie und funkelte ihn an – gefährlich wie eine Raubkatze in diesem Moment.

»Wie Yezdigerd es sich ersehnte«, bestätigte der Meister ungerührt. »Eine Weile gefiel es mir, seine Ziele zu fördern.«

»Ist Yezdigerd Euer Vasall?« Yasmina versuchte den gleichen Tonfall beizubehalten. Ihr Knie war auf etwas Hartes unter einer Falte des Samtes gestoßen. Unauffällig änderte sie ihre Haltung und schob die Hand unter die Falte.

»Ist der Hund, der den Opferabfall im Tempelhof frißt, der Vasall des Gottes?« erwiderte der Meister.

Er schien ihre verstohlenen Bewegungen nicht zu bemerken. Unter dem Samt verborgen schlossen ihre Finger sich um etwas, von dem sie sicher war, daß es sich um den Griff eines Dolches handelte. Sie neigte den Kopf, damit der Schwarzgewandete das triumphierende Aufleuchten ihrer Augen nicht sah.

»Ich habe genug von Yezdigerd«, fuhr der Meister fort, »und wandte mich anderen Vergnügungen zu – ha!«

Mit einem wilden Schrei sprang Yasmina auf wie eine Dschungelkatze und stach zu. Dann stolperte sie und glitt zu Boden, wo sie zusammengekauert zu dem Mann auf dem Diwan hinaufstarrte. Er hatte sich auf keine Weise gerührt, auch sein rätselhaftes Lächeln war unverändert. Zitternd hob sie die Hand und betrachtete sie mit weit aufgerissenen Augen. Keinen Dolch umklammerten ihre Finger, sondern den Stengel eines goldenen Lotus, dessen Blütenblätter auf den zerquetschten Stiel herabhingen.

Sie ließ ihn fallen, als wäre er eine Natter, und wich verstört von ihrem Peiniger zurück. Sie setzte sich wieder auf den Diwan, da das eine etwas würdevollere Haltung für eine Königin war, als sich furchterfüllt vor den Füßen eines Zauberers zu ducken, und beobachtete ihn ängstlich, denn sie erwartete Vergeltungsmaßnahmen.

Aber der Meister bewegte sich nicht.

»Alles ist eins für ihn, der den Schlüssel zum Kosmos hält«, sagte er geheimnisvoll. »Für einen Adepten ist nichts unverwandelbar. Wenn er will, blühen stählerne Blumen in fernen Gärten, oder Blütenschwerter blitzen im Mondschein.«

»Ein Teufel seid Ihr«, schluchzte Yasmina.

»Nicht ich!« Er lachte. »Ich wurde auf diesem Planeten geboren, vor langer langer Zeit. Einst war ich ein gewöhnlicher Sterblicher. Ich habe auch in all den unzähligen Äonen meiner Erleuchtung nicht sämtliche menschliche Eigenschaften verloren. Ein Mensch, der der finsteren Künste mächtig ist, ist größer als ein Teufel. Ich bin menschlicher Abstammung, aber ich herrsche über Dämonen. Ihr habt die Meister des Schwarzen Kreises selbst gesehen – es würde Eurer Seele schaden, verriete ich Euch, aus welch fernen Reichen ich sie rief und von welcher Verdammnis ich sie mit verzaubertem Kristall und goldenen Schlangen bewahre.

Doch nur ich allein beherrsche sie. Mein törichter Khemsa bildete sich ein, er könnte sich zum großen Mann machen – der arme Narr, der Türen sprengte und sich und seine Geliebte durch die Luft tragen ließ. Doch wäre er nicht vernichtet worden, hätten seine Kräfte sich dereinst vielleicht mit den meinen messen können.«

Wieder lachte er. »Und Ihr, jämmerliche Törin! Auch nur daran zu denken, einen haarigen Berghäuptling gegen Yimsha schicken zu wollen! Ein Spaß, der von mir selbst hätte sein können, wäre ich auf die Idee gekommen, daß Ihr in seine Hände fallen könntet. In Eurem kindischen Geist las ich Eure Absicht, ihn durch Eure weibliche List zu verleiten, doch zu tun, was Ihr vorgehabt hattet.

Doch trotz all Eurer Dummheit seid Ihr hübsch anzusehen. Ich werde Euch als meine Sklavin behalten.«

Das Mädchen aus einem Geschlecht unzähliger stolzer Herrscher keuchte vor Scham und Wut bei diesen Worten.

»Das werdet Ihr nicht wagen!«

Sein spöttisches Gelächter traf sie wie ein Peitschenhieb.

»Wagt der König nicht, einen Wurm auf der Straße zu zertreten? Kleine Närrin, ist Euch denn nicht klar, daß Euer königlicher Stolz für mich nicht mehr als ein welkes Blatt im Wind ist? Für mich, der ich die Küsse von Königinnen der Hölle genoß! Ihr habt gesehen, wie ich mit einem Rebellen umgehe!«

Klein und furchterfüllt kauerte das Mädchen sich auf dem samtbedeckten Diwan zusammen. Die Züge des Meisters wurden schattenhafter. Seine Stimme hatte zuletzt einen neuen Befehlston angenommen.

»Nie werde ich zu Eurer Sklavin!« Ihre Stimme zitterte, und doch klangen ihre Worte ernstgemeint.

»Ihr werdet es«, sagte er ruhig. »Angst und Schmerzen werden Euch lehren, es zu sein. Mit solchem Grauen werde ich Euch peitschen, daß Ihr gar nicht anders könnt als nachzugeben. Ihr werdet zu Wachs in meinen Händen werden, das ich nach Belieben forme. Ihr werdet Gehorsam lernen wie noch keine Sterbliche je zuvor, bis selbst mein geringster Wunsch für Euch zum zwingenden Willen der Götter wird. Doch als erstes, um Euren Stolz zu brechen, werdet Ihr durch die vergessenen Äonen reisen, um Euch all die Wesen anzusehen, die Ihr einst wart. *Aje, yil la khosa!*«

Bei diesen Worten begann der dämmerige Raum vor Yasminas verängstigten Augen zu verschwimmen. Ihre Kopfhaut prickelte, und ihre Zunge schien am Gaumen zu kleben. Irgendwo erschallte unheildrohend ein tiefer Gong. Die Drachen auf den Wandteppichen glühten in blauem Feuer und waren nicht mehr. Der Meister auf dem Diwan wurde zum formlosen Schatten. Seltsam pulsierende Finsternis verdrängte die Düsternis. Yasmina konnte den Meister nicht mehr sehen, sie konnte überhaupt nichts mehr sehen. Sie hatte das unheimliche Gefühl, daß Wände und Decke sich unsagbar weit zurückgezogen hatten.

Dann begann irgendwo in der Dunkelheit ein Pünktchen wie ein Glühwürmchen zu leuchten. Es pulsierte, wurde zu einer goldenen Kugel, und im Wachsen wurde das Licht heller und schließlich weißglühend. Mit einemmal zersprang die inzwischen riesige Kugel und besprühte die Finsternis mit weißen Funken, die jedoch die Schatten nicht erhellten. Ein schwaches Leuchten blieb zurück, in dem ein schlanker dunkler Schaft zu erkennen war, der aus dem schattenhaften Boden schoß. Unter den starren Augen des Mädchens breitete er sich aus, nahm deutlichere Form an. Seitenstiele mit breiten Blättern wuchsen, und riesige schwarze Blüten ragten über ihr, die sich nun verstört an den schwarzen Samt drückte. Ein süßlicher Duft breitete sich aus. Yasmina erkannte die Pflanze, die vor ihr aus dem Boden gewachsen war. Es war der gefürchtete schwarze Lotus aus den gefährlichen Dschungeln Khitais.

Die breiten Blätter schienen ihr eigenes Leben zu haben, genau wie die Blüten, die sich ihr schlangengleich nickend auf ihren biegsamen Stengeln zuneigten. Auf gespenstische Weise hob die schreckliche Pflanze sich schwarz gegen die undurchdringliche Finsternis ab. Der Devi schwindelte von dem betäubenden Duft, und sie versuchte vom Diwan zu kriechen, doch dann klammerte sie sich verzweifelt an ihn, denn er kippte plötzlich. Vor Schrecken schrie sie auf und krallte die Finger in den Samt, aber unerbittlich riß etwas sie los. Die Wirklichkeit schien sich aufzulösen. Yasmina war nichts weiter mehr als ein zitterndes Atom mit eigenem Bewußtsein, das von einem seinsbedrohenden Wirbelsturm durch schwarzes eisiges Nichts gepeitscht wurde.

Dann folgte eine Zeit blinder Impulse und Bewegungen, als das Atom, das sie war, sich zu Myriaden anderen Atomen gesellte und mit ihnen verschmolz – Atome erwachenden Lebens im Urschlamm, geformt von bildenden Kräften –, bis sie wieder als bewußtes Einzelwesen hervorkam und eine endlose Lebensspirale entlangwirbelte.

Benommen durchlebte sie alle ihre früheren Seinsformen. Sie erkannte sie nicht nur wieder, sondern befand sich in den Körpern, die ihr Ich in sämtlichen wechselnden Äonen behaust hatten. Sie lief sich die Füße wund auf dem langen Weg des Lebens, der von ihrem Jetzt in die fernste Vergangenheit führte. Im Anbeginn der Zeit, die den Menschen hervorgebracht hatte, kauerte sie zitternd, von Raubtieren gejagt im Urwald. In Tierhäute gekleidet watete sie hüfttief in Reisfeldern und kämpfte mit kreischenden Wasservögeln um kostbare Körner. Mit Ochsen plagte sie sich ab, den zugespitzten Stock durch die harte Scholle zu ziehen, und schier endlos saß sie gebückt über Spinnrad und Webstuhl in Bauernkaten.

Befestigte Städte sah sie in Flammen aufgehen und floh schreiend vor Sklavenhändlern. Nackt und blutend taumelte sie über versengenden Sand und ging unter ihrem Sklavengeschirr schier zu Boden. Sie wand sich unter lüsternen Händen auf ihrem nackten Fleisch und lernte Scham, Schmerz und brutale Gier kennen. Sie schrie unter dem Biß der Peitsche und wimmerte auf der Streckbank. Von Sinnen vor Angst, wehrte sie sich gegen die Hände, die sie auf den blutigen Richtblock drückten.

Sie erlebte die Schmerzen des Gebärens und die Bitterkeit verratener Liebe. Ihr widerfuhren alles Unrecht und die Brutalität des Mannes gegenüber der Frau seit undenklicher Zeit, und sie litt unter der Gehässigkeit und Bosheit der Frau gegenüber der Frau. Und im Hintergrund von allem war sie sich ihres Devitums bewußt. Sie war all die Frauen, die sie je gewesen war, doch während sie diese Leben in Rückblende noch einmal durchmachte, wußte sie, daß sie Yasmina war. In ein und demselben Augenblick war sie eine nackte Sklavin, die sich unter der Peitsche wand, und die stolze Devi von Vendhya. Und sie litt nicht nur als Sklavin, sondern als Yasmina, für die in ihrem Stolz die Peitsche ein weißglühendes Brandeisen war.

Leben wich Leben in endloser Pein, jedes mit seiner Bürde an Leid und Scham und Schmerzen, bis sie wie aus weiter Ferne ihre eigene Stimme diese unerträgliche Qual hinausbrüllen hörte, einem Echo all des Leides durch die Äonen gleich.

Dann erwachte sie auf dem Samtdiwan in dem geheimnisvollen Gemach.

In einem gespenstischen grauen Licht sah sie auch den anderen Diwan und die schwarzgewandete Gestalt darauf. Der Kopf unter der Kapuze war gesenkt, die Schultern zeichneten sich gegen die Düsternis ab. Sie konnte keine Einzelheiten erkennen, aber die Kapuze, an deren Stelle zuvor eine Samtkappe gewesen war, erweckte dumpfes Unbehagen in ihr. Während sie die Gestalt betrachtete, griff unbeschreibliche Angst nach ihr. Sie hatte das Gefühl, daß es nicht mehr der Meister war, der so still auf dem schwarzen Diwan saß.

Dann erhob die Gestalt sich über sie und beugte sich zu ihr herab. Die langen Arme in den weiten schwarzen Ärmeln legten sich um sie. In atemberaubender Furcht kämpfte sie gegen sie an und staunte über ihre Härte. Der Kopf unter der Kapuze neigte sich tief zu ihrem abgewandten Gesicht hernieder. Und da schrie sie, schrie durchdringend in ihrer grauenvollen Angst und in entsetzlichem Ekel. Knochenarme hielten sie fest, und aus der Kapuze grinste die Fratze des Todes und der Verwesung – Züge wie verrottendes Pergament um einen modernden Schädel.

Wieder schrie sie. Und als die grinsenden Kiefer sich ihren Lippen näherten, verlor sie das Bewußtsein …

9

DIE BURG DER ZAUBERER

Die Sonne war über den weißen Gipfeln der Himelians aufgegangen. Am Fuß eines langen Hanges hielt ein Trupp Reiter an, und die Männer blickten hoch. Weit oben ragte aus der Bergwand ein steinerner Turm dem Himmel entgegen. Darunter, ein wenig dahinter und darüber schimmerten die Mauern einer großen Festung, etwa in gleicher Höhe mit der Schneekappe des Yimshas. Irgendwie erweckte das Ganze den Eindruck von Unwirklichkeit, mit den dunklen Hängen, die steil zu dieser phantastischen Burg emporführten, und darüber der glitzernde weiße Gipfel, der mit dem kalten Blau des Himmels zu verschmelzen schien.

»Wir lassen die Pferde hier«, schlug Conan vor. »Zu Fuß ist das trügerische Gestein leichter zu erklimmen als beritten. Außerdem sind unsere Tiere völlig erschöpft.«

Er schwang sich von seinem Rapphengst, der breitbeinig und mit hängendem Kopf stehengeblieben war. Sie waren die ganze Nacht hindurch hart geritten und hatten nur hin und wieder kurz angehalten, wenn die Tiere unbedingt eine Rast brauchten. Sie selbst hatten im Sattel ein paar Bissen von ihrem kargen Proviant zu sich genommen.

»Der erste Turm ist der der Akoluthen der Schwarzen Seher«, erklärte Conan. »Zumindest hörte ich das. Sie sind die Wachhunde ihrer Herren und selbst Zauberer, wenn auch mit geringeren Kräften. Sie werden gewiß nicht untätig zusehen, wenn wir den Hang hinaufsteigen.«

Kerim Shah blickte den Berg empor, dann den Weg zurück, den sie gekommen waren. Sie waren die Yimshaseite schon ziemlich weit heraufgekommen, und niedrigere Gipfel und Kämme breiteten sich unter ihnen aus. Vergebens suchte der Turaner dieses Labyrinth nach verräterischen Bewegungen und Farbflecken ab. Er atmete erleichtert auf. Offenbar hatten die Afghuli in der Nacht die Spur ihres ehemaligen Häuptlings verloren.

»Also, dann wollen wir aufbrechen!«

Wortlos banden sie die müden Pferde an einer Gruppe Tamarisken an und begannen den Hang hochzusteigen. Irgendeine Deckung gab es nicht. Es war eine kahle Wand mit nur wenigen Felsblöcken, die nicht groß genug waren, als Sichtschutz zu dienen. Aber sie verbargen etwas.

Der Trupp war noch keine fünfzig Schritt gekommen, als etwas Wildes, Knurrendes hervorstürmte. Es war einer der ausgemergelten Hunde, wie es sie überall in den Bergdörfern gab. Seine Augen glühten rot, aus seinen Lefzen schäumte Geifer. Conan war der vorderste, doch das Tier griff nicht ihn an, sondern sauste an ihm vorbei und sprang Kerim Shah an. Der Turaner warf sich zur Seite, worauf der große Hund sich auf den Irakzai hinter ihm stürzte. Der Mann schrie auf und riß den Arm hoch, in den das Tier sich verbiß, während es ihn rückwärts zu Boden warf. Im nächsten Moment hackte ein halbes Dutzend Tulwar auf das Tier ein. Doch erst als die gräßliche Kreatur schon fast zerstückelt war, gab sie ihren wütenden Angriff auf.

Kerim Shah verband den heftig blutenden Arm des Verwundeten, betrachtete ihn aus engen Augenschlitzen, dann wandte er sich wortlos ab. Er schloß sich wieder Conan an, und sie setzten ihren Aufstieg fort.

Nach einer Weile sagte Kerim Shah: »Seltsam, auf einen Dorfhund zu stoßen.«

»Es gibt keine Abfälle hier«, brummte Conan.

Beide drehten sich zu dem Verwundeten um, der ihnen mit seinen Kameraden folgte. Schweiß glitzerte auf seinem dunklen Gesicht, und er hatte vor Schmerzen die Zähne entblößt. Dann blickten beide zu dem Steinturm hoch über ihnen.

Schläfrige Stille herrschte hier im Hochland. Der Turm verriet nicht, ob er Leben beherbergte, genausowenig wie das pyramidenförmige Bauwerk dahinter. Aber die Männer kämpften sich mit angespannten Nerven hoch, als schritten sie dicht am Rand eines Kraters dahin. Kerim Shah hatte seinen mächtigen turanischen Bogen in die Hand genommen, mit dem er aus fünfhundert Schritt Entfernung den Tod schicken konnte. Die Irakzai folgten seinem Beispiel und sahen nach ihren leichteren und nicht so gefährlichen Bogen.

Aber sie waren noch nicht in Pfeilschußweite des Turmes, als urplötzlich etwas vom Himmel herabsauste. So dicht kam es an Conan vorbei, daß er den Luftzug spürte, doch nicht er, sondern ein Irakzai taumelte und fiel, und Blut drang aus der Kehle. Ein Geier mit Schwingen wie aus brüniertem Stahl schoß wieder dem Himmel entgegen. Rot tropfte es aus seinem krummen scharfen Schnabel. Er war jedoch noch nicht weit gekommen, als Kerim Shahs Sehne sirrte. Wie ein Stein stürzte der Greifvogel herab, doch niemand sah, wo er aufschlug.

Conan beugte sich über das Opfer des Geiers und stellte fest, daß der Mann bereits tot war. Keiner der Männer sprach. Was nutzte es, sich darüber auszulassen, daß Geier normalerweise keine Menschen anfielen? Rote Wut kämpfte mit fatalistischer Gleichgültigkeit in den wilden Seelen der Irakzai. Haarige Hände legten Pfeile an die Sehnen, und Augen blickten rachsüchtig zu dem Turm hoch, dessen Stille sie zu verhöhnen schien.

Der nächste Angriff kam schnell. Sie alle sahen ihn kommen: Eine weiße Rauchkugel fiel über den Turmrand und schwebte und rollte den Hang hinab auf den Trupp zu. Weitere folgten. Sie schienen harmlos zu sein, aber Conan trat hastig zur Seite, um eine Berührung durch die erste Kugel zu vermeiden. Ein Irakzai hinter ihm stieß seinen Säbel wuterfüllt in die wolkenhafte Masse. Sofort erschütterte heftiger Donner den Berg. Blendende Flammen stiegen auf, dann war die Kugel verschwunden, und von dem unvorsichtigen Krieger war nur ein Häufchen verkohlter Gebeine übriggeblieben. Die knöcherne Hand hielt noch den elfenbeinenern Säbelgriff, doch von der Klinge war nichts mehr zu sehen, sie war in der unvorstellbaren Glut geschmolzen. Trotzdem hatten die Männer, die unmittelbar neben dem Bedauernswerten gestanden hatten, keinerlei Schaden davongetragen. Sie waren von den plötzlichen Flammen nur geblendet worden.

»Stahl löst sie aus«, erklärte Conan. »Paßt auf, hier kommen weitere!« warnte er.

Der Hang über ihnen war fast bedeckt von den dunstigen Kugeln. Kerim Shah schoß einen Pfeil in die

Masse. Die Bälle, durch die der Pfeil gedrungen war, platzten in berstenden Flammen. Seine Männer folgten dem Beispiel, und für eine ganze Weile war es, als tobe ein heftiges Gewitter mit pausenlosen Blitzen und Donnerschlägen auf dem Hang. Als der Beschuß endete, waren nur noch wenige Pfeile in den Köchern übriggeblieben.

Grimmig kletterten sie weiter über verbrannten, geschwärzten Boden, wo der kahle Fels an manchen Stellen durch die Sprengung der teuflischen Kugeln zu Lava geschmolzen war.

Jetzt befanden sie sich bereits fast in Pfeilschußweite des stillen Turmes. Mit angespannten Nerven, auf jedes Grauen vorbereitet, das auf sie herabkommen mochte, bildeten sie eine gefächerte Formation.

Eine einzelne Gestalt zeigte sich auf dem Turm und hob ein zehn Fuß langes Bronzehorn an die Lippen. Das Schmettern des Instruments hallte dröhnend von den Hängen wider wie die Posaunen des Jüngsten Gerichts. Die erfolgende Antwort war grauenvoll. Der Boden erzitterte unter den Füßen der Invasoren, und ein drohendes Grollen war tief in der Erde zu hören.

Die Irakzai schrien und schwankten wie Betrunkene auf dem bebenden Hang. Conan achtete nicht darauf. Mit funkelnden Augen, den langen Dolch in der Hand, stürmte er den letzten Abhang hinauf bis zur Tür in der Steinmauer. Höhnisch schallte das gewaltige Horn über ihm. Da legte Kerim Shah einen Pfeil an die Sehne und schoß.

Nur ein Turaner konnte das schier Unmögliche vollbringen. Abrupt verstummte das Horn, statt dessen war ein hoher schriller Schrei zu vernehmen. Die grüngewandete Gestalt auf dem Turm schwankte, die Finger griffen nach dem langen Schaft, der plötzlich zitternd aus der Brust ragte, dann stürzte sie über die Brustwehr. Das gewaltige Horn verfing sich zwischen den Zinnen und drohte ebenfalls herabzufallen. Ein weiterer Grüngewandeter eilte vor Entsetzen schreiend darauf zu. Wieder sirrte ein Pfeil des Turaners, und wieder zerriß ein Schrei die Luft. Der zweite Akoluth schlug im Fallen mit dem Ellbogen gegen das Horn, daß es durch die Zinnen kippte und tief unten am Hang zerschellte.

So schnell hatte Conan die letzte Strecke zurückgelegt, daß die Echos des Sturzes noch nicht verstummt waren, als er bereits auf das Tor einhackte. Durch den Instinkt des Barbaren gewarnt, sprang er rechtzeitig zurück, als geschmolzenes Blei auf ihn herabgeschüttet wurde. Die Tatsache, daß seine Feinde sich so irdischer Verteidigungsmittel bedienten, verlieh ihm weiteren Auftrieb. Die Zauberkräfte der Akoluthen waren also beschränkt. Vielleicht waren ihre magischen Mittel schon erschöpft.

Kerim Shah eilte nun ebenfalls den Rest des Hanges hinauf, seine Männer in ungleichmäßigem Halbkreis hinter ihm. Sie schossen im Laufen, und ihre Pfeile zersplitterten an der Mauer oder flogen über die Brustwehr.

Das schwere Teakholztor gab unter dem heftigen Ansturm des Cimmeriers nach. Wachsam spähte er, auf alles vorbereitet, ins Innere. Er sah einen kreisrunden Raum mit einer nach oben führenden Wendeltreppe. Auf der gegenüberliegenden Seite der Treppe stand eine Tür offen, durch die man den Außenhang sehen konnte – und die Rücken eines halben Dutzends panisch fliehender Grüngewandeter.

Conan brüllte, trat einen Schritt in den Turm, dann riß ein angeborener Sinn ihn zurück, und schon schmetterte ein riesiger Steinblock auf die Stelle, wo er soeben noch gestanden hatte. Er rief dem Turaner und den Irakzai eine Warnung zu und raste um den Turm.

Die Akoluthen hatten ihre erste Verteidigungslinie

verlassen. Als er um den Turm bog, sah er ihre grünen Gewänder schon auf halber Bergeshöhe vor ihm. Er verfolgte sie, keuchend vor Kampfeslust, und hinter ihm stürmten Kerim Shah und die Irakzai herbei. Die Irakzai heulten wie die Wölfe, erfreut über die Flucht ihrer Feinde. Ihr augenblicklicher Triumph überwog ihre Schicksalsergebenheit.

Der Turm stand an einem Sims unterhalb eines Plateaurands, zu dem ein leichter Abhang hochführte. Mehrere hundert Fuß entfernt endete dieses Plateau abrupt an einer Kluft, die weiter bergab nicht zu sehen gewesen war. Ohne in ihrem Lauf anzuhalten, sprangen die Akoluthen in den Abgrund. Ihre Verfolger sahen ihre flatternden Gewänder über dem Rand verschwinden.

Wenige Momente später standen sie selbst an diesem Rand eines gewaltigen Grabens, der sie von der Burg der Schwarzen Seher trennte. Es war eine Klamm mit Steilwänden, die sich, soweit sie sehen konnten, in beide Richtungen erstreckte und vermutlich den Berg umringte. Sie schien etwa dreizehnhundert Fuß breit und ungefähr sechzehnhundert Fuß tief zu sein. In ihr, von Rand zu Rand, schimmerte und glitzerte ein seltsamer halbdurchsichtiger Dunst.

Conan brummte erstaunt, als er hinunterschaute. Tief unten auf dem Kluftboden, der wie brüniertes Silber glänzte, sah er die Akoluthen. Ihre Umrisse waren unklar und verschwommen, als bewegten sie sich tief im Wasser. Im Gänsemarsch stapften sie zur gegenüberliegenden Klammseite.

Kerim Shah legte einen Pfeil an die Sehne und schoß. Doch als der Pfeil in den Nebel der Kluft eindrang, schien er langsamer zu werden und vom Kurs abzukommen.

»Wenn sie unbeschadet hinuntergesprungen sind, können wir es auch!« brummte Conan, während Kerim Shah verblüfft seinem Pfeil nachstarrte. »Zuletzt habe ich sie hier gesehen …«

Er spähte hinunter und sah etwas wie einen goldenen Faden über den Kluftboden verlaufen, und die Akoluthen folgten ihm offenbar. Plötzlich erinnerte er sich an Khemsas rätselhafte Worte: »Folge der goldenen Ader!« Genau an der Stelle des Randes, wo er kauerte, direkt unter seinen Fingern, fand er es: eine dünne Ader glitzernden Goldes, die von einer geringen Erzablagerung fast an der Oberfläche über den Rand und quer über den silbrigen Boden führte. Und noch etwas entdeckte er, das aufgrund der sonderbaren Widerspiegelung des Lichtes fast verborgen war: Die goldene Ader folgte einer schmalen, mit Nischen für Hand- und Fußgriffe ausgestatteten Rampe in die Tiefe.

»Hier gingen sie hinunter«, erklärte er Kerim Shah. »Sie sind keine Adepten, die durch die Luft schweben können. Wir folgen ihnen …«

In diesem Augenblick schrie der Mann, der von dem tollwütigen Hund gebissen worden war, grauenvoll auf. Schaum quoll aus seinen Lippen. Er begann mit den Zähnen zu knirschen und sprang Kerim Shah an. Der Turaner, flink und geschmeidig wie eine Katze, hüpfte zur Seite, und der Mann stürzte kopfüber in die Kluft. Die anderen eilten zum Rand und blickten ihm verblüfft nach. Er plumpste nicht wie ein Stein hinunter, sondern schwebte langsam durch den rosigen Dunst, als tauche er durch tiefes Wasser. Er bewegte Arme und Beine wie ein Schwimmender, und sein Gesicht war purpurn und noch schlimmer verzerrt, als man es der Tollwut zuschreiben konnte. Tief unten blieb er reglos auf dem schimmernden Boden liegen.

»Der Tod haust in dieser Kluft«, murmelte Kerim Shah und wich von dem rosigen Dunst zurück, den sein ausgestreckter Fuß fast berührt hatte. »Was nun, Conan?«

»Weiter!« bestimmte der Cimmerier grimmig. »Die Akoluthen sind gewöhnliche Sterbliche. Wenn der Dunst sie nicht tötet, bringt er mich auch nicht um.«

Er rückte seinen Gürtel zurecht, dabei berührten seine Finger den daruntergeschnallten zweiten Gürtel, den Khemsa ihm gegeben hatte. Er runzelte die Stirn, dann lächelte er düster. Er hatte ihn vergessen, aber jetzt wurde ihm bewußt, daß der Tod ihn dreimal übergangen und ein Opfer hinter ihm gewählt hatte.

Die Akoluthen hatten inzwischen die gegenüberliegende Kluftwand erreicht und krochen sie wie riesige grüne Fliegen empor. Conan stieg auf die Rampe und dann langsam abwärts. Die rosige Wolke leckte nach seinen Knöcheln und kam höher, je tiefer er hinunterstieg. Sie berührte seine Knie, seine Hüften, seine Brust, seine Achselhöhlen. Sie fühlte sich an wie dichter Nebel. Als sie sein Kinn erreichte, zögerte er kurz, dann tauchte er unter. Hastig stieß er den Kopf wieder hoch und keuchte nach Luft.

Kerim Shah beugte sich zu ihm hinunter und sagte etwas. Doch Conan achtete nicht darauf. Er bemühte sich, nur an das zu denken, was der sterbende Rakhsha zu ihm gesagt hatte, und tastete nach der Goldader. Dabei stellte er fest, daß er bei seinem Abstieg davon abgekommen war. Mehrere Handgriffe waren in die Rampe gehauen. Er begann nun direkt über der Ader hinunterzusteigen. Der rosige Dunst hüllte ihn ein, jetzt auch seinen Kopf, doch immer noch atmete er reine Luft. Über sich sah er seine Begleiter zu ihm herunterstarren. Ihre Gesichter wirkten verschwommen durch den Dunst, der über seinem Kopf schimmerte. Er winkte ihnen zu, ihm zu folgen, und stieg schneller weiter, ohne darauf zu warten, ob sie es auch taten.

Kerim Shah steckte wortlos seinen Säbel in die Scheide zurück und stieg ebenfalls die Rampe hinunter. Die Irakzai, die mehr Angst hatten, allein hier oben zu bleiben, als vor dem Grauen, das sie da unten erwarten mochte, beeilten sich, es ihm gleichzutun. Jeder hielt sich nach Conans Vorbild genau an die Goldader.

Auf dem Kluftboden angekommen, turnten sie wie Seiltänzer weiter über die Goldader. Es war, als schritten sie durch einen Tunnel mit unsichtbaren Wänden, durch den die Luft frei zirkulierte. Zwar spürten sie, wie der Tod von oben und beiden Seiten darauf preßte, aber er konnte sie nicht berühren.

Die Goldader kroch die andere Kluftwand hinauf, über die die Akoluthen verschwunden waren. Ihre Nerven spannten sich an, als sie ihr weiter folgten, denn es war unmöglich vorauszusehen, was oben zwischen den Felszacken und Felsbrocken lauerte.

Es war jedoch kein übernatürliches Grauen, sondern die grüngewandeten Akoluthen erwarteten sie mit Dolchen. Möglicherweise hatten sie die Grenze erreicht, über die hinaus sie sich nicht zurückziehen konnten. Vielleicht hätte der stygische Gürtel um Conans Mitte verraten können, weshalb ihre Zauberkünste sich als so schwach erwiesen hatten und so schnell erschöpft gewesen waren. Es mochte natürlich sein, daß die Strafe für Versagen Tod war und sie deshalb mit funkelnden Augen hinter den Felsblöcken hervorsprangen und in ihrer Verzweiflung Dolche schwangen, da sie sich keiner magischer Mittel mehr bedienen konnten.

Kein Kampf mit Zauberkräften wütete zwischen den Felsen am Rand der Schlucht, sondern ein Kampf mit wirbelnden Klingen, deren Stahl tief ins Fleisch biß; wo echtes Blut floß; wo sehnige Arme Klingen schwangen; wo Menschen tot oder verwundet zu

Boden gingen und andere in ihrer Kampfeslust über sie hinwegtrampelten.

Viele der Irakzai hauchten ihr Leben zwischen den Felsen aus. Von den Akoluthen hatte kein einziger den heftigen Kampf überstanden – sie lagen da oder schwebten durch den schimmernden Dunst hinab auf den Silberboden der Kluft.

Die Sieger schüttelten sich Blut und Schweiß aus den Augen und blickten einander an. Conan und Kerim Shah waren unverwundet geblieben, genau wie vier Irakzai.

Sie standen zwischen den Felszähnen, die wie Zinnen den Kluftrand einsäumten. Von hier führte ein Pfad einen sanften Hang zu einer breiten Treppe mit sechs Stufen empor. Die Stufen bestanden aus grünem Jade, waren gut hundert Fuß breit und endeten an einer weiten Plattform oder dachlosen Galerie aus dem gleichen polierten Stein. Darüber erhob sich stufenförmig die Burg der Schwarzen Seher, die wie aus dem Berg selbst gehauen schien. Sie war von beeindruckender Bauweise, ohne jegliches Zierwerk. Hinter den zahllosen vergitterten Fenstern hingen Vorhänge. Das Bauwerk war so still und verriet keinerlei Spur von Leben, als wäre es unbewohnt.

Schweigend und wachsam wie Menschen, die sich einer Schlangengrube näherten, stiegen sie den Pfad hinauf. Nach den Mienen der Irakzai zu schließen, glaubten sie in ihren Untergang zu schreiten. Selbst Kerim Shah stapfte stumm dahin. Nur Conan schien nicht bewußt zu sein, welch ein Verstoß gegen ihre innere Einstellung dieser Angriff war, welch nie dagewesener Bruch aller Tradition. Er war nicht aus dem Osten, er stammte aus einer Rasse, die gegen Teufel und Hexer genauso ungerührt kämpfte wie gegen menschliche Feinde.

Er stieg die glänzende Treppe hinauf und überquerte die weite grüne Galerie zur mächtigen goldbeschlagenen Teakholztür. Nur einen Blick warf er die gewaltige Stufenpyramide empor. Er streckte eine Hand nach dem Bronzegriff aus – doch dann zog er sie grimmig grinsend wieder zurück. Dieser Griff hatte die Form einer Schlange: Der Schädel hob sich vom gekrümmten Hals. Conan vermutete, daß dieser Metallschädel unter seiner Hand zu gräßlichem Leben erwachen würde.

Mit einem Hieb seiner Klinge trennte er ihn von der Tür. Obwohl er metallisch klirrend auf dem Boden aufschlug, blieb der Cimmerier weiter vorsichtig. Mit der Dolchspitze stieß er ihn zur Seite und wandte sich wieder der Tür zu. Absolutes Schweigen herrschte. Weit unter ihnen verloren die Berghänge sich in purpurnem Dunst. Die Sonne glitzerte auf den Schneekappen der Gipfel zu beiden Seiten. Hoch am Himmel hob ein Geier sich als schwarzer Punkt vom kalten Blau ab. Außer ihm und den Männern vor der goldbeschlagenen Tür war nirgends ein Zeichen von Leben, und die Männer waren selbst nur winzige Gestalten auf dem grünen Jade, hoch oben auf dem Berg, mit der phantastischen Pyramide über ihnen.

Ein schneidender Wind von den Gletschern ließ die Lumpenkleidung der Irakzai aufflattern. Conans langer Dolch, der immer wieder in die Teakholzfüllung drang, weckte schmetternde Echos. Heftig hieb er gleichermaßen durch Holz und Metall. Durch die zersplitterte Tür spähte er schließlich wachsam und mißtrauisch wie ein Wolf ins Innere. Hinter der Tür lag ein breites Gemach, dessen polierte Steinwände ebenso kahl wie der Mosaikboden waren. Eckige glänzende Ebenholzhocker und ein steinernes Podest waren das einzige Mobiliar. Niemand hielt sich in diesem Raum auf, eine zweite Tür führte aus ihm hinaus.

»Ein Mann soll draußen Wache halten«, brummte Conan. »Ich gehe hinein.«

Kerim Shah stellte einen Krieger als Posten ab, der mit dem Bogen schußbereit zur Mitte der Galerie stapfte. Conan trat in die Burg, dicht gefolgt von dem Turaner und den drei restlichen Irakzai. Der als Wache eingeteilte Mann spuckte in hohem Bogen, brummte in seinen Bart und zuckte plötzlich zusammen, als ein leises höhnisches Lachen an sein Ohr drang.

Er hob den Kopf und sah auf der Pyramidenstufe über sich einen hochgewachsenen schwarzgewandeten Mann, der leicht mit dem kahlen Schädel nickte, während er zu dem Posten hinunterschaute. Seine Haltung verriet Spott und Bosheit. Blitzschnell schoß der Irakzai einen Pfeil ab, der geradewegs in die Brust des Schwarzgewandeten drang. Das höhnische Lächeln änderte sich nicht. Der Seher zupfte den Pfeil heraus und warf ihn dem Schützen zurück, doch nicht als Waffe schleuderte er ihn, sondern als Geste der Verachtung. Der Irakzai duckte sich unwillkürlich und warf instinktiv den Arm hoch. Seine Finger schlossen sich um den drehenden Schaft.

Plötzlich schrie er grauenerfüllt. Der hölzerne Schaft in seiner Hand *wand* sich, wurde nachgiebig und schien in seinen Fingern zu schmelzen. Er versuchte ihn von sich zu werfen, doch zu spät. Er hielt eine lebende Schlange, die sich bereits um sein Handgelenk gewickelt hatte. Ihr keilförmiger Schädel schnellte auf seinen muskulösen Arm zu. Wieder schrie er. Seine Augen weiteten sich, sein Gesicht lief blau an. Mit zuckenden Gliedern sank er auf die Knie und stürzte schließlich leblos zu Boden.

Die Männer, die ins Innere getreten waren, wirbelten bei seinem ersten Schrei herum. Conan rannte zur offenen Tür und blieb verwirrt stehen. Den Männern hinter ihm schien es, als drückte er gegen leere Luft.

Er konnte es zwar nicht sehen, aber es bestand kein Zweifel, daß dickes Glas die Türöffnung versperrte, seine tastenden Finger konnten ihn nicht trügen. Durch die Scheibe hindurch vermochte er aber den Irakzai zu erblicken, der reglos auf dem Jadeboden lag. Ein ganz gewöhnlicher Pfeil steckte in seinem Arm.

Conan hob den Dolch und hieb damit zu. Es verblüffte die anderen, als seine Schläge offenbar mitten in der Luft mit lautem Klirren abprallten. Er gab es schnell auf, denn er wußte, daß nicht einmal der sagenhafte Tulwar Amir Khurums diesen unsichtbaren Vorhang zerschmettern konnte.

Mit wenigen Worten klärte er Kerim Shah auf. Der Turaner zuckte die Schultern. »Nun, wenn unser Ausgang versperrt ist, müssen wir einen anderen finden. Inzwischen aber haben wir anderes vor, nicht wahr?«

Brummend drehte der Cimmerier sich um und schritt zur anderen Tür. Er hatte das dumpfe Gefühl drohender Gefahr. Als er den Dolch hob, um die Tür einzuschlagen, öffnete sie sich wie von selbst. Er schritt in eine gewaltige Halle mit glasähnlichen Säulen zu beiden Seiten. Hundert Fuß von der Tür entfernt befand sich die erste Stufe einer breiten jadegrünen Treppe, die aufwärts führte und sich wie die Seite einer Pyramide verjüngte. Was hinter der Treppe lag, war nicht zu erkennen, aber zwischen ihm und ihr stand ein seltsamer Altar aus glänzendem Gagat. Vier riesige Schlangen wanden sich um ihn herum und streckten ihre keilförmigen Schädel in die Luft, jede in eine andere Himmelsrichtung, wie die verzauberten Wächter eines legendären Schatzes. Doch auf dem Altar, zwischen den gekrümmten Hälsen stand nichts weiter als eine Kristallkugel, die mit etwas Rauchähnlichem gefüllt war, in dem vier goldene Granatäpfel schwammen.

Der Anblick erinnerte ihn vage an etwas Bestimmtes, doch dann achtete er nicht länger auf den Altar, denn auf der untersten Stufe standen plötzlich vier schwarzgewandete Gestalten. Er hatte sie nicht kommen gesehen. Sie waren wie aus dem Nichts aufgetaucht, diese vier großen hageren Männer mit den Raubvogelgesichtern, die gleichzeitig nickten und deren Hände und Füße unter den wallenden Gewändern verborgen waren.

Einer hob den Arm. Der Ärmel fiel zurück und offenbarte eine Hand – die keine war. Mitten im Schritt blieb Conan stehen, gegen seinen Willen. Er war auf eine Kraft gestoßen, die sich von Khemsas Hypnosekunst unterschied. Er konnte nicht weitergehen, wohl aber sich zurückziehen, wenn er es wollte. Seine Begleiter hielten ebenfalls inne, und sie waren hilfloser noch als er, da sie sich in keine Richtung zu bewegen vermochten.

Der Seher mit dem erhobenen Arm winkte einen der Irakzai herbei. Wie ein Schlafwandler ging der Mann auf ihn zu. Er starrte blicklos geradeaus, und der Krummsäbel hing von den schlaffen Fingern. Als er an dem Cimmerier vorbeikam, legte Conan den Arm um seine Brust, um ihn zurückzuhalten. Unter normalen Umständen war der Cimmerier viel stärker als der Irakzai und hätte ihm ohne Mühe das Rückgrat brechen können, doch jetzt wurde sein muskelschwellender Arm wie eine Gerte zur Seite gestreift, und der Irakzai schritt unter dem Einfluß des fremden Willens weiter. An der Treppe angekommen, kniete er steif nieder, streckte dem Schwarzgewandeten seine Klinge entgegen und beugte den Kopf. Der Seher nahm den Säbel, schwang ihn hoch und dann hinab. Der Schädel des Irakzai fiel von den Schultern und schlug schwer auf dem schwarzen Marmorboden auf. Der Körper sackte zusammen und blieb mit ausgebreiteten Armen liegen.

Wieder hob sich eine mißgestaltete Hand und winkte. Ein zweiter Irakzai schritt steif in sein Verderben. Das gleiche gräßliche Schauspiel wiederholte sich, und ein weiterer Toter lag auf dem Boden.

Als der dritte Stammesbruder an Conan vorbei dem Tod entgegenschritt, wurde sich der Cimmerier fremdartiger unsichtbarer Kräfte bewußt, die rings um ihn zum Leben erwachten, während seine Schläfenadern zu bersten drohten vor Anstrengung, die unsichtbare Barriere zu brechen. Ohne Vorwarnung spürte er es, aber das Gefühl war so überwältigend, daß er an seinem Instinkt nicht zweifelte. Unwillkürlich glitt seine Linke unter den Bakhariotgürtel und legte sich um den stygischen Gürtel. Als er ihn umklammerte, floß neue Kraft in seine tauben Glieder. Sein Lebenswille war wie pulsierendes weißglühendes Feuer von derselben Heftigkeit wie seine brennende Wut.

Der dritte Irakzai war nun tot, und die gräßlichen Finger winkten erneut, als Conan spürte, wie die unsichtbare Barriere barst. Unwillkürlich stieß er einen wilden Schrei aus, während er mit der Plötzlichkeit und Gewalt aufgestauter Wut sprang. Seine Linke hielt weiter den stygischen Gürtel umklammert, und der lange Dolch blitzte in seiner Rechten. Die Männer auf der Treppe rührten sich nicht. Sie blickten ihm höhnisch, aber ruhig entgegen, und falls sie überrascht waren, zeigten sie es nicht. Conan dachte lieber gar nicht daran, was geschehen mochte, wenn er sie erreicht hatte. Das Blut pochte in seinen Schläfen, und ein roter Schleier schob sich vor seine Augen.

Ein weiteres Dutzend Schritte würden ihn zur Treppe und zu den höhnischen Teufeln bringen. Er holte tief Luft, und die Wut in ihm wuchs mit seinen schnelleren Schritten. Er schoß an dem Altar mit den goldenen Schlangen vorbei, als in seinem Gehirn übermächtig die Worte Khemsas widerhallten: *»Brich die Kristallkugel!«*

Er reagierte fast ohne bewußtes Zutun. Die Tat folgte dem Impuls so schnell, daß die größten Zauberer seiner Zeit nicht in der Lage gewesen wären, seine Gedanken zu lesen und die Ausführung zu verhindern. Er wirbelte mitten im Lauf geschmeidig wie eine Katze herum und hieb seinen Dolch hinab auf die Kristallkugel. Sofort vibrierte die Luft unter einem furchtbaren Dröhnen, das von überallher zu kommen schien. Dann drang ein Zischen an Conans Ohren, als die goldenen Schlangen zum Leben erwachten, sich wanden und auf ihn zuschnellen wollten. Er war flink wie ein gereizter Tiger. In einem Wirbel von Stahl flogen die Schlangenschädel von den Rümpfen, und dann schlug er erneut und immer wieder auf die Kristallkugel ein, bis sie schließlich mit ohrenbetäubendem Donnern zerbarst und die feurigen Splitter auf den schwarzen Marmor regneten. Wie von langer Gefangenschaft befreit, schossen die goldenen Granatäpfel zur hohen Decke und waren verschwunden.

Gräßliche Schreie hallten durch die große Halle. Auf den Stufen wanden sich die vier Schwarzgewandeten. Grauenvolle Zuckungen verzerrten ihre Glieder und Gesichter. Schaum quoll von ihren Lippen, bis sie mit einem anschwellenden unmenschlichen Heulen zusammenbrachen und erstarrten. Conan zweifelte nicht daran, daß sie tot waren. Er starrte auf den Altar und die Kristallscherben. Die vier kopflosen Schlangenleiber wanden sich immer noch um den glänzenden Gagat, aber sie waren wieder zu leblosem Gold geworden.

Kerim Shah erhob sich langsam von den Knien, auf die er durch eine unsichtbare Kraft geworfen worden war. Er schüttelte den Kopf, als könnte er sich damit von dem Klingen in seinen Ohren befreien.

»Hast du das Klirren gehört, als du auf die Kugel einschlugst? Es war, als würden tausend Kristallscheiben in der ganzen Burg zersplittern. Waren die Seelen der Zauberer in den goldenen Kugeln gefangen? – Ha!«

Conan wirbelte herum, als Kerim Shah den Säbel zog und deutete.

Ein Mann stand am Fuß der Treppe. Auch er trug ein schwarzes Gewand, aber seines war aus goldbesticktem Samt, und aus schwarzem Samt war auch die Kappe auf seinem Kopf. Sein durchaus nicht häßliches Gesicht war ruhig.

»Wer zum Teufel bist du?« fragte Conan drohend und starrte ihn mit dem Dolch in der Hand an.

»Ich bin der Meister von Yimsha!« Die Stimme klang wie das Schallen einer Tempelglocke. Eine Spur grausamer Freude war nicht zu überhören.

»Wo ist Yasmina?« fragte Kerim Shah.

Der Meister lachte.

»Was interessiert dich das, der du so gut wie tot bist? Hast du so schnell meine Kräfte vergessen, die ich dir einmal lieh, daß du dir mit Waffengewalt Zutritt zu mir verschafft hast, armer Tor? Ich glaube, ich werde mir dein Herz holen, Kerim Shah!«

Er streckte die Hand aus, wie um etwas entgegenzunehmen. Der Turaner schrie im Todesschmerz. Er schwankte einem Betrunkenen gleich, und dann waren ein Bersten von Muskeln und das Krachen von Gliedern der Kettenrüstung zu hören. Der Turaner sackte zu Boden, während der Meister lachend das pulsierende Herz vor die Füße des Cimmeriers warf.

Mit Wutgeheul stürmte Conan die Treppe hoch. Aus Khemsas Gürtel spürte er Kraft und Haß über den Tod hinaus in sich strömen und gegen die unmenschliche

Ausstrahlung ungeheurer Macht ankämpfen, die ihm entgegenschlug. Die Luft füllte sich mit stählern schimmerndem Dunst, durch den er mit gesenktem Kopf, wie ein Schwimmer tauchte, den linken Arm vor das Gesicht gedrückt, den Dolch in der Rechten. Seine halbgeblendeten Augen spähten über den Ellbogen. Er sah den verhaßten Seher vor und über sich, und seine Umrisse wogten wie ein Spiegelbild in bewegtem Wasser.

Kräfte, die über seine Vorstellung gingen, zerrten an ihm, aber er spürte einen fremden Antrieb, der ihn trotz seiner betäubenden Schmerzen und der Gegenwehr des Zauberers unaufhaltsam hochtrug.

Er hatte das Ende der Treppe erreicht. Des Meisters Gesicht schwamm in dem stählernen Dunst vor ihm und verriet zweifellos einen Hauch ungewohnter Furcht. Wie durch eine Brandung watete Conan durch den Dunst, und sein Dolch schwang hoch wie etwas Lebendes. Die scharfe Spitze zerriß des Meisters Gewand, als der mit einem leisen Schrei zurücksprang. Und dann verschwand der Zauberer vor Conans Augen, verschwand wie eine geplatzte Seifenblase, und etwas Längliches, Wellenförmiges schoß die schmalere Treppe links neben der breiten hinauf.

Conan rannte ihm nach, ohne recht zu wissen, was es gewesen war, das er hier gesehen hatte, aber seine berserkerhafte Besessenheit überlagerte Übelkeit und Grauen in einem Winkel seines Bewußtseins.

Er stürmte auf einen breiten Korridor, dessen unbedeckte Wände und Boden aus poliertem Jade waren – und etwas Langes, Flinkes fegte über den Korridor vor ihm und durch eine vorhangbedeckte Türöffnung. Aus dem Raum dahinter schrillte ein grauenvoller Schrei, der Conans Füßen gleichsam Flügeln verlieh. Kopfüber warf er sich durch den Vorhang.

Ein schrecklicher Anblick bot sich ihm. Yasmina kauerte auf einem samtbezogenen Diwan und schrie ihren Abscheu und ihr Grauen hinaus. Sie hatte einen Arm erhoben, als könnte sie damit den Angriff einer riesigen Schlange abwehren, deren glänzender Schuppenhals sich aus dem zusammengeringelten Leib hob. Mit einem würgenden Schrei warf Conan seinen Dolch.

Sofort wirbelte die Bestie herum und schnellte ihm entgegen. Der lange Dolch zitterte in ihrem Hals. Die Spitze und etwa ein Fuß der Klinge ragten aus einer Seite, der Griff und eine Handbreit Stahl aus der anderen, aber das schien die Wut des Riesenreptils nur zu erhöhen. Der mächtige Schädel hob sich hoch über den Menschen und schoß, die gifttraufelnden Kiefer weit aufgesperrt, zu ihm herab. Doch Conan hatte ein Messer aus seinem Gürtel gerissen und stieß es empor, als der Schädel herabschnellte. Die Spitze drang durch den Unterkiefer in den Oberkiefer und hielt so beide zusammen. Im nächsten Moment hatte der gewaltige Leib sich um den Cimmerier gewickelt, denn da sie ihre Fänge nicht mehr benutzen konnte, blieb der Schlange nur noch diese Art von Angriff.

Conans linker Arm war durch die zermalmenden Windungen an die Seite gepreßt, aber sein rechter war frei. Er spreizte die Beine, um sich aufrechthalten zu können, streckte die Hand aus und legte sie um den Griff des langen Dolches, der aus dem Schlangenhals ragte. Er zog und bekam ihn frei. Als ahnte sie mit mehr als tierischer Klugheit, was er beabsichtigte, wand sich die Schlange, bemüht, auch seinen rechten Arm zu umwickeln. Doch blitzschnell hieb der Dolch zu und schlitzte den mächtigen Rumpf bis fast zur Mitte auf.

Ehe der Cimmerier noch einmal zustoßen konnte, löste die Schlange sich von ihm und schleppte sich über den Boden, während Blut aus der tiefen Wunde schoß. Conan sprang ihr mit erhobenem Dolch nach, aber sein wilder Hieb durchschnitt leere Luft. Die Schlange war ausgewichen und schob nun den Kopf gegen den Paneel der Sandelholztäfelung. Es öffnete sich. Der lange Schlangenleib schnellte hindurch und war verschwunden.

Sofort hieb Conan auf die Täfelung ein. Mit ein paar Schlägen hatte er sie zersplittert, und er konnte in den düsteren Alkoven dahinter blicken. Doch keine Schlange war zu sehen, nur Blut auf dem Marmorboden und Spuren, die zu einer Bogentür führten – und diese Spuren waren die von den nackten Sohlen eines Mannes …

»Conan!«

Er wirbelte gerade rechtzeitig herum, um die Devi von Vendhya aufzufangen, die durch das Gemach gelaufen kam, um sich ihm glücklich, dankbar und doch von Angst und Panik erfüllt an den Hals zu werfen.

Sein wildes Blut war durch all die Geschehnisse zutiefst aufgewühlt. Er schloß sie mit solcher Kraft in seine Arme, daß sie zu jeder anderen Zeit aufgeschrien hätte, und zerpreßte schier ihre Lippen. Sie wehrte sich nicht, war im Augenblick nur Frau. Sie schloß die Lider und genoß völlig hingegeben seine feurigen, leidenschaftlichen Küsse. Sie keuchte unter seiner Heftigkeit, als er ihre Lippen freigab, um Luft zu holen, und blickte auf sie hinunter.

»Ich wußte, daß du kommen würdest«, murmelte sie, »daß du mich nicht den Grausamkeiten dieser Teufel überlassen würdest.«

Bei ihren Worten wurde ihm die Umwelt wieder bewußt. Er hob den Kopf und lauschte angespannt. Schweigen herrschte in der Burg von Yimsha, aber es war eine unheilschwangere Stille. Gefahr lauerte in jedem Winkel, spähte unsichtbar von jeder Decke.

»Wir sollten zusehen, daß wir verschwinden, solange wir es können«, murmelte er. »Die Verletzungen hätten mehr als genügt, ein normales Tier – oder einen *Menschen* – zu töten, aber ein Zauberer hat ein Dutzend Leben. Verwundet man einen, zieht er sich zurück wie eine verstümmelte Schlange, nur um sich irgendwo durch frische Zauberkräfte zu stärken und mit neuen magischen Mitteln zu versehen.«

Er hob das Mädchen auf und trug sie wie ein Kind auf den glänzenden Jadekorridor und die Treppe hinunter. Alle Sinne gespannt, achtete er auf irgendwelche Zeichen oder Geräusche.

»Ich lernte den Meister kennen«, wisperte Yasmina und klammerte sich schaudernd an ihn. »Er wirkte seine Zauber an mir, um meinen Willen zu brechen. Der schrecklichste war ein vermodernder Leichnam, der mich in seine Arme schloß. Ich fiel in Ohnmacht und weiß nicht, wie lange ich das Bewußtsein verlor. Kurz nachdem ich wieder zu mir kam, hörte ich Schreie und Kampfgeräusche von unten, und dann glitt diese grauenvolle Schlange durch den Türvorhang – ahhh!« Die Erinnerung schüttelte sie. »Irgendwie wußte ich, daß es keine Illusion, sondern eine wirkliche Schlange war, die mich töten wollte.«

»Zumindest war es kein Phantasieschatten«, antwortete Conan rätselhaft. »Er wußte, daß er geschlagen war, und zog es vor, dich zu töten, statt zuzulassen, daß du befreit würdest.«

»Was meinst du mit ›er‹?« fragte sie voll Unbehagen, doch dann schrie sie auf, drückte den Kopf an seinen Hals und vergaß ihre Frage. Sie hatte die Toten am Fuß der Treppe entdeckt.

10

YASMINA UND CONAN

Conan schritt schnell durch die riesige Halle und das Vorgemach zur Tür, die auf die Galerie hinaus führte. Da sah er, daß der Boden mit winzigen glitzernden Glassplittern übersät war. Die Kristallscheibe, die die Türöffnung verschlossen hatte, war völlig zersprungen. Daher also das betäubende Klirren, als er auf die Kristallkugel einschlug. Er war nun auch ziemlich sicher, daß gleichzeitig jegliches Stückchen Kristall in der ganzen Burg zerbrochen war. Instinkt oder die vage Erinnerung an geheimnisvolle Legenden ließen ihn die Wahrheit über die schreckliche Verbindung zwischen den Meistern des Schwarzen Kreises und den goldenen Granatäpfeln ahnen. Er spürte, wie sich ihm die Nackenhärchen aufstellten, und verdrängte hastig alle Gedanken daran.

Auf der Jadegalerie im Freien holte er tief und erleichtert Luft. Natürlich mußte erst noch die Schlucht durchquert werden, aber zumindest konnte er das saubere Weiß der Berggipfel sehen, die in der Sonne glitzerten, und die langen Hänge, die sich im fernen blauen Dunst verloren.

Der Irakzai lag, wo er gefallen war, ein Fleck auf der glasigen Fläche. Als Conan den gewundenen Pfad hinunterstapfte, wunderte er sich über den Stand der Sonne. Sie hatte den Zenit noch nicht verlassen, und doch schien es ihm, als wäre eine endlose Zeit vergangen, seit sie in die Burg der Schwarzen Seher eingedrungen waren.

Er spürte einen Drang, sich zu beeilen, der nicht blinde Panik war, sondern der sichere Instinkt, daß sich Gefahr hinter ihnen zusammenbraute. Er erwähnte es Yasmina gegenüber nicht, die sich offenbar zufrieden an seine breite Brust schmiegte und in seinen Armen sicher fühlte. Am Rand der Kluft blieb er kurz stehen und blickte stirnrunzelnd hinunter. Der Dunst war nicht mehr rosig und glitzernd wie zuvor, sondern rauchig, düster und gespenstisch wie das Leben, das sich nur noch schwach in einem Verwundeten regt. Aber tief unten schimmerte der Boden immer noch wie brüniertes Silber, und die Goldader glänzte ungetrübt. Conan legte Yasmina über eine Schulter, und sie verhielt sich völlig ruhig. Er eilte mit ihr die Rampe hinunter und über den hallenden Kluftboden. Er war aus unbestimmtem Grund überzeugt, daß es für sie ein Wettlauf mit der Zeit war, daß ihr Überleben davon abhing, die Kluft hinter sich gebracht zu haben, ehe der verwundete Meister der Burg genügend neue Kräfte geschöpft hatte, um das Verderben auf sie herabzuschicken.

Als er sich die andere Rampe hinaufgekämpft hatte, seufzte er am Kluftrand erleichtert auf und setzte Yasmina ab.

»Von hier aus kannst du selbst gehen«, sagte er. »Der Weg führt nun ständig bergab.«

Sie warf einen schaudernden Blick auf die schimmernde Pyramide auf der anderen Seite. Gleich einer Zitadelle des gnadenlosen Schweigens und des Bösen erschien sie ihr, wie sie sich gegen das Gletschereis abhob.

»Bist du ein Magier, daß du die Schwarzen Seher von Yimsha besiegen konntest, Conan von Ghor?« fragte sie, als sie den Pfad hinunterstiegen und sie sich sicher fühlte, mit seinem Arm um ihre Taille.

»Ich verdanke es dem Gürtel, den Khemsa mir gab, ehe er starb«, antwortete der Cimmerier. »Ich stieß unterwegs auf ihn. Es ist ein ungewöhnlicher Gürtel, ich werde ihn dir zeigen, wenn dazu Zeit ist. Gegen manche Zauber hatte er mehr Kraft als gegen andere, und ein guter Dolch ist immer ein verläßlicher Freund.«

»Aber wenn der Gürtel dir bei der Bezwingung des Meisters half«, wunderte sie sich, »weshalb nutzte er dann Khemsa nicht?«

Conan schüttelte den Kopf. »Wer weiß das schon? Khemsa war des Meisters Sklave gewesen, vielleicht schwächte das seine Magie. Der Seher hatte nicht die Gewalt über mich wie über Khemsa. Doch ich kann nicht sagen, daß ich ihn bezwang. Er zog sich zurück, aber ich habe das Gefühl, daß wir ihn nicht zum letztenmal gesehen haben. Ich möchte so viele Meilen wie nur möglich zwischen uns und seine Burg legen.«

Wieder atmete er erleichtert auf, als er die Pferde bei den Tamarisken vorfand. Er löste sie schnell, schwang sich auf den Rapphengst und hob das Mädchen vor sich in den Sattel. Die anderen Tiere folgten ihnen, erholt nach ihrer langen Rast.

»Was jetzt?« fragte wißbegierig Yasmina. »Nach Afghulistan?«

»Nein.« Er grinste finster. »Jemand – vielleicht der Statthalter – tötete meine sieben Häuptlinge. Meine geistig etwas beschränkten Afghuli sind überzeugt, daß ich etwas damit zu tun habe, und wenn ich sie nicht vom Gegenteil überzeugen kann, werden sie mich wie einen weidwunden Schakal jagen.«

»Aber was ist dann mit mir? Wenn deine Häuptlinge tot sind, bin ich dir doch als Geisel von keinem Nutzen mehr. Wirst du mich töten, um sie zu rächen?«

Mit blitzenden Augen blickte er zu ihr hinunter und lachte sie gutmütig aus.

»Dann reiten wir doch zur Grenze«, schlug sie vor. »Dort bist du vor den Afghuli sicher ...«

»Ja, an einem vendhyanischen Galgen.«

»Ich bin die Königin von Vendhya!« erinnerte sie

ihn mit einer Spur ihres alten Dünkels. »Du hast mir das Leben gerettet, und dafür steht dir eine Belohnung zu.«

Sie meinte es nicht so von oben herab, wie es klang, aber Conan knurrte finster:

»Spar deine Belohnungen für deine Stadthunde, Prinzessin! Du bist Königin in der Ebene, und ich bin Häuptling in den Bergen. Ich werde dich nicht über die Grenze bringen!«

»Aber du wärst dort in Sicherheit«, versuchte sie es noch einmal verwirrt.

»Und du wärst wieder die unnahbare Devi. Nein, Mädchen! Du gefällst mir viel besser, wie du jetzt bist: eine Frau aus Fleisch und Blut, die vor mir im Sattel reitet.«

»Aber du kannst mich doch nicht *behalten!*« rief sie.

»Wart ab!« unterbrach er sie grimmig.

»Aber du wirst ein königliches Lösegeld für mich bekommen ...«

»Der Teufel hole dein Lösegeld!« brummte er, und seine Arme legten sich noch fester um ihre geschmeidige Figur. »Das ganze Königreich Vendhya könnte mir nicht geben, was ich an dir habe. Ich setzte mein Leben ein, um dich aus den Klauen der Zauberer zu retten. Wenn deine Höflinge dich zurückhaben wollen, dann sollen sie den Zhaibar hochkommen und um dich kämpfen.«

»Aber du hast doch keine Leute mehr!« gab sie zu bedenken. »Du wirst gejagt. Wie kannst du dein Leben schützen, geschweige denn meines?«

»Ich habe immer noch Freunde in den Bergen«, erwiderte er. »Ich kenne einen Häuptling der Khurakzai, bei dem du in Sicherheit bist, bis ich mit den Afghuli ins reine gekommen bin. Wenn sie mich nicht mehr haben wollen, nun, dann reite ich nordwärts mit dir, in die Steppen der Kozaki. Ich war Hetman der Freien

Getreuen, ehe ich südwärts zog. Ich mache dich zur Königin des Zaporoskas.«

»Aber das geht doch nicht!« protestierte sie. »Du darfst mich nicht meinem Volk fernhalten …«

»Wenn dir die Vorstellung, bei mir zu bleiben, so zuwider ist, weshalb schenktest du mir dann so willig deine Lippen?«

»Selbst eine Königin ist eine Frau«, erwiderte sie errötend. »Aber weil ich Königin bin, muß ich auch an mein Königreich denken. Bring mich nicht in irgendein fremdes Land, Conan! Komm nach Vendhya mit mir!«

»Würdest du mich zum König machen?« fragte er spöttisch.

»Nun – es – es gibt Traditionen …«, stammelte sie. Sein rauhes Lachen ließ sie verstummen.

»Ja, Traditionen und die Sitten der zivilisierten Welt, die nicht gestatten, daß du tust, was du gern möchtest. Du wirst irgendeinen alten tattrigen König der Ebene heiraten, und ich muß mich mit der Erinnerung an ein paar Küsse abfinden. Ha!«

»Aber ich *muß* in mein Königreich zurückkehren!« wiederholte sie hilflos.

»Warum?« fragte er verärgert. »Um dir den Hintern auf dem goldenen Thron wund zu wetzen und dir die Schmeicheleien vornehmer lächelnder Narren anzuhören? Was hast du davon? Hör zu: Ich wurde in den Bergen Cimmeriens geboren, wo alle Menschen Barbaren sind. Ich war schon Söldner, Soldat, Korsar, Kozak und hunderterlei anderes. Welcher König streifte durch so viele Länder, kämpfte in so zahllosen Schlachten, gewann die Liebe so vieler Frauen und eroberte so reiches Beutegut wie ich?

Ich kam nach Ghulistan, um eine Horde von Kriegern um mich zu scharen und mit ihnen die Königreiche des Südens auszurauben, darunter auch deines.

Oberhäuptling der Afghuli zu sein, war für mich nur der Anfang. Wenn ich die Burschen wieder zur Vernunft bringen kann, wird mir in einem Jahr wenigstens ein Dutzend Stämme folgen. Schaffe ich es nicht, kehre ich in die Steppen zurück und überfalle mit meinen Kozaki die turanischen Grenzstädte. Und du kommst mit mir. Zum Teufel mit deinem Königreich! Es kam auch ohne dich aus, ehe du geboren warst.«

Sie lag in seinen Armen und spürte, wie seine Worte etwas in ihr aufwühlten, und empfand die gleiche tollkühne Verwegenheit und Leidenschaft. Aber tausend Generationen ihres Herrschergeschlechts lasteten auf ihr.

»Ich kann nicht! Ich kann nicht!« wiederholte sie hilflos.

»Du hast gar keine Wahl«, versicherte er ihr. »Du – was zum Teufel!«

Yimsha lag schon mehrere Meilen hinter ihnen. Sie ritten gerade einen hohen Grat entlang, der zwei tiefe Täler trennte, und waren an einem hohen Punkt angelangt, von dem aus sie eine gute Sicht über das Tal zu ihrer Rechten hatten. Eine bewegte Schlacht war dort im Gang. Der Wind blies in Gegenrichtung, trotzdem konnten sie das Klirren und Rasseln von Waffen und das Donnern von Hufen hören.

Sie sahen das Glitzern von Lanzenspitzen im Sonnenschein und glänzende Spitzhelme. Etwa dreitausend gerüstete Kavalleristen trieben eine bunte Schar turbantragender Reiter vor sich her, die immer wieder wie gestellte Wölfe ausfielen und heftig kämpften.

»Turaner!« murmelte Conan erstaunt. »Schwadronen von Secunderam. Was zum Teufel machen sie hier?«

»Wer sind die Männer, die sie verfolgen?« fragte

Yasmina. »Und weshalb stellen sie sich immer wieder? Sie haben doch keine Chance gegen eine solche Überzahl!«

»Es sind fünfhundert meiner unüberlegten Afghuli«, antwortete Conan und starrte finster ins Tal hinunter. »Sie stecken in der Falle und wissen es.«

Eine wirkungsvollere Falle konnte es gar nicht geben. Das Tal verengte sich vor den Afghuli zu einer schmalen Klamm, die sich in eine Art Becken öffnete, das ringsum von hohen unerklimmbaren Steilwänden umgeben war.

Die turbantragenden Reiter wurden in die Klamm gedrängt. Unter dem Pfeilhagel und Schwerterwirbel konnten sie sich nicht dagegen wehren. Die gerüsteten Kavalleristen trieben sie durch die Klamm, vermieden es jedoch, ihnen allzu nahe zu kommen. Sie kannten die Wildheit der Bergstämme und wußten, daß sie in ihrer Wut ihr Leben nicht achteten, wenn sie den Gegner vernichten konnten. Und sie wußten auch, daß sie sie in der Falle hatten, aus der sie nicht mehr freikommen würden. Sie hatten sie als Afghuli erkannt und wollten sie zwingen, sich zu ergeben. Sie brauchten Geiseln für ihr Vorhaben.

Der Emir war ein Mann von Entschlußkraft, der sich nicht scheute, eigene Entscheidungen zu treffen. Als er das Gurashahtal erreicht und weder Führer noch Kerim Shah vorgefunden hatte, stieß er selbst weiter vor und verließ sich auf seine eigenen Kenntnisse des Landes. Den ganzen Weg von Secunderam hatten sie gekämpft, und in so manchem einsamem Bergdorf leckten die Stammesbrüder ihre Wunden. Ihm war natürlich klar, daß möglicherweise weder er noch seine Lanzer je die Tore von Secunderam wiedersehen würden, denn zweifellos hatten alle Stämme hinter ihm sich inzwischen erhoben. Aber er war fest entschlossen, seinen Auftrag durchzuführen: den Afghuli die Devi Yasmina wegzunehmen, egal was es kostete, und sie als Gefangene nach Secunderam zu bringen oder – wenn das unmöglich war – sie zu töten, ehe er selbst starb.

Von all dem wußten natürlich die Beobachter auf dem Grat nichts. Aber Conan zappelte vor Nervosität.

»Wie zum Teufel sind sie in diese Falle geraten?« fragte er, ohne Antwort darauf zu erwarten. »Ich weiß natürlich, was sie hier machten: Sie suchten mich, die Hunde! Sie steckten ihre Nase in jedes Tal, und so saßen sie plötzlich fest, ehe sie es ahnten. Die verdammten Narren! Sie wollen sich den Turanern in der Klamm stellen, aber lange können sie sich dort nicht halten, und wenn die Turaner sie erst in das Becken zurückgedrängt haben, werden sie sie in aller Ruhe niedermetzeln.«

Der Lärm wurde lauter. In der engen Klamm hatten die Afghuli den Vorteil, daß die Turaner nur in kleinen Gruppen gegen sie kämpfen konnten.

Conan zog düster die Brauen zusammen, rutschte unruhig im Sattel und umklammerte den Dolchgriff. Schließlich sagte er rauh: »Devi, ich muß zu ihnen hinunter. Ich werde ein Versteck für dich suchen, wo du sicher bist, bis ich zurückkomme. Du sprachst von deinem Volk, nun, ich sehe diese behaarten Teufel zwar nicht als meine Kinder an, aber ich fühle mich trotz allem immer noch verantwortlich für sie. Ein Häuptling darf seine Leute nie im Stich lassen, selbst wenn sie sich von ihm abwandten. Sie glaubten, sie wären im Recht gewesen, als sie mich verstießen … Zum Teufel! Ich lasse mich nicht verstoßen! Ich bin immer noch der Häuptling der Afghuli, und ich werde es beweisen. Ich schaffe es schon, die Steilwand zur Klammsohle hinunterzuklettern.«

»Und was ist mit mir?« fragte sie. »Du hast mich aus meinem Land entführt, und jetzt willst du mich einfach allein in den Bergen sterben lassen, während du dich dort unten nutzlos opferst.«

Widerstreitende Gefühle rangen in ihm. »Du hast ja recht«, murmelte er hilflos. »Weiß Crom, was ich tun kann!«

Sie drehte leicht den Kopf, und ein seltsamer Ausdruck erwachte auf ihren Zügen.

»Hör doch!« rief sie plötzlich. »Horch!«

Der durch die Ferne gedämpfte Klang von Trompeten erreichte sie. Sie spähten hinunter in das tiefe Tal zu ihrer Linken und entdeckten auf der gegenüberliegenden Seite das Glitzern von Stahl. Eine lange Reihe von Lanzen und glänzenden Helmen, auf denen sich die Sonne spiegelte, bewegte sich durch das Tal.

»Vendhyanische Kavallerie!« rief das Mädchen begeistert.

»Es sind Tausende!« murmelte Conan. »Es ist lange her, seit eine Kshatriya-Armee so tief in die Berge ritt.«

»Sie suchen mich!« versicherte ihm Yasmina aufgeregt. »Leih mir dein Pferd! Ich werde zu meinen Soldaten reiten. Der Hang ist links nicht so steil, ich werde schon hinunterkommen. Geh du einstweilen zu deinen Männern und sag ihnen, sie sollen noch eine Weile durchhalten. Ich werde meine Reiter am oberen Ende in das Tal führen und die Turaner von hinten überfallen. Dann haben wir sie in der Zange. Beeil dich, Conan! Oder willst du deine Männer um deines eigenen Verlangens willen opfern?«

Der brennende Hunger der Steppen und Winterwälder sprach aus seinen Augen, aber er schüttelte den Kopf, schwang sich aus dem Sattel und übergab ihr die Zügel.

»Du hast gewonnen«, brummte er. »Reite wie der Teufel!«

Sie bog nach links ab, den Hang hinunter, und er rannte eilig den Grat weiter, bis er die schmale Klamm erreichte, in der der Kampf tobte. Wie ein Affe kletterte er die Steilwand hinunter und nutzte selbst den kleinsten Vorsprung oder Spalt als Fuß- oder Handgriff, bis er schließlich mitten hinein in das Getümmel sprang, das an der Klammündung herrschte. Klingen pfiffen und klirrten um ihn, Pferde wieherten und stampften, Federbüsche auf Helmen wippten zwischen zerfetzten Turbanen.

Wie ein Wolf brüllte er, als er auf den Zehen landete. Er faßte nach einem goldverzierten Zügel, und während er einem Krummsäbel auswich, stieß er seinen langen Dolch zu einem gegnerischen Reiter hoch. Einen Herzschlag später saß er im Sattel und brüllte seinen Afghuli Befehle zu. Einen Augenblick starrten sie ihn nur dumm an. Als sie aber sahen, welche Wirkung seine Klinge unter den Feinden erzielte, kämpften sie selbst weiter und nahmen seine Anwesenheit als gegeben hin. In dieser Hölle blitzender Klingen und wilder Hiebe war keine Zeit, Fragen zu stellen oder sie zu beantworten.

Die Reiter in ihren Spitzhelmen und goldverzierten Harnischen hielten sich an der Klammöffnung, und ihre blitzenden Klingen waren in ständiger Bewegung. Die enge Klamm war dicht gefüllt, ja verstopft mit Männern und Pferden. Die Krieger quetschten sich Brust an Brust und stachen nur zu, denn selten fanden sie genügend Ellbogenfreiheit, um ihre Klingen zu schwingen. Ging ein Mann zu Boden, hatte er gar keine Chance mehr aufzustehen, denn sofort trampelten Pferdehufe über ihn hinweg. Körperkraft und Geschicklichkeit waren hier ungemein wichtig, und der Häuptling der Afghuli kämpfte für zehn. In Zeiten wie dieser übten Gewohnheiten einen beachtlichen Einfluß auf Männer aus, deshalb empfanden die Afghuli, die gewohnt waren, Conan an der Spitze zu sehen, trotz ihres Mißtrauens neuen Mut.

Aber auch zahlenmäßige Stärke durfte nicht außer acht gelassen werden. Der Druck von hinten zwang die turanischen Reiter immer tiefer in die Klamm und geradewegs in die flinken Tulwars. Fuß um Fuß wurden die Afghuli zurückgedrängt, und ihre Gefallenen bedeckten den Boden. Während er wie ein Berserker um sich hieb, begannen Conan leise Zweifel zu quälen – würde Yasmina ihr Wort halten? Wenn es ihr einfiel, brauchte sie sich nur ihren Soldaten anzuschließen, mit ihnen südwärts reiten und ihn mit seinen Afghuli den Turanern überlassen.

Aber endlich, nach einem Jahrhundert verzweifelten Kampfes, wie ihm schien, waren über dem Schlachtgetümmel das Schmettern von Trompeten und das donnernde Hufgedröhn von fünftausend Reitern zu hören, die auf die Armee von Secunderam einstürmten.

Die turanischen Schwadronen lösten sich in kleine Trupps auf, die überall im Tal von den Vendhyanern niedergemacht wurden. In Herzschlagschnelle war der Kampfplatz aus der Klamm ins Tal davor verlegt. Es herrschte ein chaotisches Getümmel. Reiter kämpften einzeln und in kleinen Gruppen, und dann ging der Emir zu Boden, von einer Kshatriya-Lanze getroffen. Die Reiter in den Spitzhelmen gaben ihren Pferden die Sporen und versuchten verzweifelt, sich einen Weg durch die Vendhyaner zu kämpfen, die von hinten über sie hergefallen waren. Als sie sich fliehend zerstreuten, schwärmten auch ihre Feinde aus, um sie zu verfolgen, und überall durch die Talsohle, über die Hänge und Grate, strömten Fliehende und Verfolger. Die Afghuli, die noch dazu fähig waren, stürmten aus der Klamm und jagten ihre Feinde ebenfalls. Sie nahmen die unerwarteten Verbündeten als genauso gegeben hin wie die plötzliche Rückkehr ihres verstoßenen Häuptlings.

Die Sonne näherte sich langsam den fernen Berggipfeln im Westen, als Conan, dem die Kleidung in Fetzen vom Leib hing, auf die Devi Yasmina zuging, die auf ihrem Pferd zwischen ihren Edlen saß, auf einem Kamm in der Nähe eines steilen Abhangs.

»Du hast dein Wort gehalten, Devi!« brüllte er ihr entgegen. »Bei Crom, ich muß gestehen, mich quälten eine Weile schlimme Zweifel dort unten in der Klamm – *Vorsicht!*«

Ein Geier von ungeheurer Größe tauchte mit Flügeldonnern aus dem Himmel, das die Männer von den Pferden hob.

Der säbelähnliche Schnabel hieb nach dem weichen Hals der Devi, aber Conan war flinker. Mit dem weiten Sprung eines Tigers hatte er sie erreicht. Sein Dolch stach zu, und der Geier stieß mit Menschenstimme einen grauenvollen Schrei aus, fiel seitwärts zu Boden und stürzte den Steilhang hinunter zum Klammboden und Fluß tausend Fuß tiefer. Im Fallen schlugen die schwarzen Schwingen durch die Luft und wurden zu den weiten Ärmeln eines goldbestickten Samtgewandes, und der Greifvogel ward zur Männergestalt, die auf den Felsen aufschlug.

Mit dem blutigen Dolch in der Hand, brennenden blauen Augen und zahllosen kleineren Wunden an den muskulösen Armen und Beinen wandte Conan sich erneut Yasmina zu.

»Du bist wieder die Devi«, sagte er und betrachtete grimmig grinsend den vornehmen dünnen Umhang, den sie über die Bergmädchentracht geworfen hatte, und ließ sich von den Edlen auf den Pferden um sie nicht beeindrucken. »Ich muß dir für das Leben von gut dreihundertfünfzig meiner Halunken danken, die nun endlich überzeugt sind, daß ich sie nicht verraten habe. Du hast meine Hände wieder um die Zügel bevorstehender Eroberungen gelegt.«

»Ich schulde dir noch eine Belohnung«, sagte sie, während ihre dunklen Augen mit seltsamen Ausdruck über ihn schweiften. »Du sollst zehntausend Goldstücke ...«

Mit wilder, ungeduldiger Geste schüttelte er das Geierblut von seinem Dolch und steckte ihn in seine Hülle zurück, ehe er sich die Hände am Kettenhemd abwischte.

»Ich werde mir die Belohnung auf meine eigene Weise holen und zu einer Zeit, die ich bestimme«, sagte er. »In deinem Palast in Ayodhya werde ich sie fordern, und ich bringe fünfzigtausend Krieger mit, um sicherzugehen, daß die Waagschalen nicht schwanken.«

Sie lachte und legte die Hand um die Zügel ihres Pferdes. »Und ich werde dich am Ufer des Jhumdas mit hunderttausend erwarten!«

Seine Augen leuchteten in wilder Bewunderung auf. Er trat einen Schritt zurück, hob in majestätischer Geste die Hand, um ihr zu bedeuten, daß der Weg frei vor ihr lag.

Der wandelnde Schatten

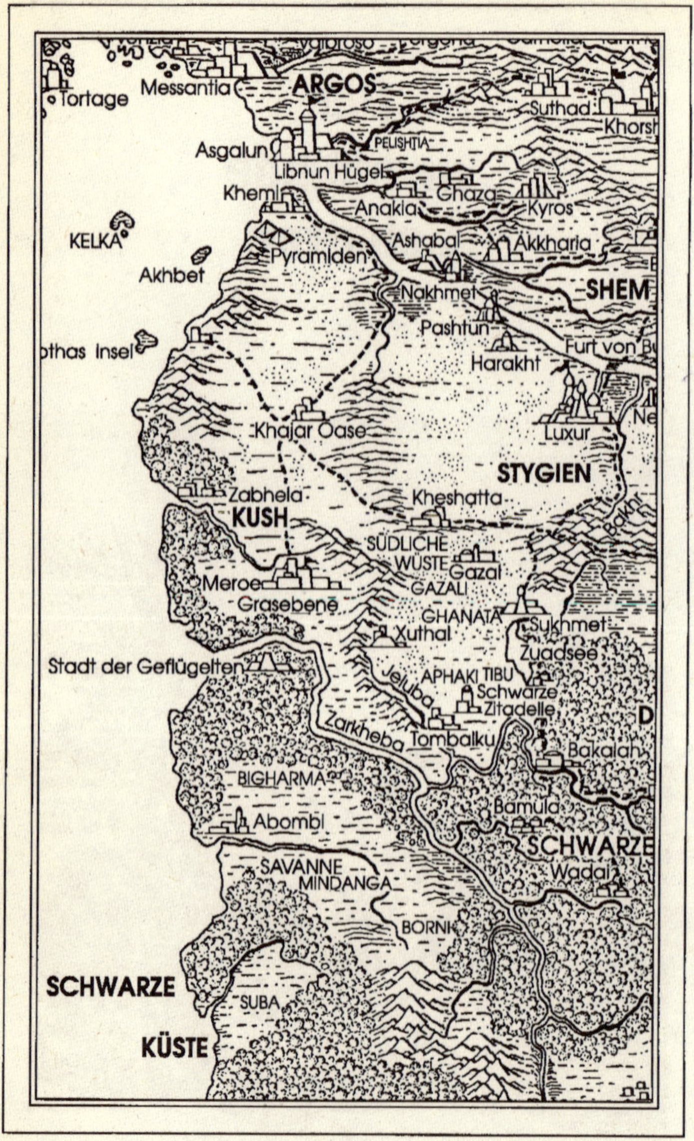
Tortage
Messantia
ARGOS
Suthad
Asgalun
PELISHTIA
Libnun Hügel
Khemi
Ghaza
Anakia
Kyros
KELKA
Ashabal
Akkharia
Pyramiden
Akhbet
Nakhmet
SHEM
Pashtun
Harakht
Khajar Oase
Luxur
STYGIEN
Zabhela
Kheshatta
KUSH
SÜDLICHE
WÜSTE
Gazal
Meroe
GAZALI
Grasebene
GHANATA
Sukhmet
Xuthal
Zuadsee
Stadt der Geflügelten
Jeluba
APHAKI
TIBU
Schwarze
Zitadelle
Zarkheba
Tombalku
Bakalah
BIGHARMA
Bamula
Abombi
SCHWARZE
Wadai
SAVANNE
MINDANGA
SCHWARZE
KÜSTE
SUBA

Der wandelnde Schatten

Robert E. Howard

Als seine Pläne fehlschlagen, die Bergstämme zur Armee zu vereinigen, reitet Conan durch Hyrkanien und Turan zurück. König Yezdigerds Streifen weicht er aus und genießt die Gastfreundschaft seiner früheren Kozakkameraden. Gewaltige Kriege toben im Westen, und so sucht er wieder die hyborischen Königreiche auf, wo er sich reichere Beute verspricht. Prinz Almuric von Koth hat sich gegen den verhaßten König Strabonus erhoben und eine mächtige Armee aus Soldaten von weit und breit aufgestellt, ihr schließt Conan sich an. Strabonus' Nachbarn kommen dem König jedoch zu Hilfe. Die Rebellion wird niedergeschlagen und Almurics buntgemischte Armee südwärts getrieben. Sie kämpft sich ihren Weg durch die Lande von Shem, über die Grenze von Stygien und in das Weideland von Kush. Hier wird sie gestellt und am Rand der südlichen Wüste von den vereinten Kräften der Schwarzen und der Stygier niedergemacht. Conan gehört zu den wenigen Überlebenden.

1

Die Wüste flimmerte in der Hitze. Conan der Cimmerier starrte über die trostlose Öde. Unwillkürlich fuhr er sich mit dem Handrücken über die verbrannten, aufgerissenen Lippen. Einer Bronzestatue gleich stand er auf dem Sand und achtete der mörderischen Sonne nicht, obgleich seine ganze Kleidung nur aus einem seidenen Lendentuch und einem Gürtel mit goldener Schließe bestand, von dem ein Säbel und ein Dolch mit breiter Klinge hingen. Seine muskulösen Arme und Beine wiesen kaum verheilte Wunden auf.

Zu seinen Füßen ruhte ein Mädchen. Ein weißer Arm umklammerte sein Knie, und ihr hängender Kopf lehnte sich dagegen. Ihre weiße Haut hob sich auffallend von seinem sonnengebräunten Körper ab. Ihre kurze Seidentunika, die die Arme und den Hals bis zum Busenansatz unbedeckt ließ und von einem schmalen Gürtel zusammengehalten wurde, betonte ihre geschmeidige Figur mehr, als sie zu verhüllen.

Blinzelnd schüttelte Conan den Kopf. Die Grelle der Sonne blendete, ihn. Er hob eine Lederflasche vom Gürtel und schüttelte sie. Allein das schwache Plätschern verriet, daß sie nur noch wenig Wasser barg.

Wimmernd hob das Mädchen den Kopf.

»O Conan, wir werden hier sterben! Ich bin so durstig!«

Der Cimmerier brummte etwas Unverständliches. Dann schob er herausfordernd das Kinn vor und sah sich in der sengenden Wüste um. Seine blauen Augen funkelten unter der schwarzen zerzausten Mähne. Es war, als betrachtete er die Wüste als einen menschlichen Feind.

Er bückte sich und hielt dem Mädchen die Flasche an die Lippen.

»Trink, bis ich halt sage, Natala!« forderte er sie auf.

Sie schluckte keuchend in kleinen Zügen, und er hielt sie nicht auf. Erst als die Flasche leer war, wurde ihr klar, daß er ihr in voller Absicht gestattet hatte, den Rest ihres Wasservorrats zu trinken, so wenig es auch gewesen war.

Tränen quollen in ihren Augen. »O Conan!« rief sie kläglich und rang die Hände. »Weshalb ließest du zu, daß ich alles austrinke? Ich wußte es nicht – und jetzt hast du kein Wasser mehr!«

»Pst!« knurrte er. »Vergeude deine Kraft nicht mit Weinen!« Er richtete sich auf und warf die Flasche weit von sich.

»Warum hast du das getan?« wisperte sie.

Er antwortete nicht. Reglos stand er, die Finger um den Säbelgriff gelegt, und schien mit wilden Augen den geheimnisvollen blauen Dunst in weiter Ferne durchdringen zu wollen.

Alle Liebe zum Leben und der Instinkt zum Überleben des Barbaren waren wach in Conan von Cimmerien, und doch wußte er, daß er am Ende seines Weges angelangt war. Nicht, daß sein mächtiger Körper und wacher Geist nicht mehr erdulden konnten, doch ein weiterer Tag in der gnadenlosen Sonne dieser wasserlosen Wüste würde auch sein Ende sein. Das Mädchen hatte bereits mehr als genug gelitten. Lieber ein schneller schmerzloser Säbelstoß als die anhaltenden Qualen, die ihnen bevorstanden. Ihr Durst war im Augenblick gelöscht. Es wäre ein falsches Erbarmen, sie leiden zu lassen, bis Delirium und Tod ihr Erleichterung brachten. Langsam zog er den Säbel aus der Scheide.

Plötzlich hielt er inne, die Schultern straffend. Weit draußen in der Wüste war im Flimmern der Hitze etwas zu sehen.

Zuerst hielt er es für ein Phantom, für eine Fata Morgana, wie ihn schon manche in dieser verfluchten glühenden Öde verhöhnt und verrückt gemacht hatte. Er beschirmte seine sonnengeblendeten Augen und erkannte schließlich Türme, Minarette und schimmernde Mauern. Grimmig starrte er darauf und wartete, daß das Ganze verschwimmen und verschwinden würde. Natala hatte zu schluchzen aufgehört. Sie kämpfte sich auf die Füße und folgte seinem Blick. »Ist es eine Stadt, Conan?« wisperte sie, ohne daß sie es wirklich zu hoffen wagte. »Oder ist es nur Trug?«

Der Cimmerier antwortete nicht sofort. Er schloß und öffnete die Lider mehrmals, blickte weg und wieder zurück. Die Stadt blieb, wo er sie entdeckt hatte.

»Weiß der Teufel«, brummte er. »Einen Versuch ist es jedenfalls wert.«

Er steckte den Säbel wieder in seine Hülle zurück, beugte sich und hob Natala auf seine starken Arme, als wäre sie ein Wickelkind. Sie wehrte sich nur schwach.

»Vergeude deine Kraft nicht, indem du mich trägst, Conan«, flüsterte sie. »Ich kann selbst gehen.«

»Der Boden wird steiniger«, erwiderte er. »Du würdest deine Sandalen bald durchgelaufen haben.« Er betrachtete die dünne grüne Fußbekleidung. »Außerdem, wenn wir diese Stadt überhaupt erreichen wollen, muß es schnell geschehen, und so kommen wir flinker voran.«

Die neue Hoffnung verlieh dem Cimmerier frische Kraft und seinen Füßen Schwingen. Er schritt durch die sandige Öde, als bräche er erst jetzt zu einem Marsch auf. Als Barbaren waren ihm die Lebens- und Durchhaltekraft der Wildnis zu eigen und gaben ihm die Überlebensmöglichkeit, wo Männer der Zivilisation längst zugrunde gegangen wären.

Er und das Mädchen waren, soviel er wußte, die einzigen von Prinz Almurics Armee, jener bunten Horde, die dem geschlagenen Rebellenprinzen von Koth gefolgt, durch die Lande Shems wie ein verheerender Sandsturm gefegt war und die äußeren Gebiete Stygiens in Blut gebadet hatte. Eine stygische Streitmacht auf den Fersen, hatte sie sich einen Weg durch das schwarze Königreich Kush gekämpft, doch vergebens, denn am Rand der Südwüste wurde sie schließlich völlig aufgerieben. Conan sah sie in der

Erinnerung als gewaltiges Wildwasser, das auf seinem Weg südwärts immer mehr an Kraft verlor, um endlich im Sand der nackten Wüste zu versickern. Die Gebeine ihrer Krieger – Söldner, Ausgestoßene, am Leben Zerbrochene und Gesetzlose – lagen verstreut vom kothischen Hochland bis in die Dünen der Wildnis.

Seit jenem letzten Gemetzel, als Stygier und Kushiten die letzten Reste des Heers in eine Falle getrieben hatten, aus der Conan sich gerettet hatte und mit dem Mädchen auf einem Kamel geflohen war, waren sie nun unterwegs. Da das ganze Land hinter ihnen von Feinden überlaufen war, war ihnen nur der Weg in die Wüste des Südens geblieben, und so hatten sie sich in ihre bedrohenden Tiefen gestürzt.

Das Mädchen war eine Brythunierin, die Conan auf dem Sklavenmarkt einer gestürmten shemitischen Stadt gesehen und für sich beansprucht hatte. Sie selbst hatte kein Wort mitzureden gehabt, aber sie fand, daß ihr Los durchaus jenem der hyborischen Frauen in einem Harem der Shemiten vorzuziehen war, und nahm es dankbar hin. Und so hatte sie die Abenteuer von Almurics Horde der Verdammten miterlebt.

Tagelang waren sie von stygischen Reitern durch die Wüste verfolgt worden, so daß sie nicht mehr umzukehren wagten, als sie sie endlich abgeschüttelt hatten. Immer weiter südwärts kamen sie auf ihrer Wassersuche, bis das Kamel verendete. Und dann setzten sie ihren Weg zu Fuß fort. Die letzten paar Tage in der unbarmherzigen Sonnenglut waren furchtbar gewesen. Conan hatte Natala beschirmt, so gut er nur konnte, und das harte Lagerleben hatte ihr mehr Kraft und Durchhaltevermögen gegeben, als von einer Durchschnittsfrau zu erwarten waren, trotzdem war sie dem Zusammenbruch nahe.

Die Sonne schien sengend auf Conans jetzt zottelige schwarze Mähne. Immer wieder plagten ihn Schwindelgefühl und Übelkeit, aber er biß die Zähne zusammen und stapfte unentwegt weiter. Er war nun völlig davon überzeugt, daß die Stadt Wirklichkeit und keine Fata Morgana war. Natürlich mochten die Bewohner ihnen feindlich gesinnt sein, trotzdem war es eine Chance, das genügte ihm.

Die Sonne ging fast unter, als sie, dankbar für den Schatten, vor dem mächtigen Tor anhielten. Conan stellte Natala auf die Füße und streckte die schmerzenden Arme. Die glatte Mauer aus grünlichem Gestein, das wie Glas glänzte, hob sich gut dreißig Fuß über sie empor. Conan studierte die Zinnen der Brustwehr und erwartete, angerufen zu werden, aber es war niemand zu sehen. Ungeduldig brüllte er und klopfte mit dem Säbelgriff an das Tor, doch nur ein hohles Echo antwortete. Verängstigt durch die unnatürliche Stille schmiegte sich Natala an ihn. Conan stieß gegen das Tor und trat, seinen Säbel ziehend, einen Schritt zurück, als es lautlos nach innen aufschwang.

Natala unterdrückte einen Schreckensschrei und flüsterte nur: »Conan! Schau doch!«

Unmittelbar außerhalb der Reichweite der Torflügel lag die Leiche eines Mannes. Conan blickte sich mit leicht zusammengekniffenen Augen um. Er sah einen hofähnlichen Platz, umgeben von Häusern aus dem gleichen grünlichen Gestein wie die Außenmauer. Es waren an Höhe und Stattlichkeit ungemein beeindruckende Bauwerke mit ihren Kuppeldächern und Minaretten. Doch nirgendwo war ein Zeichen von Leben zu sehen oder zu hören.

In der Mitte des Hofes stand ein rechteckiger Brunnen, bei dessen Anblick Conans Mund sich noch trockener anzufühlen begann. Er nahm Natala am

Handgelenk, zog sie durchs Tor und schloß es hinter ihnen.

»Ist er tot?« wisperte sie und deutete verstört auf den Mann, der reglos vor dem Tor lag. Er war groß und kräftig und offenbar im besten Mannesalter gewesen. Vom gelblichen Ton seiner Haut und den leicht schrägen Augen abgesehen, unterschied er sich wenig vom hyborischen Menschenschlag. Er trug bis unter das Knie geschnürte Sandalen und eine Tunika aus purpurner Seide, an deren Gürtel eine Scheide aus goldgewirktem, festem Tuch befestigt war, in der ein Kurzschwert steckte. Conan berührte den Mann. Er war kalt und hatte zweifellos keinerlei Leben mehr in sich.

»Er weist nicht die geringste Wunde auf«, stellte der Cimmerier fest. »Aber er ist so tot, wie Almuric mit vierzig stygischen Pfeilen im Körper. In Croms Namen, gehen wir zum Brunnen! Und wenn er Wasser enthält, trinken wir, ob nun Tote herumliegen oder nicht.«

Es gab Wasser im Brunnen, aber sie tranken nicht, denn der Wasserspiegel lag gut fünfzig Fuß unter dem Brunnenrand, und sie hatten nichts, womit sie die kostbare Flüssigkeit schöpfen konnten. Conan fluchte grimmig und blickte sich nach einer Möglichkeit um, doch heranzukommen. Da ließ ihn Natalas Schrei herumfahren.

Der vermeintlich Tote stürzte auf ihn zu. Seine Augen blitzten, das Schwert in seiner Hand glänzte. Erstaunt stieß Conan noch eine wilde Verwünschung hervor, verlor jedoch keine Zeit mit langen Überlegungen. Er begegnete dem Angreifer mit einem schnellen Hieb seines Säbels. Der getroffene Mann torkelte wie betrunken, bis er schließlich tot umfiel.

Conan blickte ihn fluchend an.

»Der Bursche ist nicht weniger tot, als er es vor

einer kurzen Weile war. An welchen Ort des Wahnsinns sind wir hier geraten?«

Natala hatte sich die Hände vors Gesicht geschlagen. Sie blickte zwischen den Fingern vorsichtig hindurch und zitterte am ganzen Leib.

»O Conan, werden die Bürger dieser Stadt uns nun seinetwegen töten?«

»Du darfst nicht vergessen, daß er uns niedergemacht hätte, wenn ich ihm nicht zuvorgekommen wäre.«

Er blickte auf die Bogentüren der grünen Häuser ringsum. Es war nichts zu sehen und nichts zu hören.

»Ich glaube nicht, daß uns jemand beobachtet hat«, murmelte er. »Ich werde den Körper verstecken.«

Mit einer Hand hob er den Toten am Gürtel, mit der anderen den Schädel am langen Haar und schleppte ihn zum Brunnen.

»Da wir das Wasser nicht trinken können, soll auch kein anderer es genießen können«, sagte er bitter. »Mögen die Götter einen solchen Brunnen verdammen!« Er hob den Körper über den Brunnenrand und ließ ihn fallen. Ein dumpfes Platschen tief unten war zu vernehmen.

»Auf den Steinen ist Blut«, wisperte Natala.

»Es wird noch mehr geben, wenn ich nicht bald Wasser finde«, knurrte der Cimmerier, dessen Geduld allmählich erschöpft war. In ihrer Furcht hatte das Mädchen ihren Durst und Hunger fast vergessen, im Gegensatz zu Conan.

»Wir gehen durch eine dieser Türen«, bestimmte er. »Irgendwann müssen wir ja auf Menschen stoßen.«

»O Conan!« wimmerte Natala und schmiegte sich so eng an ihn, wie es nur möglich war. »Ich habe solche Angst! Das hier ist eine Stadt der Geister und Toten! Kehren wir lieber in die Wüste zurück. Besser dort zu sterben, als dem Grauen hier ausgesetzt zu sein!«

»Wir gehen erst wieder in die Wüste, wenn sie uns von ihren Mauern werfen!« knurrte Conan. »Irgendwo in dieser Stadt muß Wasser sein, und ich werde es bekommen, und wenn ich jeden Mann in dieser Stadt töten muß!«

»Und wenn sie wieder zum Leben auferstehen?« wisperte sie.

»Dann tötete ich sie eben so oft und so lange, bis sie tot bleiben! Komm! Die Tür dort ist so gut wie jede andere. Bleib hinter mir, aber lauf nur, wenn ich es dir sage.«

Sie murmelte zustimmend und folgte ihm so dichtauf, daß sie ihm – seinen Grimm erhöhend – auf die Fersen stieg. Die Abenddämmerung war eingebrochen und füllte die Stadt mit dunklen Schatten. Sie traten durch die Tür und kamen in ein großes Gemach, dessen Wände mit ungewöhnlich gemustertem Samt behangen waren. Boden, Decke und Wände, soweit sie zu sehen waren, bestanden aus demselben grünen glasähnlichen Stein wie die Häuser und die Stadtmauer. Die Wände waren über den Behängen noch zusätzlich mit goldenen Friesen verziert. Pelze und Satinkissen lagen auf dem Boden verstreut. Mehrere Türen führten in weitere Räume. Sie sahen sich nach und nach in ihnen um. Fast alle glichen dem ersten. Sie sahen niemanden, aber der Cimmerier brummte mißtrauisch:

»Jemand war erst vor kurzem hier. Der Diwan verrät noch die Körperwärme eines Menschen, und das Seidenkissen dort ist eingedrückt. Außerdem hängt ein Hauch von Parfüm in der Luft.«

Das Ganze erweckte den Eindruck des Unwirklichen. Es war ihnen, als schritten sie in einem Opiumtraum durch das palastartige Haus. Einige der Gemächer waren unbeleuchtet, diese betraten sie nicht. Andere waren in sanftes, gespenstisches Licht gehüllt.

Juwelen, die in phantastischen Mustern die Wände schmückten, schienen es auszustrahlen. Plötzlich, als sie in eines dieser beleuchteten Gemächer traten, schrie Natala auf und klammerte sich an den Arm ihres Begleiters. Mit einem Fluch wirbelte er herum und hielt Ausschau nach einem Feind, den sie erblickt haben mußte, aber es war niemand zu sehen.

»Was hast du denn?« knurrte er. »Wenn du mich noch einmal am Schwertarm faßt, spieße ich dich auf. Willst du vielleicht, daß man mir die Kehle aufschlitzt? Warum hast du denn geschrien?«

»Schau doch! Dort!« sagte sie zitternd.

Conan brummte. Auf einem Tisch aus glänzendem Ebenholz standen goldene Gefäße, die offenbar Speisen und Getränke enthielten.

»Für wen dieses Mahl auch gerichtet ist«, sagte er, »er wird heute abend anderswo essen müssen.«

»Glaubst du, wir können es wagen, Conan?« fragte das Mädchen nervös. »Die Leute können jeden Augenblick kommen und ...«

»Lir an mannanam mac lir!« fluchte er. Er packte sie am Nacken und stieß sie auf einen vergoldeten Stuhl am Ende der Tafel. »Wir sind am Verhungern, und du hast Bedenken! Iß!«

Er ließ sich auf dem Stuhl am anderen Tischende nieder, griff nach einem Jadekelch und leerte ihn mit einem Schluck. Er enthielt ein rotes weinähnliches Getränk mit ihm fremdem Geschmack, doch für seine ausgedörrte Kehle war es wie Nektar. Als sein Durst gestillt war, fiel er mit Bärenhunger über die Speisen her. Auch sie waren ihm unbekannt. Sie bestanden hauptsächlich aus exotischen Früchten und Fleischsorten, wie er sie noch nie zuvor gekostet hatte. Das Geschirr war von feinster Arbeit, und das Besteck, das nicht fehlte, bestand aus Gold. Aber Conan ließ Messer und Gabel unberührt auf dem Tisch liegen, nahm die Fleischstücke in die Hände und hieb mit festen Zähnen hinein. Conans Tafelmanieren waren auch zu anderen Zeiten etwas wölfisch. Seine Begleiterin aus der Zivilisation benutzte das Besteck, aber sie aß nicht weniger gierig. Conan dachte natürlich daran, daß das Essen vergiftet sein mochte, doch das minderte seinen Appetit nicht. Wenn schon, dann zog er es vor, an Gift zu sterben denn zu verhungern.

Als er satt war, lehnte er sich mit einem zufriedenen Seufzer zurück. Daß es Menschen in dieser stillen Stadt gab, bewiesen schon die frisch angerichteten Speisen, und vielleicht lauerte auch in jeder dunklen Ecke ein Feind. Aber dieser Gedanke störte ihn nicht weiter, er vertraute voll und ganz auf seine Kraft und Geschicklichkeit im Kampf. Die überstandenen Anstrengungen machten sich nun bemerkbar, und der volle Bauch erhöhte seine Schläfrigkeit. Er überlegte sich, ob er sich nicht auf einem Diwan ausstrecken sollte.

Natala jedoch, deren Hunger und Durst nun ebenfalls gestillt waren, hatte Angst zu schlafen. Mit furchtgeweiteten Augen blickte sie auf die Türen, die ins Grauen führen mochten. Die Stille und das Geheimnisvolle dieses seltsamen Ortes machten ihr zu schaffen. Sie hatte das Gefühl, der Raum sei größer, als sie zuvor gedacht hatte, der Tisch länger, und sie war weiter von ihrem grimmigen Beschützer entfernt, als sie es für sicher hielt. Schnell erhob sie sich, rannte um den Tisch und setzte sich auf Conans Knie, doch sie starrte auch weiterhin nervös auf die Türbogen. Hinter einigen brannte Licht, hinter anderen war es dunkel. Auf die dunklen blickte sie am längsten.

»Wir haben gegessen, getrunken und uns ausgeruht«, sagte sie. »Laß uns schnell von hier weggehen, Conan! Es ist ein Ort des Bösen. Ich spüre es!«

»Nun, bis jetzt hat uns noch niemand etwas Böses

getan«, brummte er, als ein leichtes, aber unheimliches Rascheln ihn über die Schulter blicken ließ. Schnell schob er das Mädchen von den Knien und erhob sich mit der flinken Geschmeidigkeit des Panthers. Mit dem Säbel in der Hand wandte er sich der Türöffnung zu, durch die das Geräusch allem Anschein nach gekommen war, nur wiederholte es sich nicht. Lautlos schlich er zu der Tür. Natala folgte ihm mit heftig klopfendem Herzen. Sie wußte, daß der Cimmerier eine Gefahr vermutete. Er hatte den Kopf, zwischen die Schultern gesenkt, vorgeschoben, und so glitt er wie ein Tiger auf der Jagd dahin.

An der Tür hielt er inne. Natala spähte ängstlich hinter seinem Arm hervor. Im Gemach selbst war kein Licht, doch wurde es teilweise von dem Leuchten hinter ihnen erhellt, das durch den dunklen Raum in ein weiteres Gemach fiel. Und in diesem Gemach ruhte ein Mann auf einem ausladenden Diwan. Sanftes Licht umhüllte ihn, so sahen sie, daß er wie ein Zwillingsbruder des Mannes aussah, den Conan tot in den Brunnen geworfen hatte, nur war seine Kleidung kostbarer und mit Edelsteinen verziert, die in dem unheimlichen Licht glitzerten.

War der Mann tot, oder schlief er bloß? Erneut kam das gespenstische Rascheln wie von einem Vorhang, der zurückgezogen wurde. Conan wich einen Schritt zurück und nahm die sich anklammernde Natala mit. Hastig drückte er eine Hand auf ihre Lippen, als sie aufschreien wollte.

Wo sie jetzt standen, konnten sie den erhöhten Diwan nicht mehr sehen, wohl aber den Schatten, den er an die Wand dahinter warf – und einen weiteren Schatten, der sich über diese Wand schob: ein riesiger formloser Fleck. Conan spürte, wie sich ihm die Härchen im Nacken aufrichteten, als er ihn beobachtete. Gewiß war er durch den Lichteinfall verzerrt, aber trotzdem war er fast überzeugt, nie einen Menschen oder ein Tier gesehen zu haben, das einen solchen Schatten warf. Die Neugier brannte in ihm, doch ein Instinkt ließ ihn wie angewurzelt stehenbleiben. Er hörte Natalas schnellen, keuchenden Atem, während sie mit furchtgeweiteten Augen darauf starrte. Das war das einzige Geräusch in dieser angespannten Stille. Der Schattenfleck verschlang den Schatten des Diwans. Eine lange Weile war nur er an der glatten Wand zu sehen. Dann zog er sich langsam zurück, und wieder war der Schatten des Diwans ganz deutlich abgezeichnet – nur nicht mehr der des Mannes, der darauf geruht hatte.

Ein hysterisches Gurgeln bildete sich in Natalas Kehle, das Conan mit einem warnenden Schütteln zum Verstummen brachte. Er spürte, wie es ihm eisig über den Rücken rann. Vor menschlichen Feinden fürchtete er sich nicht, vor überhaupt nichts, das seine Sinne verstehen konnte, auch wenn es noch so grauenvoll zu sein schien. Aber das hier war ihm unerklärlich.

Nach einer Weile überwog jedoch seine Neugier das unbestimmte Unbehagen. Er betrat das unbeleuchtete Gemach und war auf alles gefaßt. Aber der Raum war leer. Der Diwan stand, wie er ihn zuvor gesehen hatte, nur lag nun niemand mehr darauf. Doch er sah einen einzelnen Blutstropfen, der wie ein großer Edelstein schimmerte, auf der Seidendecke. Auch Natala bemerkte ihn und stieß einen würgenden Schrei aus, für den Conan sie nicht rügte. Wieder spürte er das eisige Prickeln auf seinem Rücken. Ein Mensch hatte auf diesem Diwan gelegen, dann war *etwas* in das Gemach gekrochen und hatte ihn verschleppt. Was dieses Etwas war, wußte Conan nicht, aber er spürte den Atem des Übernatürlichen in diesen düsteren Räumen.

Er war jetzt ebenfalls bereit aufzubrechen. Er griff nach Natalas Hand und drehte sich um, dann zögerte er. Irgendwo in den Gemächern, durch die sie gekommen waren, hörte er leise Schritte. Mit der Vorsicht des Wolfes schlug Conan einen anderen Weg ein. Er glaubte, den Außenhof auch erreichen zu können, ohne das Gemach zu durchqueren, aus dem er die Schritte gehört hatte.

Aber sie waren noch nicht einmal durch den ersten Raum in ihrer neuen Richtung gekommen, als das Rascheln eines Seidenvorhangs sie herumwirbeln ließ. Vor einem behangenen Alkoven stand ein Mann, der sie eindringlich musterte.

Er sah genau wie die beiden anderen aus, die sie bisher hier gesehen hatten, er war ebenso hochgewachsen und gutgebaut und trug ein purpurfarbenes Gewand mit einem edelsteinbesetzten Gürtel. Sein Blick verriet weder Überraschung noch Feindseligkeit. Die bernsteinfarbigen Augen wirkten verträumt wie die eines Lotusessers. Obwohl ein Kurzschwert von seinem Gürtel hing, zog er es nicht. Nach einer angespannten Weile sagte er wie geistesabwesend etwas in einer Sprache, die weder Conan noch Natala verstand.

Auf gut Glück ersuchte der Cimmerier ihn, stygisch zu sprechen. Woraufhin der Fremde sie in dieser Sprache fragte:

»Wer seid ihr?«

»Ich bin Conan von Cimmerien«, antwortete der Barbar. »Und das ist Natala von Brythunien. In welcher Stadt sind wir hier?«

Der Mann antwortete nicht sofort. Sein verträumter Blick blieb auf Natala hängen, und er sagte mit gedehnter Stimme: »Von all meinen unzähligen Visionen ist dies die ungewöhnlichste. Sag mir, Mädchen mit den goldenen Locken, aus welch fernem Traumland kommst du? Aus Andarra? Oder Tothra? Oder Kuth vom Sternenring?«

»Was soll dieser Unsinn?« knurrte Conan barsch. Ihm gefielen weder Art noch Sprache des Mannes.

Der andere achtete nicht auf ihn.

»Ich habe mir noch aufregendere Schönheiten erträumt«, murmelte er. »Geschmeidige Frauen mit nachtschwarzem Haar und Augen, dunkel wie die unergründlichsten Tiefen. Aber deine Haut ist weiß wie Milch, deine Augen sind klar wie der frische Morgen, und du bist süß wie Honig. Komm auf meinen Diwan, kleines Traummädchen!«

Er trat näher, um nach Natala zu greifen. Wütend schlug Conan seine Hand mit einer Kraft zurück, die ihm den Arm hätte brechen können. Der Mann taumelte zurück und umklammerte benommen die schmerzende Rechte.

»Eine Rebellion der Geister?« murmelte er. »Barbar, ich befehle dir: Hebe dich hinweg! Löse dich auf! Schmilz! Verschwinde!«

»Ich lasse deinen Kopf von den Schultern verschwinden!« knurrte der erboste Cimmerier, den glänzenden Säbel in der Hand. »Heißt ihr so Fremde willkommen? Bei Crom, ich werde diese Vorhänge in Blut tauchen!«

Die Verträumtheit war aus den Augen des Mannes gewichen und hatte Verwirrung Platz gemacht.

»Thog!« entfuhr es ihm. »Du bist wirklich! Woher kommst du? Wer bist du? Was machst du in Xuthal?«

»Wir kommen aus der Wüste«, erwiderte Conan finster. »Wir sind gegen Sonnenuntergang dem Verhungern und Verdursten nahe in die Stadt gekommen. Wir stießen auf ein Abendmahl, das für andere aufgetischt war, und aßen es. Ich habe kein Geld, dafür zu bezahlen. In meiner Heimat wird keinem Verhungernden Essen verweigert, aber ihr Zivilisierten tut es ja nicht ohne Entgelt. Wir haben nichts Böses getan und wollten gerade wieder gehen. Bei Crom, mir gefällt es hier nicht, wo die Toten auferstehen und Schlafende in den Bäuchen von Schatten verschwinden.«

Bei den letzten Worten erschrak der Mann heftig, und sein gelbliches Gesicht wurde aschgrau.

»Was hast du gesagt? Schatten? In die Bäuche von Schatten?«

»Nun ja«, meinte der Cimmerier vorsichtig. »Was immer es eben ist, das einen Schlafenden von seinem Diwan holt und nur einen Blutstropfen zurückläßt.«

»Ihr habt es gesehen? Ihr habt es *gesehen?*« Der Mann zitterte wie Espenlaub, und seine Stimme überschlug sich.

»Nur einen Schlafenden auf einem Diwan und einen Schatten, der ihn zu verschlingen schien«, antwortete Conan.

Die Wirkung dieser Worte war erstaunlich. Mit einem schrillen Angstschrei drehte der Mann sich um und rannte aus dem Gemach. In seiner blinden Hast prallte er gegen den Türrahmen, dann floh er, immer noch schreiend, durch die anschließenden Räume. Verblüfft starrte Conan ihm nach, während das Mädchen sich zitternd an seinem linken Arm festhielt. Sehen konnten sie den Flüchtenden nicht mehr, wohl aber hörten sie ihn noch lange. Mit der Entfernung wurde sein Heulen gedämpfter, bis plötzlich ein selbst aus der Ferne noch durchdringender Schrei, lauter als alle bisherigen, sich erhob und abrupt verstummte.

»Crom!«

Conan wischte sich mit leicht zitternden Fingern die Schweißperlen von der Stirn.

»Das ist eine Stadt der Wahnsinnigen! Verschwinden wir, ehe wir noch auf weitere Irre stoßen!«

»Es ist alles ein Alptraum!« wimmerte Natala. »Wir sind tot und verdammt! Wir starben in der Wüste und sind in die Hölle gekommen! Jetzt sind wir körperlose Geister – *au!*«

Conan hatte ihr einen Klaps aufs Gesäß versetzt.

»Du bist kein Geist, wenn du so einen leichten Klaps spürst«, bemerkte er mit grimmigem Humor, der ihn oft zu den unpassendsten Zeiten anflog. »Wir leben, aber möglichwerweise nicht mehr lange, wenn wir uns weiter an diesem Teufelsort aufhalten. Komm!«

Sie waren erst durch ein einziges Gemach gekommen, als sie erneut stehenblieben. Jemand oder etwas näherte sich. Sie wandten den Blick der Tür zu, aus deren Richtung die Geräusche kamen, und warteten. Conans Nasenflügel weiteten und seine Pupillen verengten sich. Ein Hauch des Parfüms, das ihm schon einmal aufgefallen war, stieg ihm in die Nase. Eine Gestalt hob sich in der Türöffnung ab. Conan holte tief Luft, und Natala öffnete unwillkürlich den Mund.

Eine Frau stand vor ihnen und blickte sie verwundert an. Sie war groß und anmutig, mit der Figur einer Göttin, und trug nicht viel mehr als einen edelsteinbesteckten Gürtel. Die wallende Fülle nachtschwarzen Haares betonte das Elfenbeinweiß ihrer Haut. Die von langen schwarzen Wimpern beschatteten dunklen Augen versprachen sinnliche Geheimnisse. Ihre Schönheit raubte Conan den Atem. Nie hatte er eine Frau wie sie gesehen. Dem Gesichtsschnitt nach war sie Stygierin, doch ihre Haut war nicht dunkel wie die der stygischen Frauen, die er kannte.

Aber als sie mit tiefer melodischer Stimme sprach, benutzte sie die Sprache der Stygier.

»Wer seid Ihr? Was macht Ihr in Xuthal? Wer ist dieses Mädchen?«

»Wer seid Ihr?« entgegnete Conan, der es müde war, Fragen zu beantworten.

»Ich bin Thalis, die Stygierin. Seid Ihr wahnsinnig, hierherzukommen?«

»Das beginne ich allmählich selbst zu befürchten!« knurrte er. »Bei Crom, wenn ich bei klarem Verstand bin, bin ich hier zweifellos fehl am Platz, denn die Menschen sind alle verrückt. Wir schleppen uns von der Wüste herein, dem Tod des Verhungerns und Verdurstens nahe, und stoßen auf einen Toten, der mir das Schwert in den Rücken stechen will. Wir betreten einen Palast mit allen Annehmlichkeiten und doch offensichtlich leer. Wir finden einen gedeckten Tisch, doch niemanden, der das Mahl zu sich nimmt. Dann sehen wir einen Schatten einen Schlafenden verschlingen …« Er beobachtete sie mit engen Augen und bemerkte, daß sie ganz leicht die Farbe wechselte. »Nun?«

»Nun was?« fragte sie, nachdem sie sich augenscheinlich wieder völlig gefaßt hatte.

»Ich hatte erwartet, daß auch Ihr wie eine Wilde durch den Palast laufen und heulen würdet«, antwortete er. »Das hat nämlich der Mann getan, dem ich von dem Schatten erzählte.«

Sie zuckte die schmalen Elfenbeinschultern. »Das also war der Schrei, den ich hörte. Nun, jedem das Seine. Ich finde es töricht zu schreien wie eine Ratte in der Falle. Wenn Thog mich haben will, wird er mich holen.«

»Wer ist Thog?« erkundigte sich Conan mißtrauisch.

Sie musterte ihn mit derartigem Interesse, daß Natala errötete und die Zähne in die Unterlippe grub.

»Setzt Euch auf den Diwan, dann werde ich Euch alles erzählen«, sagte die Stygierin. »Doch verratet mir zuerst, wer Ihr seid?«

»Ich bin Conan, ein Cimmerier, und das ist Natala, eine Tochter Brythuniens«, antwortete er. »Wir sind die Überlebenden einer Armee, die an der Grenze von

Kush geschlagen wurde. Aber ich möchte mich nicht gern dort hinsetzen, wo sich schwarze Schatten von hinten an mich heranstehlen können.«

Mit einem leisen melodischen Lachen ließ sie sich nieder und räkelte sich genußvoll.

»Beruhigt Euch«, riet sie. »Wenn es Thogs Wunsch ist, holt er Euch, gleichgültig wo Ihr seid. Der Mann, den Ihr erwähntet, der schrie und rannte – habt Ihr nicht gehört, wie er ein letztesmal furchtbar aufschrie und dann für immer verstummte? In seiner Panik muß er gerade dem in die Klauen gelaufen sein, dem er zu entkommen versuchte. Niemand kann seinem Schicksal entgehen.«

Conan brummte etwas Unverständliches. Er setzte sich auf die Kante des Diwans, den Säbel über den Knien, und schaute sich mißtrauisch um. Natala schmiegte sich an ihn, legte die Arme um ihn und setzte sich auf die untergeschlagenen Beine. Sie beobachtete die fremde Frau voll Argwohn und Verstimmung. Ihrer strahlenden Schönheit gegenüber kam sie sich so schrecklich klein, staubbeschmutzt und unbedeutend vor. Außerdem entging ihr der Blick dieser dunklen Augen nicht, der wie schmeichelnd über jede Einzelheit der bronzegetönten Statur ihres Begleiters strich.

»Was ist dieser Ort, und wer sind die Menschen hier?« erkundigte sich Conan.

»Die Stadt heißt Xuthal. Sie ist sehr alt und über einer Oase erbaut, die die Gründer der Stadt auf ihrer Wanderung entdeckten. Vor so unsagbar langer Zeit kamen sie aus dem Osten, daß nicht einmal ihre Nachfahren wissen, wann genau es war.«

»Aber gewiß gibt es ihrer nicht mehr viele, die Paläste scheinen alle leer zu sein.«

»Nein, nicht viele und doch mehr, als Ihr vielleicht glaubt. Die Stadt ist im Grund genommen ein einziger großer Palast, denn jedes Gebäude innerhalb der Stadtmauer ist mit dem anderen verbunden. Ihr könntet einen ganzen Tag durch die Räume streifen, ohne auch nur auf einen der Bewohner zu stoßen, während zu einer anderen Zeit möglicherweise viele Hunderte von ihnen unterwegs sind.«

»Wieso?« fragte Conan unsicher. Es roch ihm allzusehr nach Zauberei, als daß er sich hier wohl gefühlt hätte.

»Oh, einen großen Teil der Zeit schlafen diese Menschen. Ihr Traumleben ist ihnen ebenso wichtig – und genauso echt – wie ihr Leben, wenn sie wach sind. Ihr habt vom schwarzen Lotus gehört? Er wächst in bestimmten Gruben der Stadt. Über die unendliche Zeit hinweg zogen und hegten und pflegten sie ihn, bis sein Saft ihnen statt des Todes wundersame Träume verlieh. In diesen Träumen verbringen sie die meiste Zeit. Ihr Leben ist vage, unvorhersehbar, planlos. Sie träumen, sie wachen, sie trinken, essen, lieben und träumen aufs neue. Selten beenden sie etwas, das sie beginnen, mittendrin geben sie sich wieder dem Schlummer des schwarzen Lotus hin. Zweifellos hat einer das Mahl, das Ihr vorgefunden habt, für sich selbst zubereitet, als er Hunger verspürte, und es dann vergessen, weil seine Träume ihn riefen.«

»Woher nehmen diese Leute ihre Nahrungsmittel?« unterbrach Conan sie. »Ich sah weder Felder noch Weingärten vor der Stadt. Haben sie Obstbäume und Schlachtvieh innerhalb der Mauern?«

Sie schüttelte den Kopf. »Nein, sie stellen ihr Essen aus den Basiselementen her. Sie sind ungemein fähige Wissenschaftler, wenn ihre Traumblume ihnen nicht die Sinne umnebelt. Ihre Vorfahren waren Geistesriesen, die es sich leisten konnten, die Stadt mitten in der Wüste zu errichten. Obgleich ihre Rasse Sklaven der

Lotussucht wurde, blieb einiges an wundersamem Wissen doch erhalten. Habt Ihr Euch keine Gedanken über das Licht hier gemacht? Mit Radium verbundene Edelsteine strahlen es aus. Um sie zum Glühen zu bringen, braucht man nur mit dem Daumen darüber zu streichen – und dann wieder, wenn man sie zum Erlöschen bringen will. Doch das ist nur ein geringes Beispiel ihrer Wissenschaft. Soviel haben sie vergessen, denn sie interessieren sich viel zu wenig für das wirkliche Leben und ziehen es vor, in ihrem todesähnlichen Schlaf zu ruhen.«

»Dann hat der Tote am Tor …«, begann Conan.

»Nur geschlafen«, beendete die Stygierin den Satz. »Lotusschläfer erwecken den Eindruck von Toten. Offenbar setzen ihre Lebensfunktionen während des Schlafes aus. Es ist unmöglich, auch nur die geringste Spur von Leben an ihnen zu bemerken. Der Geist hat den Körper verlassen und wandert durch andere, fremdartige Welten. Der Mann am Tor war ein gutes Beispiel für die Unverantwortlichkeit dieser Menschen. Er sollte das Tor bewachen, wie die Tradition es bestimmt, obgleich noch nie ein Feind die Wüste durchquert hat. In anderen Stadtteilen würdet Ihr weitere Wachen finden, die vermutlich genauso tief schlafen wie der Mann am Tor.«

Conan dachte eine Weile darüber nach.

»Wo sind diese Menschen jetzt?« fragte er schließlich.

»In der ganzen Stadt verstreut. Sie liegen auf Seidendiwanen, Lagerstätten aus kostbaren Pelzen oder weichen Kissen in Alkoven, alle in ihre Träume versunken.«

Conan spürte das Prickeln zwischen den Schulterblättern. Es war kein beruhigender Gedanke, daß Hunderte von Menschen wie im Todesschlaf, die Augen glasig zur Decke gewandt, überall in den prunkvollen Palästen lagen. Er erinnerte sich an etwas anderes.

»Was ist mit der Kreatur, die sich durch die Gemächer stahl und den Mann auf dem Diwan fortschleppte?«

Unwillkürlich schauderte die Stygierin.

»Das war Thog, der Uralte, der Gott von Xuthal, der in dem tieferliegenden Kuppelbau genau in der Mitte der Stadt zu Hause ist. Ob er mit den Gründern hierherkam oder bereits hier war, als sie die Stadt errichteten, weiß niemand. Jedenfalls beten die Bürger von Xuthal ihn an. Gewöhnlich schläft er, aber wenn er in unregelmäßigen Abständen erwacht, hat er Hunger und macht sich zur Beutesuche auf. Dann ist niemand vor ihm sicher.«

Natala wimmerte vor Angst und klammerte sich um Conans starken Hals, als versuchte jemand, sie fortzuziehen.

»Crom!« stieß der Cimmerier hervor. »Wollt Ihr damit sagen, daß diese Menschen sich ungerührt niederlegen und schlafen, während der Dämon sich zwischen ihnen herumtreibt?«

»Oh, er ist nur selten hungrig«, versicherte sie ihm. »Ein Gott braucht schließlich Opfer. Als ich als Kind in Stygien lebte, fürchteten sich alle vor einem Priester. Niemand wußte, wann er oder sie von ihm geholt und zum Altar geschleppt würde. Wo ist der Unterschied, ob ein Priester einem Gott Menschenopfer bringt oder der Gott sich sein Opfer selbst holt?«

»Das ist weder Sitte bei meinem Volk«, knurrte Conan, »noch bei Natalas Leuten. Die Hyborier bringen ihrem Gott Mitra keine Menschenopfer dar. Und was mein Volk betrifft – bei Crom, ich möchte sehen, wie ein Priester versucht, einen Cimmerier zum Altar zu zerren. Zweifellos würde Blut vergossen werden, aber nicht so, wie der Priester es beabsichtigt hätte.«

»Ihr seid Barbar«, sagte Thalis lachend, und ihre Augen leuchteten. »Thog ist sehr alt und sehr schrecklich.«

»Diese Menschen müssen entweder Narren oder Helden sein«, brummte Conan, »daß sie sich ihren törichten Träumen hingeben, wenn sie wissen, daß sie vielleicht erst in seinem Bauch erwachen.«

Wieder lachte sie. »Sie kennen es nicht anders. Seit unzähligen Generationen holt Thog sich seine Opfer unter ihnen. Er ist der Hauptgrund, daß von den Tausenden, die sie einst waren, nur noch Hunderte leben. In ein paar Generationen werden sie ausgestorben sein. Dann wird Thog sich wegen neuer Opfer in die weite Welt begeben oder sich in die Unterwelt zurückziehen müssen, aus der er vor so undenkbarer Zeit kam.

Sie wissen, wie ihr Ende schließlich aussieht, aber sie sind schicksalsergeben und des Widerstands oder der Flucht unfähig. Keiner der jetzigen Generation sah die Mauern dieser Stadt je aus größerer Entfernung von außen. Einen Tagesmarsch südlich liegt eine Oase – ich sah sie auf den alten Karten, die ihre Vorfahren auf Pergament zeichneten –, doch seit drei Generationen hat kein Bürger von Xuthal sie besucht und noch viel weniger sich die Mühe gemacht, das fruchtbare Weideland zu erforschen, das nach der Karte einen weiteren Tagesmarsch von ihr entfernt liegt. Sie sind eine dahinschwindende Rasse, versunken in ihre Lotusträume, die die kurze Zeit ihres Wachseins durch den goldenen Wein zu verschönern suchen, der Wunden heilt, das Leben verlängert und selbst dem Übersättigten neue Freude und Kraft schenkt.

Und doch hängen sie an ihrem Leben und fürchten die Gottheit, die sie verehren. Ihr habt selbst gesehen, wie einen der Wahnsinn packte, als er von Euch hörte, daß Thog durch die Paläste streift. Ich habe selbst miterlebt, wie sie alle schreiend und haareraufend aus dem Stadttor rannten und sich draußen an die Mauer kauerten, wo sie auslosten, wen sie hineinwerfen würden, um Thogs Hunger und Lust zu befriedigen. Schliefen sie jetzt nicht, würden sie, bei der ersten Kunde, daß er wach ist, panikerfüllt aus dem Tor fliehen.«

»O Conan!« flehte Natala hysterisch. »Laß uns fortlaufen!«

»Nur Geduld, Mädchen!« brummte der Cimmerier, während seine Augen brennend auf der Elfenbeinhaut der schönen Frau ruhten. »Was macht Ihr, eine Stygierin, hier?«

»Ich kam als ganz junges Mädchen hierher«, antwortete Thalis. Sie lehnte sich anmutig gegen die Samtkissen zurück und überkreuzte die Hände im Nacken über dem schwarzen Seidenhaar. »Ich bin eine Königstochter, keine einfache Frau, wie Euch meine Haut verrät, die so weiß ist, wie die Eures kleinen blonden Mädchens. Ich wurde von einem Rebellenprinzen entführt, der mit einer Armee kushitischer Bogenschützen südwärts in die Wildnis zog, um ein eigenes Land für sich zu finden. Er und alle seine Krieger gingen elendiglich in der Wüste zugrunde – außer einem, der mich auf ein Kamel setzte und sich neben mir herschleppte, bis auch er starb. Das Tier wanderte weiter, während ich vor Durst und Hunger die Sinne verlor. Ich erwachte in dieser Stadt. Die Leute hier erzählten mir, einer habe mich früh am Morgen von der Mauer aus reglos neben einem toten Kamel liegen sehen. Sie holten mich in die Stadt und brachten mich mit ihrem wundervollen goldenen Wein wieder auf die Beine. Aber nur der Anblick einer Frau hatte sie dazu bringen können, sich weiter hinauszuwagen.

Natürlich waren sie ungemein interessiert an mir,

die Männer vor allem. Da ich ihre Sprache nicht kannte, lernten sie meine, und das ging sehr schnell. Ich brauchte viel viel länger, bis ich ihre auch nur verstehen konnte. Aber sie waren mehr an mir als an meiner Sprache interessiert. Ich war und bin die einzige, für die ein Mann hier eine Weile auf seine Lotusträume verzichtet.«

Sie lachte bedeutungsvoll und widmete Conan einen feurigen Blick.

»Natürlich sind die Frauen eifersüchtig auf mich«, fuhr sie selbstzufrieden fort. »Sie sind auf ihre Weise sehr hübsch mit ihrer gelben Haut, aber sie sind genauso verträumt und unsicher wie die Männer, denen ich nicht nur wegen meiner Schönheit gefalle, sondern weil ich wirklich bin, kein Traum. Obgleich auch ich die Lotusträume kennengelernt habe, bin ich doch eine normale Frau geblieben, mit irdischen Gefühlen und Bedürfnissen. Dagegen kommen die mondäugigen gelben Frauen nicht an.

Deshalb halte ich es für besser, wenn Ihr Eurem Mädchen mit Eurem Säbel die Kehle durchschneidet, ehe die Männer von Xuthal erwachen und sich ihrer bemächtigen. Sie werden Dinge mit ihr tun, von denen sie nie auch nur geträumt hätte. Sie ist zu weich, um das auszuhalten, was mir Spaß macht. Ich bin eine Tochter Luxurs, und ehe ich fünfzehn Sommer zählte, hatte man mich durch Derketos Tempel geleitet und mich in die Mysterien der Liebesgöttin eingeführt. Nicht, daß meine ersten Jahre in Xuthal ein ungetrübtes Vergnügen waren. Die Menschen von Xuthal haben mehr vergessen, als die Priesterinnen Derketas je erträumten. Sie leben nur der Sinneslust. Ob im Wachen oder Träumen, ihr Sein ist erfüllt mit exotischen Ekstasen, wie kein normaler Sterblicher sie sich vorzustellen vermag.«

»Verruchtes Volk!« knurrte Conan.

»Nun, das ist Ansichtssache.« Thalis lächelte bedächtig.

»Wir verschwenden nur unsere Zeit«, sagte Conan. »Ich sehe, daß dieser Ort nichts für normale Menschen ist. Wir werden verschwinden, ehe Eure Träumer erwachen oder Thog uns verschlingen will. Ich glaube, selbst die Wüste ist noch gnädiger.«

Natala, der das Blut bei Thalis' Worten schier in den Adern gestockt war, pflichtete ihm erleichtert bei. Sie sprach Stygisch nur gebrochen, aber verstand es recht gut. Conan erhob sich und zog sie mit sich hoch.

»Wenn Ihr uns den nächsten Weg aus dieser Stadt zeigt«, wandte er sich wieder an Thalis, »werden wir Euch verlassen.« Aber es fiel ihm schwer, den Blick von den festen Brüsten und den schlanken Gliedern der Stygierin zu nehmen.

Ihr entging seine Bewunderung nicht. Sie lächelte rätselhaft und stand mit der Geschmeidigkeit einer müden Katze auf.

»Folgt mir.« Sie schritt voraus und war sich Conans Blick voll bewußt, der auf ihrer grazilen Figur und perfekten Haltung ruhte. Sie schlug nicht den Weg ein, den sie gekommen waren, sondern hielt, noch ehe Conans Argwohn erwachte, in einem großen mit Elfenbeinreliefs geschmückten Raum an, wo sie auf einen Brunnen deutete, der in der Mitte des Elfenbeinbodens gluckerte.

»Willst du dir nicht erst das Gesicht waschen, Kind?« wandte sie sich an Natala. »Es ist staubbeschmiert, genau wie dein Haar.«

Natala errötete bei dem leicht spöttischen und boshaften Tonfall der Stygierin, aber sie folgte der Aufforderung und fragte sich, wie schlimm die Wüstensonne und der Wind ihrem Teint mitgespielt hatten – auf den die Frauen ihrer Rasse zu Recht stolz waren. Sie kniete sich neben den Brunnen, warf ihr Haar zurück, zog ihre Tunika bis zur Taille hinunter und machte sich daran, nicht nur ihr Gesicht, sondern auch ihre weißen Arme und Schultern zu waschen.

»Bei Crom!« fluchte Conan. »Eine Frau nimmt sich sogar Zeit für ihre Schönheit, wenn der Teufel selbst ihr auf den Fersen ist. Beeil dich, Mädchen, du wirst gleich wieder staubbedeckt sein, wenn wir erst aus der Stadt sind. Und Thalis, wir wären Euch dankbar, wenn Ihr uns ein wenig Proviant besorgen könntet.«

Als Antwort drückte die Stygierin sich an ihn und legte einen weißen Arm um seine bronzenen Schultern. Ihre nackten Hüften preßten gegen seine Schenkel, und der Duft ihres weichen Haares stieg ihm in die Nase.

»Warum wollt Ihr Euch in die Wüste wagen?« flüsterte sie. »Bleibt hier! Ich werde Euch lehren, das Leben in Xuthal zu genießen. Ich werde Euch beschützen und lieben. Ihr seid ein wahrer Mann. Ich bin diese Mondkälber leid, die seufzen und träumen und erwachen und wieder träumen. Ich sehne mich nach der sauberen feurigen Leidenschaft eines Mannes, der fest in der Wirklichkeit steht. Der Blick Eurer lebensbejahenden blauen Augen läßt mein Herz schneller schlagen, und die Berührung Eurer festen Glieder schürt mein Blut.

Bleibt hier! Ich mache Euch zum König von Xuthal! Ich werde Euch in die alten Geheimnisse und die exotischen Vergnügungen dieser Stadt einweisen. Ich …« Sie hatte nun beide Arme um seinen Hals geworfen und stand auf den Zehenspitzen, während wohlige Schauder über ihren herrlichen Körper jagten. Über ihre elfenbeinfarbigen Schultern hinweg sah Conan Natala das nasse Lockenhaar zurückwerfen, beim Anblick der beiden erstarren und Augen und Lippen weit öffnen. Verlegen löste er sich aus Thalis' Armen und schob sie von sich. Sie warf einen schnellen Blick auf die Brythunierin und lächelte rätselhaft, dann nickte sie nachdenklich.

Natala stand auf. Sie zog die Tunika wieder hoch. Ihre Augen funkelten, und ihre Lippen schmollten. Conan fluchte leise. Er war von Natur aus genausowenig monogam wie andere Abenteurer und Söldner, aber sein innerer Anstand war Natalas bester Schutz.

Thalis bedrängte ihn nicht weiter. Sie winkte ihnen mit schlanker Hand, ihr zu folgen, und durchquerte den Brunnenraum. Dicht an einer mit Wandteppichen behangenen Wand blieb sie plötzlich stehen. Conan, der sie beobachtete, fragte sich, ob sie vielleicht Geräusche vernommen hatte, die auf das schleichende Ungeheuer hindeuteten. Bei diesem Gedanken stellten sich ihm die Härchen im Nacken auf.

»Was hört Ihr?« fragte er.

»Paßt auf die Tür auf!« erwiderte sie und deutete.

Er wirbelte mit dem Säbel in der Hand herum. Die Türöffnung gähnte ihm leer entgegen. Da hörte er ein seltsames Geräusch und ein abgewürgtes Keuchen. Sofort drehte er sich wieder um. Thalis und Natala waren verschwunden. Der Wandteppich schaukelte leicht, als wäre er hochgehoben worden. Während er noch verwirrt darauf starrte, klang durch die Wand ein gedämpfter Schrei – zweifellos aus dem Mund der Brythunierin.

2

Als Conan sich nach Thalis' Aufforderung der gegenüberliegenden Tür zugewandt hatte, war Natala dicht hinter ihm, neben der Stygierin gewesen. Kaum hatte der Cimmerier sich umgedreht, hatte die Stygierin mit kaum vorstellbarer Flinkheit die Hand auf Natalas Mund gepreßt und so ihren Schrei unterdrückt. Gleichzeitig hatte sie den anderen Arm um die schmale Taille der Brythunierin gelegt und sie mit sich zur Wand gerissen, die nachgab, als Thalis' Schulter dagegenpreßte. Durch den schmalen Spalt in der Wand glitt die Stygierin mit ihrer Gefangenen, gerade als Conan sich wieder umdrehte.

Es war stockdunkel, nachdem die Geheimtür sich wieder geschlossen hatte. Thalis blieb stehen und schob offenbar einen Riegel vor. Dazu mußte sie die Hand von den Lippen des blonden Mädchens nehmen. Sofort schrie Natala aus Leibeskräften. Thalis lachte boshaft.

»Schrei nur, wenn es dir Spaß macht, Törin! Damit verkürzt du bloß dein Leben.«

Bei diesen Worten verstummte die Brythunierin sofort und zitterte am ganzen Körper.

»Warum hast du das getan?« fragte sie. »Was hast du mit mir vor?«

»Ich werde dich ein kleines Stück den Korridor hochbringen«, antwortete Thalis. »Dort kannst du dann auf den warten, der dich früher oder später holen wird.«

Natala begann zu schluchzen. »Warum tust du mir das an? Ich habe dir doch nichts Böses getan.«

»Ich will deinen Krieger, und du stehst mir im Weg. Er begehrt mich, das las ich in seinen Augen. Wärst du nicht, würde er gern hierbleiben und mein König sein. Bist du erst aus dem Weg, wird er auf mich hören.«

»Er wird dir die Kehle durchschneiden«, sagte Natala überzeugt, denn sie kannte Conan besser als Thalis.

»Wir werden sehen«, antwortete die Stygierin kühl im Bewußtsein ihrer Macht über die Männer. »Du, jedenfalls, wirst nicht mehr erfahren, ob er mich tötet oder küßt, denn du wirst zur Braut des einen, der in der Finsternis haust. Komm!«

Halb wahnsinnig vor Furcht wehrte Natala sich wie

eine Wilde, aber es half ihr nichts. Mit einer geschmeidigen Kraft, die für eine Frau fast unvorstellbar war, hob Thalis die Brythunierin auf und trug sie den dunklen Korridor hoch, als wäre sie ein Kind. Natala schrie nicht wieder, denn sie erinnerte sich der Worte der Stygierin. Die einzigen Geräusche waren ihr verzweifeltes Keuchen und Thalis' leises, spöttisches Lachen. Da schloß sich die um sich schlagende Hand der Brythunierin um etwas, gegen das sie geprallt war. Es war der juwelenbesetzte Dolchgriff, der aus dem Gürtel der Stygierin ragte. Natala riß ihn heraus und stieß blindlings mit ihren schwachen Kräften zu.

Aus Schmerz und Wut zugleich schrie Thalis auf. Sie taumelte, Natala löste sich aus ihrem nachgebenden Griff und fiel schmerzhaft auf den glatten Steinboden. Hastig erhob sie sich, rannte zur nächsten Wand und lehnte sich heftig atmend dagegen. Sie konnte Thalis nicht sehen, wohl aber hören. Sie fluchte wild und schien von so tödlichem Grimm beherrscht zu sein, daß Natalas Knie weich wie Gummi zu werden schienen und ihr Blut schier zu Eis erstarrte.

»Wo bist du, du Teufelin?« keuchte Thalis. »Wenn ich dich erst wieder zwischen den Fingern habe ...« Natala wurde regelrecht übel, als Thalis beschrieb, was sie alles mit ihr anstellen würde. Die Wortwahl der Stygierin hätte selbst die abgebrühteste Dirne vor Scham erröten lassen.

Natala hörte, wie ihre Feindin in der Dunkelheit herumtastete, und dann brannte plötzlich Licht. Offenbar hatte Thalis' Wut ihre Furcht vor dem verdrängt, was sich in diesem Korridor herumtreiben mochte. Das Licht kam von einem der Radiumedelsteine, die die Wände Xuthals schmückten. Thalis hatte ihn gerieben und nun stand sie in sein rötliches Glühen getaucht – es war ein Licht anderer Art, als das in den bisherigen Gemächern. Mit einer Hand drückte die Stygierin auf ihre Hüfte, und durch die Finger sickerte Blut. Aber sie wirkte nicht geschwächt oder schwer verwundet, und ihre Augen funkelten teuflisch. Natalas geringer Mut schwand beim Anblick Thalis', die in dem gespenstischen Glühen wie eine Rachegöttin aussah. Ihr schönes Gesicht war grimmverzerrt. Wie eine Raubkatze kam sie auf Natala zu. Sie nahm die Hand von der verwundeten Seite und schüttelte ungeduldig die Blutstropfen ab. Natala sah, daß sie ihre Rivalin nur leicht verletzt hatte. Die Klinge war vom Gürtel abgeglitten und hatte nicht viel mehr als die Haut aufgerissen, wohl aber der Stygierin glühende Wut geweckt. »Gib mir den Dolch!« knirschte sie zwischen zusammengepreßten Zähnen hervor, als sie sich dem verängstigten Mädchen näherte.

Natala war klar, daß sie sich wehren sollte, solange sie die Chance hatte, aber sie brachte einfach den Mut nicht auf. Sie war nie eine Kämpfernatur gewesen, und die Dunkelheit, Gewalttätigkeit und das Grauen ihres Abenteuers hatten sie sowohl körperlich als auch seelisch erschöpft. Thalis entriß ihren schlaffen Fingern den Dolch und warf ihn verächtlich zur Seite.

»Du – Schlampe!« knirschte sie und schlug dem Mädchen mit beiden Händen ins Gesicht. »Ehe ich dich den Korridor hinaufzerre und dich in Thogs Rachen werfe, werde ich dafür sorgen, daß auch noch etwas von deinem Blut fließt! Du hast gewagt, nach mir zu stechen – nun, dafür wirst du bezahlen!«

Sie packte das Mädchen bei den Haaren und zerrte es ein kurzes Stück durch den Korridor zum Rand des Lichtkreises. Ein Metallring, etwa in Mannshöhe, war in der Wand zu sehen. Eine Seidenkordel hing davon herunter. Wie in einem Alptraum spürte Natala, wie ihr die Tunika vom Leib gerissen wurde. Im nächsten Moment wand Thalis ihr die Kordel um die Handgelenke, bis sie, kaum daß die Zehen noch den Boden berührten, nackt wie ein Neugeborenes an der Wand hing. Thalis nahm eine Peitsche mit juwelenbesecktem Griff von einem Haken nahe dem Ring an der Wand. Die Peitsche bestand aus sieben Seidenkordeln, die härter und doch geschmeidiger als Lederstränge waren.

Mit rachsüchtigem Zischen schwang Thalis den Arm zurück. Natala schrie auf, als die Peitschenstränge auf ihren Leib knallten. Sie wand sich und zog verzweifelt an den Kordeln, die ihre Handgelenke an den Ring banden. Sie hatte die lauernde Gefahr vergessen, die ihre Schreie herbeibeschwören mochten, Thalis offenbar ebenfalls. Bei jedem Hieb schrie sie erneut. Zwar war Natala auch auf den shemitischen Sklavenmärkten ausgepeitscht worden, aber verglichen mit diesen Schlägen war das milde gewesen. Nie hätte sie gedacht, daß Seidenkordeln solche Schmerzen zufügen konnten. Die Hiebe damit waren schlimmer als mit Birkengerten oder Ledersträngen, und sie pfiffen schrill, wenn sie die Luft durchschnitten.

Und dann, als Natala ihr tränenüberströmtes Gesicht über die Schulter drehte, um die Peitsche nicht mehr sehen zu müssen, erstarb ihr Schrei in der Kehle, und der Schmerz in ihren schönen Augen wich lähmendem Entsetzen.

Durch ihren Gesichtsausdruck gewarnt, hielt Thalis mitten im Hieb inne und wirbelte flink wie eine Katze herum. Doch zu spät! Ein grauenvoller Schrei entrang sich ihren Lippen, als sie mit hochgeworfenen Armen zurücktaumelte. Kurz sah Natala, wie ihre weiße Gestalt sich gegen eine gewaltige schwarze, formlose Masse abhob, die viel größer war als sie, dann wurde sie von den Füßen gerissen, und der Schatten zog sich mit ihr zurück. Halb von Sinnen vor Grauen, hing Natala allein in dem gedämpften Lichtkreis.

Aus der Finsternis klangen unverständliche Laute zu ihr, die ihr das Blut stocken ließen. Sie hörte auch Thalis' verzweifelt flehende Stimme, doch keine Antwort darauf. Dann war nur noch das hilflose Flehen der Stygierin zu hören, plötzlich ihr gellender Schmerzensschrei, der zum hysterischen, von Schluchzen geschütteltem Gelächter wurde und allmählich zum krampfhaften Keuchen, bis auch das verstummte und nur noch furchterregende Stille in dem Geheimgang herrschte.

Würgend vor Grauen drehte Natala sich um und wagte es, zitternd in die Richtung zu schauen, in die die formlose schwarze Masse Thalis geschleppt hatte. Zu sehen war nichts, aber sie spürte die Gefahr, die schrecklicher war, als sie verstehen konnte. Mit aller Willenskraft kämpfte sie gegen die aufsteigende Hysterie an. Ihre aufgeschürften Handgelenke und ihre schmerzenden Striemen waren bei diesem Grauen vergessen, von dem sie fühlte, daß es nicht nur ihren Leib, sondern ihre Seele ebenso bedrohte.

Sie strengte die Augen an und starrte in die Schwärze außerhalb des Lichtscheins, doch voll Angst, was sie sehen mochte. Ein Wimmern entrang sich ihren Lippen. Die Finsternis nahm Form an. Etwas Riesiges, Massiges wuchs aus der Schwärze. Sie sah einen gigantischen mißgestalteten Schädel ans Licht kommen. Das heißt, sie hielt es für einen Schädel, obgleich es zweifellos nicht der Kopf einer normalen Kreatur war. Sie sah ein großes krötenähnliches Gesicht, dessen Züge so unbestimmt und verschwommen waren wie die eines Geistes im Spiegel eines Alptraums. Lichtteiche, die Augen sein mochten, blinzelten sie an, und sie erschauderte unter der Gier, die sie verrieten. Den Körper der Kreatur hätte sie nicht beschreiben können. Die Umrisse schienen sich in ständiger leichter Bewegung zu befinden und veränderten sich schwach, während sie sie betrachtete, obgleich an ihrer festen Masse nicht zu zweifeln war. Ganz gewiß war dieses Ungeheuer kein Geist.

Als es auf sie zukam, wäre es ihr unmöglich gewesen zu sagen, ob es auf Füßen ging, flog oder über den Boden kroch. Seine Art der Fortbewegung ging über ihr Begriffsvermögen. Selbst als es ganz in den Lichtschein gekommen war, war sie sich seines Aussehens nicht sicher. Die Leuchtstrahlen des Radiumjuwels erhellten es nicht, wie sie jedes normale Geschöpf beleuchtet hätten. So unmöglich es auch schien – das Licht prallte offenbar von ihm ab. Seine Einzelheiten blieben verschwommen und unerkennbar, selbst als es so nahe vor ihr anhielt, daß es sie, die so weit zurückwich, wie sie nur konnte, fast berührte. Nur das krötenähnliche Gesicht war, wenn auch nicht deutlich, zu sehen. Das Ungeheuer war wie ein schwarzer Schattenklecks, den normales Licht weder auflöste noch beleuchtete.

Natala glaubte nun schon fast, daß sie wahnsinnig geworden war. Sie vermochte einfach nicht zu sagen, ob dieses Wesen der Finsternis zu ihr emporschaute oder von oben zu ihr herunterstarrte, ob das verschwommene gräßliche Gesicht tief unten bei ihren Füßen oder in gewaltiger Höhe über ihr war. Aber was immer auch seine Wandelbarkeit hervorrief, es war aus fester Substanz, das sagten ihr alle ihre Sinne. Ein dunkles tentakelähnliches Glied glitt über ihren Körper. Bei der Berührung auf ihrer nackten Haut schrie sie gellend. Es fühlte sich weder warm noch kalt, weder rauh noch glatt an. Nie hatte je etwas Ähnliches sie berührt. Bei seiner streichelnden Bewegung empfand sie eine Furcht und Scham, wie sie sie bisher für unmöglich gehalten hätte. Es war, als ertränkten Geilheit und schlüpfrige Lüsternheit aus dem Pfuhl tiefster Abgründe des Seins sie in Wogen unirdischer Verderbtheit. Und in diesem Augenblick wußte sie, daß dieses Ungeheuer, welche Art von Lebensform es auch immer sein mochte, keineswegs ein Tier war.

Sie schrie nun, ohne Luft zu holen, während die Kreatur an ihr zog, als wolle sie sie mit roher Gewalt von dem Wandring reißen. In diesem Augenblick krachte etwas über ihren Köpfen, und etwas stürzte von oben herab und landete heftig auf dem Steinboden.

3

Als Conan sah, daß der Teppich an der Wand schwankte und er Natalas gedämpften Schrei hörte, warf er sich mit Wutgeheul gegen die Wand. Er prallte so heftig dagegen, daß ein anderer bestimmt nicht ohne Knochenbrüche davongekommen wäre. Die Wand gab nicht nach. Wutbebend riß er den Teppich zur Seite, doch nichts als eine fugenlose Mauer lag dahinter. Außer sich vor Grimm, hob er den Säbel, als könnte er sich damit einen Weg durch den Marmor hauen, da ließ ein plötzliches Geräusch ihn funkelnden Auges herumwirbeln.

Er sah sich einem Trupp gelbhäutiger Männer in purpurnen Gewändern, Kurzschwerter in den Händen, gegenüber. Zwanzig dieser Burschen waren es mindestens. Sie stürmten auf ihn zu. Er versuchte gar nicht, ihnen etwas erklären zu wollen – dazu hatte das Verschwinden seiner Liebsten ihn viel zu sehr ergrimmt.

Ein wildes Knurren drang aus seiner Kehle, als er sprang. Der vorderste Angreifer, dessen Schwert kürzer als der Säbel war, ging getroffen zu Boden. Conan wich dem Hieb des nächsten aus und schlug gleichzeitig die Klinge hinab. Eine Hand, die noch das

Schwert umklammert hielt, flog durch die Luft. Mit einer katzengleichen Drehung war Conan aus dem Weg der beiden nächsten. Der Stoß des einen, der ihm gegolten hatte, drang in die Brust des anderen, der versucht hatte, ihm nachzuspringen.

Ein Entsetzensschrei gellte auf bei diesem schrecklichen Versehen. Conan lachte, während er vor einem herabpfeifenden Schwert zur Seite hüpfte, und stieß im selben Atemzug seinen Säbel unter der Deckung eines weiteren Gelben hindurch. Der Getroffene brach mit durchschlitzten Bauchmuskeln schreiend zusammen.

Die Männer von Xuthal heulten wie tollwütige Wölfe. Sie waren nicht kampferprobt und geradezu lächerlich langsam und unbeholfen, verglichen mit dem tigerhaften Barbaren, dessen flinke Bewegungen vor ihren Augen verschwammen und wie sie nur Muskeln und Sehnen möglich waren, die dem geschulten Gehirn des geborenen Kämpfers gehorchten. Die Gelbhäutigen hieben unüberlegt zu und behinderten sich durch ihre Zahl gegenseitig. Ihre Klingen durchschnitten gewöhnlich die leere Luft, denn der Barbar war viel zu schnell für sie. Er hüpfte zur Seite, sprang zurück, schoß vor, wirbelte herum, duckte sich und bot so ihren Schwertern ein unsicheres Ziel, während seine eigene krumme Klinge unentwegt mit jedem Hieb und Stich Erfolg hatte.

Aber was immer auch ihre Fehler sein mochten, Feiglinge waren die Männer von Xuthal nicht. Brüllend und heulend bedrängten sie ihn, und immer weitere Gegner, durch den Lärm aus ihrem Lotusschlummer gerissen, stürmten durch die Türöffnungen herbei.

Conan, der aus einer Streifwunde an der Schläfe blutete, schaffte sich mit einem weitausholenden Schwung seines Säbels einen Augenblick Raum und blickte sich schnell nach einer Rückzugsmöglichkeit um. Er sah hinter einem leicht zur Seite gezogenen Wandbehang eine schmale Treppe. Ein prunkvoll gekleideter Mann stand auf der obersten Stufe und blinzelte verwirrt, als wäre er gerade erst erwacht und noch nicht völlig in die Wirklichkeit zurückgekehrt. Conan handelte sofort.

Ein katzenhafter Sprung brachte ihn unberührt durch den Schwerterkreis. Doch sofort stürmten ihm die Männer aufheulend nach. Drei Gelbhäutigen sah er sich am Fuß der Marmortreppe gegenüber. Grimmig hieb er auf sie ein, daß der Stahl klirrte, und einen Augenblick glitzerten die Klingen wie Blitze in einem Sommergewitter, dann war der Weg frei, und Conan stürmte die Treppe hinauf. Seine Verfolger stolperten über die drei Verwundeten.

Als Conan die Treppe hinauflief, schüttelte der Mann über ihm seine Benommenheit ab und zog ein Schwert, das im Radiumlicht frostig glitzerte. Er stieß es hinab auf den Barbaren, doch Conan duckte sich, so traf die Klinge nicht wie beabsichtigt seine Kehle, sondern schnitt in die Haut des Rückens. Er richtete sich auf und stieß mit aller Kraft den Säbel einem Schlachtmesser gleich nach oben.

So gewaltvoll war dieser Hieb, daß der Schwung ihn noch vorwärtstrug, nachdem der Säbel in den Leib des Gegners gedrungen war. Er prallte so stark dagegen, daß der Körper zur Seite flog und er heftig an die Wand stieß. Der Tote stürzte kopfüber die Treppe hinunter. Er riß die Hochstürmenden von den Füßen, so daß sie mit ihm die Stufen hinunterrollten.

Halbbetäubt durch den Aufprall lehnte Conan sich kurz an die Wand und starrte zu den Gegnern hinunter, dann schüttelte er herausfordernd seine Klinge und rannte weiter die Treppe hoch.

Als er ein Gemach erreichte, hielt er nur lange

genug davor an, um sich zu vergewissern, daß es leer war. Die Entsetzensschreie der Horde hinter ihm verrieten, daß der Mann auf der Treppe eine hochstehende Persönlichkeit gewesen sein mußte, möglicherweise der König dieser phantastischen Stadt.

Er rannte aufs Geratewohl, ohne Plan durch die Gemächer. Verzweifelt wünschte er sich, Natala zu finden und retten zu können, denn er war überzeugt, daß sie seine Hilfe dringend brauchte. Aber er wurde so von den Männern Xuthals gejagt, daß er nichts weiter tun konnte, als zu laufen und zu hoffen, daß er ihnen entkäme, um dann nach dem Mädchen suchen zu können. In den dunklen oder zum Teil schwachbeleuchteten Gängen und Gemächern verlor er bald sein Orientierungsvermögen, und so war es nicht allzu verwunderlich, daß er in einen Raum rannte, in den seine Feinde gerade von der anderen Seite hineinstürmten.

Rachsüchtig brüllten sie und wollten sich auf ihn werfen, doch er floh mit wildem Knurren den Weg zurück, den er zuletzt gekommen war, zumindest glaubte er das. Erst als er ein besonders prunkvolles Gemach betrat, wurde er sich seines Irrtums bewußt. Alle Räume, durch die er bisher gekommen war, waren menschenleer gewesen – im Gegensatz zu diesem. Bei seinem Eindringen sprang eine gelbhäutige Frau mit einem Schrei auf und starrte ihn mit weit aufgerissenen Augen an.

Conan sah nicht viel mehr, als daß sie nur mit Schmuck behangen, aber ansonsten nackt war. Dann zog sie an einer von der Wand hängenden Seidenkordel, und der Boden unter seinen Füßen öffnete sich. Selbst seine Geistesgegenwart konnte ihn nicht vor dem Sturz in die schwarze Tiefe bewahren, die sich unter ihm auftat.

Er fiel nicht sehr weit, obwohl es genügt hätte, einem weniger elastischen Mann die Knochen zu brechen.

Wie eine Katze landete er auf den Füßen, die Rechte immer noch fest um den Säbelgriff. Der Schrei einer vertrauten Stimme ließ ihn sich im Hochschnellen herumdrehen. Und so sah Conan durch seine zerzauste Mähne hindurch, wie die nackte weiße Gestalt Natalas sich im lüsternen Griff einer schwarzen Alptraumkreatur wand, die nur die Hölle selbst hervorgebracht haben konnte.

Allein der Anblick der schreckerregenden Gestalt hätte Conan vor Furcht erstarren lassen können, aber daß sie sein Mädchen bedrohte, erfüllte ihn mit wallender Wut. Wie durch einen roten Schleier hindurch hieb er auf das Ungeheuer ein.

Es ließ das Mädchen los und wirbelte zu seinem Angreifer herum. Der Säbel des besessenen Cimmeriers zischte durch die Luft, schnitt durch eine schwarze zähe Masse und klirrte funkensprühend gegen den Stein des Bodens. Die Heftigkeit dieses Hiebes warf Conan auf die Knie. Er hatte mit größerem Widerstand gerechnet. Während er eilig aufsprang, hatte das Ungeheuer sich über ihn gebeugt.

Einer klebrigen Wolke gleich erhob es sich über ihm und schien wie in fast flüssigen Wellen um ihn zu fließen, ihn einzuhüllen, zu verschlingen. Immer wieder schnitt sein Säbel durch die Kreatur hindurch und riß sie scheinbar in Fetzen. Unangenehm schleimige Flüssigkeit, vermutlich ihr dickliches Blut, bespritzte Conan, aber das Ungeheuer bewegte sich weiter.

Der Cimmerier wußte nicht zu sagen, ob er seine Glieder abtrennte oder durch seine gewaltige Masse schlitzte, die sich immer wieder zusammenfügte. Hin und her wurde er in diesem gespenstischen Kampf geworfen, und er hatte das unheimliche Gefühl, daß er gegen eine ganze Zahl von Ungeheuern focht, nicht nur gegen ein einzelnes Scheusal. Die Kreatur schien ihn gleichzeitig zu beißen, zu kratzen, zu drücken und zu schlagen. Er spürte Fänge und Krallen sein Fleisch aufreißen, weiche und doch eisenharte Tentakel sich um ihn legen und, was er am schlimmsten empfand, etwas wie ein Skorpionstachel auf Rücken, Schultern und Brust peitschen, seine Haut zerfetzten und seine Adern mit einem Gift füllen, das wie flüssiges Feuer brannte.

Sie waren in ihrem wütenden Kampf außerhalb des Lichtkreises gerollt, und so umgab den Cimmerier nun absolute Schwärze. Einmal stieß er seine Zähne wie ein Raubtier in das schlaffe Fleisch und würgte vor Ekel, als es sich wie Würmer zwischen seinen eisenharten Kiefern wand.

Immer wieder rollten sie total ineinander verschlungen herum, den Gang weiter und weiter entlang. Vor Conans Augen drehte sich alles in blitzenden Sternchen, so sehr machte der Schmerz ihm zu schaffen, den das Ungeheuer ihm zufügte. Sein unregelmäßiger Atem pfiff durch die Zähne. Hoch über sich sah er in gespenstischem Glühen, das von dem ... Ding selbst auszugehen schien, ein riesiges Krötengesicht. Mit keuchendem Schrei sprang er zu ihm auf und stieß mit aller verbliebenen Kraft zu. Bis zum Griff versank der Säbel etwas unterhalb der häßlichen Fratze in dem ungewöhnlichen Fleisch. Ein krampfhaftes Zucken erschütterte die gewaltige Masse, die den Cimmerier halb umschloß. Sich heftig dehnend und zusammenziehend, taumelte die Kreatur rückwärts und rollte schließlich mit verzweifelter Hast durch den Korridor. Grün und blau von Blutergüssen und am ganzen Körper schmerzgepeinigt, aber trotzdem ungeschlagen hielt Conan am Griff seines Säbels fest, den er nicht zurückziehen konnte, und hieb mit der Linken immer wieder den Dolch in die erschaudernde schwabbelige Masse.

Das Ungeheuer glühte nun völlig in einem gespenstischen Leuchten, das Conan blendete, als die sich windende, wogende Masse sich unter ihm löste und der Säbel freikam. Verwirrt hielt der Cimmerier ihn in der hängenden Hand, während das glühende Ungeheuer immer schneller in unendlicher Tiefe verschwand. Benommen wurde Conan klar, daß er am Rand eines großen Brunnens auf schleimigem Stein lag. Er blickte dem seltsamen Wesen nach, bis es immer kleiner werdend in der dunklen glänzenden Oberfläche tief, tief unten verschwand. Eine kurze Weile glitzerten noch feurige Pünktchen in der unendlichen Tiefe, dann herrschten nur noch Schwärze und absolute Stille.

4

Vergebens zerrte Natala an der Seidenkordel, die in ihre Handgelenke schnitt, und starrte in die Dunkelheit außerhalb des Lichtkreises. Ihre Zunge war wie festgenagelt. Sie hatte Conan, in tödlichem Kampf mit dem schrecklichen Dämon verschlungen, in der Schwärze verschwinden sehen. Dann hatten ihre angespannten Sinne nur noch das Keuchen des Barbaren und immer wieder heftige Hiebe auf nachgiebiges Fleisch vernommen, bis überhaupt nichts mehr zu hören war. Schwankend und halb ohnmächtig hing sie an der Kordel.

Schritte weckten sie aus ihrer Betäubung. Sie riß die Augen auf und sah Conan aus der Dunkelheit treten. Bei seinem Anblick fand sie ihre Stimme wieder, und ein gellender Schrei schrillte über ihre Lippen und durch den Korridor. Der grauenvolle Kampf hatte den

Cimmerier furchtbar zugerichtet. Blut sickerte aus unzähligen Wunden. Sein Gesicht war stellenweise angeschwollen, als wäre immer wieder mit einem Prügel darauf eingeschlagen worden. Seine Lippen waren zerschlagen, und aus seiner Schläfenwunde quoll Blut. Tiefe Schnitte zogen sich durch Schenkel, Waden und Unterarme, und sein ganzer Körper war von Blutergüssen überzogen. Am meisten hatten seine Schultern, sein Rücken und seine Brust gelitten.

»O Conan!« schluchzte sie. »Was hast du alles mitgemacht!«

Er war zu atemlos, um zu antworten, aber seine Lippen verzogen sich zu einem grimmigen Grinsen, als er auf sie zukam. Seine zerschundene haarige Brust hob und senkte sich in heftigem Keuchen. Langsam und sichtlich mühsam streckte er die Arme hoch, um die Schnur zu durchschneiden, die Natala hielt. Dann taumelte er gegen die Wand und lehnte sich dagegen. Die zitternden Beine spreizte er, um besseren Halt zu haben. Natala kämpfte sich hoch, denn sie war zu Boden gestürzt, als die Kordel nachgegeben hatte, und schmiegte sich schluchzend an ihn.

»Conan, du bist zu Tode verwundet! Oh, was sollen wir tun?«

»Man kann schließlich nicht gegen einen Teufel aus der tiefsten Hölle kämpfen und erwarten, daß man mit heiler Haut davonkommt!« krächzte er.

»Wo ist er?« wisperte sie. »Hast du ihn getötet?«

»Ich weiß es nicht. Er fiel in einen Brunnen. Ich habe ihn in Fetzen gehauen, aber ich weiß nicht, ob er durch Stahl überhaupt umzubringen ist.«

»O dein armer Rücken!« wimmerte sie und rang die Hände.

»Er hat mich mit einem Tentakel gepeitscht!« quetschte er zwischen den Zähnen hervor und verzog schmerzhaft das Gesicht, als er sich leicht bewegte.

»Er drang wie dünner Draht durch die Haut, und es brannte wie Gift. Aber am meisten machte mir zu schaffen, daß er mich halb zerquetschte. Er war schlimmer als ein Python. Ich habe das Gefühl, daß meine ganzen Eingeweide zerdrückt sind.«

»Was sollen wir tun?« wimmerte sie erneut.

Er blickte hoch. Die Falltür war geschlossen. Kein Laut drang herunter.

»Durch die Geheimtür können wir nicht zurück«, murmelte er. »Der ganze Raum ist voller Gefallener, und zweifellos hat man Wachen postiert. Sie müssen fest angenommen haben, daß mein Tod besiegelt war, als ich durch die Falltür stürzte – oder sie wagten ganz einfach nicht, mir in diesen Gang zu folgen. Dreh doch den Radiumstein von der Wand. Als ich meinen Weg den Korridor hinauftastete, stieß ich auf Bogentüren, die in andere Gänge führten. Wir folgen dem ersten, den wir erreichen. Möglicherweise führt er ins Freie, vielleicht aber nur tiefer in den Untergrund. Wir müssen das Risiko eingehen, wenn wir nicht hier zugrunde gehen wollen.«

Natala gehorchte. Conan nahm den Lichtjuwel in die Linke, den blutigen Säbel in die Rechte und machte sich auf den Weg. Nur mühsam schleppte er sich vorwärts, lediglich sein Lebenswille hielt ihn auf den Beinen. Seine blutunterlaufenen Augen wirkten glasig, und Natala sah, daß seine Zunge hin und wieder über die zerschundenen Lippen fuhr. Sie wußte, daß er schier unerträgliche Schmerzen litt, aber den Tieren der Wildnis gleich kam ihm kein Laut über die Lippen.

Schließlich fiel der schwache Lichtschein auf einen dunklen Torbogen. Natala zuckte unwillkürlich zurück, aus Angst vor dem, was dahinter lauern mochte. Doch das Licht offenbarte nur einen Gang ähnlich dem, den sie soeben verlassen hatten.

Wie lange sie ihm bereits folgten, wußte sie nicht, als sie zu einer hohen Treppe kamen, ihr folgten und vor einer Steintür anhielten, die mit einem goldenen Riegel verschlossen war.

Verstört blickte sie Conan an, der auf seinen Füßen schwankte. Das Licht in seiner zitternden Hand warf phantastische Schatten an die Wand.

»Öffne die Tür, Mädchen!« murmelte er heiser. »Die Männer von Xuthal werden uns erwarten, und ich möchte sie nicht gern enttäuschen. Bei Crom, noch nie hat die Stadt Opfer gebracht, wie ich sie fordern werde!«

Sie wußte, daß er halb im Fieberwahn sprach. Kein Laut war hinter der Tür zu hören. Sie nahm ihm den Radiumedelstein aus der blutigen Hand, hob den schweren Riegel und schob die Tür auf. Ein Vorhang aus goldgewirktem Tuch verhinderte den Blick ins Innere. Zitternd zog sie ihn zur Seite und spähte in den Raum. Außer einem leise sprudelnden Brunnen in seiner Mitte und einem Elfenbeintisch war er leer.

Conans Hand fiel schwer auf ihre Schulter.

»Mach Platz, Mädchen!« keuchte er. »Jetzt sollen die Schwerter singen.«

»Es ist niemand in dem Gemach«, versicherte sie ihm. »Nur ein Brunnen mit Wasser ...«

»Ich höre es.« Er benetzte die dick geschwollenen Lippen. »Wir werden trinken, ehe wir sterben.«

Seine Augen waren so glasig, daß er offenbar kaum noch etwas sah. Sie griff nach seiner Hand und führte ihn in das Gemach. Unwillkürlich ging sie auf Zehenspitzen und befürchtete, daß die gähnenden Türöffnungen jeden Moment gelbhäutige Männer ausspucken würden.

»Trink, während ich Wache halte!« murmelte er.

»Nein, ich bin nicht durstig. Leg dich neben den Brunnen, dann wasche ich deine Wunden aus.«

»Was ist mit den Schwertern der Gelben?« Ständig wischte er sich nun mit dem Arm über die Augen, als könnte er so die dichten Schleier davor vertreiben.

»Ich höre nichts. Alles ist still.«

Er sank tastend auf dem Boden nieder und tauchte das Gesicht in das kristallklare Wasser. Er trank wie ein Verdurstender. Als er den Kopf hob, war sein Blick wieder klar. Er legte sich an den Rand des Brunnens, wie Natala ihn gebeten hatte, aber er behielt den Säbel in der Rechten, und sein Blick wanderte wachsam von Türbogen zu Türbogen. Von einem Seidenvorhang riß sie Streifen, tauchte sie ins Wasser, reinigte damit seine Wunden und verband sie, wo es möglich war. Beim Anblick seines Rückens erschrak sie zutiefst. Die Haut war schwarz, blau und gelb. Während sie ihn versorgte, dachte sie verzweifelt über eine Lösung ihres Problems nach. Blieben sie hier, würden sie schließlich entdeckt werden. Natürlich wußte sie nicht, ob die Menschen von Xuthal die Paläste nach ihnen absuchten oder ob sie wieder in ihre Träume zurückgekehrt waren.

Als sie die Wunden ausgewaschen hatte, fiel ihr Blick auf etwas, das sie kurz erstarren ließ. Unter dem Vorhang, der einen Alkoven nur teilweise verbarg, war eine Handbreit gelblicher Haut zu sehen.

Ohne Conan darauf aufmerksam zu machen, erhob sie sich, durchquerte leise den Raum und umklammerte Conans Dolch, den sie hastig aufgehoben hatte. Ihr Herz klopfte heftig, als sie den Vorhang vorsichtig zur Seite zog. Auf einem Diwan lag eine junge gelbe Frau, nackt und scheinbar leblos. An ihrer Seite stand ein Krug, fast bis oben hin voll mit einer ungewöhnlich goldenen Flüssigkeit. Natala dachte an das Elixier, das Thalis beschrieben hatte, das den Gelbhäutigen immer wieder neue Lebenskraft verlieh. Sie beugte sich über die stille Gestalt und griff nach dem Krug, während sie den Dolch auf die Brust der Frau gerichtet hatte. Aber die Gelbhäutige erwachte nicht.

Als sie den Krug fest in der Hand hatte, zögerte Natala. Es wäre sicherer, dafür zu sorgen, daß das Mädchen nicht mehr erwachte und Alarm schlagen konnte. Aber sie brachte es nicht fertig, der Schlafenden die Klinge ins Herz zu stoßen. So zog sie sich schließlich vorsichtig zurück, zupfte den Vorhang wieder zurecht und kehrte zu Conan zurück, der nicht mehr völlig bei Besinnung zu sein schien.

Sie bückte sich und drückte den Krug an seine Lippen. Rein instinktiv trank er zuerst, doch dann mit erwachendem Willen. Zu ihrem Staunen setzte er sich auf und nahm ihr den Krug aus der Hand. Als er das Gesicht hob, wirkte es entspannt, und aus seiner Stimme sprach kein Fieberwahn mehr.

»Crom! Wo hast du das her?«

Sie deutete. »Aus dem Alkoven, wo ein gelbes Mädchen schläft.«

Wieder nahm er einen tiefen Schluck der goldenen Flüssigkeit.

»Bei Crom!« sagte er mit einem tiefen Seufzer. »Ich spüre, wie neues Leben wie Lauffeuer durch meine Adern rast. Gewiß ist dies ein echtes Lebenselixier!«

Er stand auf und griff nach seinem Säbel.

»Wir sollten in den Korridor zurückkehren«, mahnte Natala nervös. »Man wird uns hier entdecken, wenn wir länger bleiben. In den Gängen können wir uns verbergen, bis deine Wunden verheilt sind …«

»Wir sind keine Ratten, die sich in dunklen Löchern verkriechen. Wir verlassen diese Teufelsstadt jetzt – und soll nur einer versuchen, uns aufzuhalten!«

»Aber deine Wunden!« jammerte sie.

»Ich spüre sie nicht mehr«, versicherte ihr Conan. »Vielleicht ist es eine trügerische Kraft, die dieser

Wein mir gab, doch im Augenblick quälen mich weder Schmerzen, noch fühle ich mich erschöpft.«

Entschlossen schritt er an ein Fenster, das sie bisher gar nicht bemerkt hatte. Unter seiner Achselhöhle hindurch blickte auch sie hinaus. Eine kühle Brise erfaßte ihre zerzausten Locken. Der Himmel schimmerte wie dunkler Samt, der mit Edelsteinen besteckt war. Unter ihnen breitete sich die Wüste aus.

»Thalis sagte, die Stadt sei ein einziger großer Palast«, murmelte Conan. »Offenbar sind einige Gemächer wie Türme an der Mauer errichtet. Das ist eines. Die Vorsehung hat uns gut geleitet.«

»Was meinst du damit?« fragte sie und blickte ängstlich über die Schulter.

»Auf dem Elfenbeintisch steht eine Kristallflasche«, antwortete er. »Füll sie mit Wasser und binde einen Streifen des zerrissenen Vorhangs als Griff um ihren Hals, während ich den Teppich zerschneide.«

Widerspruchslos gehorchte sie. Als sie fertig war und sich umdrehte, knüpfte Conan lange feste Streifen des Seidenteppichs zu einem Seil zusammen, dessen Ende er am Bein des Elfenbeintisches festband.

»Wir gehen das Risiko mit der Wüste ein«, sagte er. »Thalis erwähnte eine Oase, einen Tagesmarsch südlich von hier, und Weideland dahinter. Wenn wir die Oase erreichen, können wir uns dort ausruhen, bis meine Wunden vernarben. Dieser Wein ist wie ein Zaubermittel. Vor kurzem war ich noch so gut wie tot, jetzt bin ich zu allem bereit. Da ist noch genügend Seide für ein Gewand für dich.«

Natala hatte völlig vergessen, daß sie nackt war. Die Tatsache als solche störte sie nicht, aber sie wußte, daß ihre empfindliche Haut Schutz vor der Wüstensonne brauchte. Während sie sich das Seidenstück um den grazilen Körper wand, drehte Conan sich wieder zum Fenster um. Verächtlich straffte er die Schultern und löste mühelos das goldene Gitter, das es schützen sollte. Dann knüpfte er das lose Ende des Seidenseils um Natalas Hüften, mahnte sie, sich mit beiden Händen daran festzuhalten, und ließ sie vorsichtig die etwa dreißig Fuß durch das Fenster hinunter.

Unten angekommen, schlüpfte sie aus der Schlinge. Er zog das Seil wieder hoch, befestigte daran die Wasserflasche und die Weinkanne und ließ es zu ihr hinab, dann glitt er selbst am Seil hinunter.

Natala seufzte tief auf vor Erleichterung, als er sicher neben ihr am Fuß der hohen Mauer stand, die erbleichenden Sterne hoch über sich und die öde Wüste um sich herum. Sie wußte nicht, welche Gefahren sie erwarten mochten, aber ihr Herz war leicht, nun, da sie die gespenstische, unwirkliche Stadt hinter sich hatten.

»Sie finden vielleicht das Seil«, brummte Conan, während er sich die Gefäße mit dem kostbaren Inhalt um die Schultern schlang und bei ihrer Berührung mit seinem zerschundenen Körper zusammenzuckte. »Möglicherweise verfolgen sie uns sogar, aber wenn Thalis recht hatte, bezweifle ich es. Dort ist Süden«, er deutete. »Wenn wir dieser Richtung folgen, müssen wir die Oase finden. Komm!«

Mit einer für ihn ungewöhnlichen Nachdenklichkeit nahm Conan ihre Hand und begann über den Sand zu stapfen. Er paßte seine Gangart den kürzeren Schritten seiner Gefährtin an. Keinen Blick warf er zurück auf die stille Stadt, die verträumt und geisterhaft hinter ihnen lag.

»Conan«, wagte Natala nach einer langen Weile zu fragen, »als du gegen das Ungeheuer kämpftest, oder später, als du den Korridor hochkamst, hast du da irgend etwas von – Thalis gesehen?«

Er schüttelte den Kopf. »Es war dunkel im Gang, aber er war zweifellos leer.«

Sie schauderte. »Sie behandelte mich grausam – und doch tut sie mir leid.«

»Es war ein verdammtes Willkommen in dieser verfluchten Stadt!« knurrte er. Dann kehrte sein grimmiger Humor zurück. »Aber ich wette, sie werden sich noch lange an unseren Besuch erinnern. Sie haben viel Blut von ihren kostbaren Marmorfliesen abzuwaschen, und wenn ihr Gott noch lebt, hat er schwerere Wunden auszuheilen als ich. Wir sind noch gut davongekommen. Immerhin haben wir Wein und Wasser und eine gute Chance, bewohntes Land zu erreichen, obgleich ich natürlich aussehe, als hätte man mich durch den Fleischwolf gedreht, und du hast Striemen ...«

»Es ist alles deine Schuld«, unterbrach sie ihn. »Hättest du die stygische Katze nicht so lange und bewundernd angestarrt ...«

»Crom und seine Teufel!« fluchte der Cimmerier. »Selbst wenn die Meere die Welt überspülen, werden die Frauen noch kostbare Zeit für ihre Eifersucht vergeuden. Der Teufel soll sie holen! Habe ich die Stygierin vielleicht aufgefordert, sich in mich zu vergucken? Schließlich war sie ja auch nur eine Frau!«

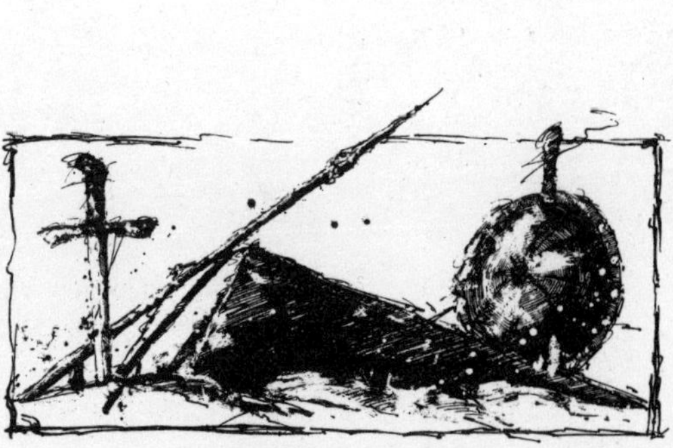

Die Trommeln von Tombalku

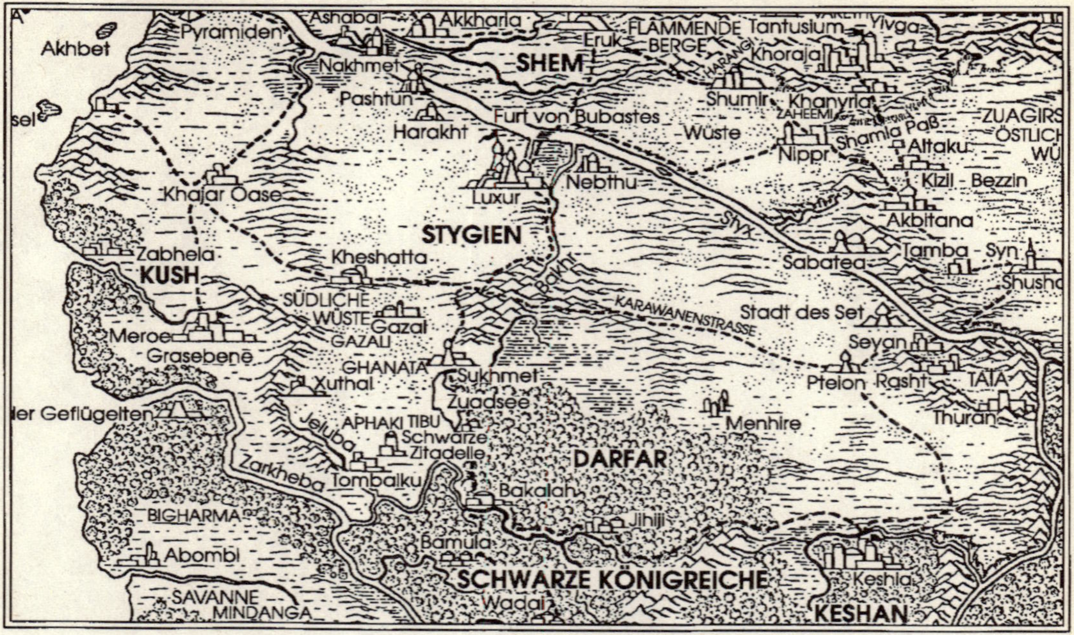
Akhbet
sel
Pyramiden
Ashabal
Akkharia
Nakhmet
Pashtun
Harakht
SHEM
Eruk
FLAMMENDE BERGE
Tantusium
Yivga
Khoraja
Shumir
Khanyria
ZAHEEMI
Furt von Bubastes
Wüste
Nippr
Shamla Paß
Altaku
ZUAGIRS
ÖSTLICH
WÜ
Kizil - Bezzin
Akbitana
Khajar Oase
Luxur
Nebthu
Styx
STYGIEN
Zabhela
KUSH
Kheshatta
Bakhr
Tamba - Syn
Sabatea
Shusha
SÜDLICHE WÜSTE
Gazal
GAZALI
KARAWANENSTRASSE
Stadt des Set
Meroe
Grasebene
Seyan
GHANATA
Xuthal
Sukhmet
Zuadsee
Ptelon
Rasht
TAIA
der Geflügelten
APHAKI TIBU
Jeluba
Schwarze Zitadelle
Menhire
Thuran
DARFAR
Zarkheba
Tombalku
Bakalah
BIGHARMA
Jihiji
Bamula
Abombi
SCHWARZE KÖNIGREICHE
Keshia
SAVANNE
MINDANGA
Wadai
KESHAN

Die Trommeln von Tombalku

Robert E. Howard
und
L. Sprague de Camp

Conan ist wieder auf dem Rückweg zu *den hyborischen Ländern. Als Hauptmann schließt er sich einer Söldnerarmee an, die der zingaranische Prinz Zapayo da Kova für Argos aufstellt. Argos und Koth liegen im Krieg mit Stygien. Nach dem gemeinsamen Plan soll Koth im Norden Stygiens einmarschieren, während die argossanische Armee auf dem Seeweg von Süden in Stygien einfällt. Koth schließt jedoch Frieden mit Stygien, und das Söldnerheer sieht sich nun im Süden Stygiens von zwei feindlichen Armeen eingeschlossen. Wieder ist Conan unter den wenigen Überlebenden. Mit Amalric, einem jungen aquilonischen Soldaten, flieht er durch die Wüste, wo er von Nomaden gefangengenommen wird, während Amalric fliehen kann.*

1

Drei Männer saßen an der Wasserstelle, als die untergehende Sonne den Himmel und die Wüste in Umbra und Rot tauchte. Einer war ein Weißer namens Amalric, die beiden anderen gehörten dem Stamm der Ghanater an. Zerschlissene Gewänder bedeckten ihre sehnigen schwarzen Körper nur spärlich. Sie hießen Gobir und Saidu und glichen Geiern, wie sie so neben dem Wasserloch kauerten.

Ein Kamel in ihrer Nähe kaute geräuschvoll wieder, und zwei Pferde wühlten mit den Nüstern vergebens im nackten Sand. Die Männer aßen lustlos getrocknete Datteln. Während die beiden Schwarzen mit den Kiefern mahlten, lenkte der Weiße den Blick gelegentlich auf den düsterroten Himmel und die eintönige Ebene, wo die Schatten immer dunkler wurden. Er sah als erster den Reiter, der sein Pferd mit einem gewaltigen Ruck am Zügel anhielt, so daß es sich aufbäumte.

Der Reiter war ein Riese von Gestalt. Seine schwarze Haut, die wulstigen Lippen und die breite Nase verrieten, deutlicher noch als bei den beiden anderen, die negroide Abstammung. Er trug weite Beinkleider aus Seide, die an den Fesseln gerafft waren und um die Mitte von einem Gürtel gehalten wurden, der mehrmals um den gewaltigen Leib gewickelt war. Im Gürtel steckte ein riesiger Krummsäbel, wie ihn nur wenige Männer mit einer Hand zu führen vermochten. Vor dieser Waffe zitterten seine Feinde, wo immer die Söhne der Wüste ritten. Er war Tilutan, der Stolz der Ghanater.

Über seinem Sattel lag – oder besser hing – eine reglose Gestalt. Die beiden wartenden Ghanater pfiffen durch die Zähne, als ihre Blicke auf die hellen Gliedmaßen fielen. Ein weißes Mädchen lag mit dem Gesicht nach unten über Tilutans Sattel. Ihr offenes Haar floß in schwarzen Wellen über seinen Steigbügel.

Der schwarze Riese grinste breit und zeigte seine weißen Zähne, als er seine Gefangene lässig in den Sand gleiten ließ, wo sie besinnungslos liegenblieb. Instinktiv sahen Gobir und Saidu Amalric an, Tilutan beobachtete ihn vom Sattel aus. Drei Schwarze gegen einen Weißen! Das Auftauchen des weißen Mädchens brachte Spannung in diese Gruppierung.

Amalric bemerkte es als einziger scheinbar nicht.

Gedankenverloren strich er seine blonden Locken zurück und blickte gleichgültig auf die schlaffe Gestalt des Mädchens. Falls seine grauen Augen doch einmal kurz aufgeblitzt hatten, war es den anderen entgangen.

Tilutan schwang sich aus dem Sattel und warf Amalric mit geringschätziger Gebärde die Zügel zu.

»Kümmere dich um mein Pferd!« schnauzte er ihn an. »Bei Jhil, eine Antilope habe ich zwar nicht gefunden, dafür aber dieses junge Weib. Sie taumelte durch die Wüste und stürzte, gerade als ich sie entdeckte. Sie muß vor Durst und Erschöpfung die Sinne verloren haben. Macht Platz, ihr Schakale, ich will ihr zu trinken geben.«

Der riesenhafte Schwarze trug das Mädchen an das Wasserloch, benetzte ihr Gesicht und die Handgelenke und träufelte etwas Wasser zwischen ihre leicht geöffneten Lippen. Sie stöhnte und bewegte sich. Gobir und Saidu hockten, die Hände auf die Knie gestützt, hinter Tilutan und starrten über dessen breite Schultern. Amalric stand ein wenig abseits und schien nur beiläufig interessiert zu sein.

»Sie kommt zu sich«, stellte Gobir fest.

Saidu schwieg, er fuhr sich nur mit der Zunge über die dicken Lippen.

Amalrics Blick schweifte scheinbar uninteressiert über die hingestreckte Gestalt des Mädchens, von den zerrissenen Sandalen bis hinauf zum glänzend schwarzen Haar. Sie trug einen einfachen Kittel, der eine Handbreit über den Knien endete und Arme, Hals und einen Teil des Busens freiließ und um die schmale Taille von einem Gürtel gehalten wurde. An allem, was der Kittel nicht verhüllte, hingen die Blicke der Ghanater. Sie verschlangen die sanften Formen schier, die fast noch kindlich wirkten, doch bereits frauliche Rundungen andeuteten.

Amalric zuckte die Schultern. »Erst Tilutan, wer dann?« fragte er gleichgültig.

Zwei hagere Gesichter wandten sich ihm zu, und blutunterlaufene Augen blitzten auf. Dann blickten sich die beiden Schwarzen an. Plötzlich standen sie sich als Rivalen gegenüber.

»Ihr wollt doch nicht etwa kämpfen?« fragte Amalric. »Laßt die Würfel entscheiden.« Er kramte in seinem abgetragenen Übergewand und zog zwei Würfel hervor, die er den beiden zuwarf. Eine klauengleiche Hand fing sie.

»Ja«, stimmte Gobir zu. »Wir werden würfeln! Nach Tilutan der Gewinner.«

Amalric warf einen Blick auf den riesigen Schwarzen, der noch immer damit beschäftigt war, seine Gefangene ins Leben zurückzurufen. In diesem Augenblick hoben sich ihre Lider. Dunkelviolette Augen starrten verwirrt auf das häßliche Gesicht des Schwarzen. Ein Freudenruf entfuhr den wulstigen Lippen Tilutans. Er griff nach der Flasche, die in seinem Gürtel steckte, und setzte sie an ihren Mund. Mechanisch trank sie den Wein. Amalric vermied es, ihrem Blick zu begegnen. Er war der einzige Weiße gegen drei Schwarze, die zumindest genauso gute Kämpfer waren wie er.

Gobir und Saidu beugten sich über die Würfel. Saidu hielt sie in den Händen, hauchte hinein, um das Glück zu beschwören, schüttelte und warf. Zwei geiergleiche Köpfe verfolgten die Würfel, die im Zwielicht ausrollten. Mit einer Bewegung zog Amalric sein Schwert und schlug zu. Die Klinge fuhr durch einen hageren Hals. Gobir fiel tot über die Würfel.

Gleichzeitig sprang Saidu mit der ungeheuerlichen Schnelligkeit des Wüstenbewohners auf die Beine, zog den Säbel und hackte wild nach Amalrics Kopf. Der konnte den Hieb gerade noch mit seinem Schwert abwehren. Trotzdem prallte die flache Klinge gegen seine Schläfe, so daß er taumelte und ihm die Waffe aus der Hand glitt. Aber er faßte sich sofort, warf beide Arme um Saidu und quetschte ihn an sich, so daß dieser keine Möglichkeit bekam, den Säbel zu benutzen. Der sehnige Körper des Wüstensohns war unter seinen Lumpen hart wie Stahl.

Tilutan hatte sofort das Mädchen fallen gelassen. Er sprang brüllend auf die Beine und stürmte wie ein Stier auf die Kämpfenden zu. Sein mächtiger Säbel blitzte in der Pranke. Amalrics Blut stockte in den Adern, als er ihn kommen sah. Saidu wand und krümmte sich, behindert durch den Säbel, den er jedoch nicht fallenlassen wollte. Engumschlungen stampften sie im Sand, und ihre Füße waren einander im Weg. Amalric, der Sandalen trug, hieb seine Ferse auf den nackten Rist Saidus und fühlte, wie der Gegner nachgab. Saidu heulte schmerzgekrümmt auf. Beide torkelten wie betrunken, als Tilutans Säbel in einem gewaltigen Hieb herabsauste. Amalric spürte, wie der Stahl seinen Unterarm streifte und Saidus Körper traf. Der kleinere Ghanater brüllte gellend auf, und ein letztes Aufbäumen befreite ihn aus Amalrics Umarmung.

Tilutan fluchte erbittert und riß seine Klinge frei. Ehe er erneut zuschlagen konnte, hatte ihn Amalric, der die krumme Klinge mehr fürchtete als ihren Herrn, bereits gepackt.

Verzweiflung überkam Amalric, als er die Stärke des Negers zu spüren bekam. Tilutan war klüger als Saidu. Er ließ die Klinge fallen und packte mit einer heiseren Verwünschung Amalrics Kehle. Die kräftigen schwarzen Finger schlossen sich wie Stahlklammern um den weißen Hals. Vergebens wehrte sich Amalric. Er wurde zu Boden gerissen, wo ihn das Gewicht des riesenhaften Ghanaters schier festnagelte. Wie eine

Ratte in den Fängen eines Hundes wurde er gebeutelt, und sein Kopf berührte mehrmals heftig den Boden. Durch einen roten Schleier sah er das wütende Gesicht des Negers, dessen wulstige Lippen sich zu einem grausamen, haßerfüllten Grinsen verzerrt hatten und die weißen Zähne offenbarten.

»Du bist also scharf auf sie, du weißer Hund!« Von Sinnen vor Erregung knurrte der Ghanater. »*Arrrh!* Ich breche dir das Genick! Ich zerreiße dir die Gurgel! Ich … mein Säbel … Ich hacke dir den Kopf ab und lasse sie ihn küssen!«

Er rammte Amalrics Schädel in den festgestampften Sand, dann riß er seinen Gegner in mörderischem Grimm halb hoch und schleuderte ihn wild zu Boden. Knurrend sprang er auf und rannte zu seinem Säbel, der, einem stählernen Halbmond gleich, im Sand lag. Brüllend griff er mit wirbelnder Klinge wieder an. Halb betäubt erhob sich Amalric und erwartete ihn auf unsicheren Beinen.

Tilutans Gürtel hatte sich während des Kampfes gelöst, und ein Ende baumelte zwischen den Beinen bis auf den Boden. In seiner Hast trat der Schwarze darauf, stolperte und stürzte der Länge nach in den Sand. Als er sich mit den Händen abzufangen versuchte, entglitt ihm der Säbel.

Instinktiv griff Amalric nach der Waffe. Er hob sie mit beiden Händen und torkelte einen Schritt vorwärts. Die Wüste verschwamm vor seinen Augen. Im Dämmerlicht sah er Tilutans Gesicht in Erkenntnis des nahenden Endes erstarren. Der Mund stand offen, und das Weiße in den Augen wurde größer. Der Riese erstarrte, auf ein Knie und eine Hand gestützt, so als wäre er zu weiteren Bewegungen nicht mehr fähig. Dann sauste der Säbel auf ihn herab und traf den runden Kopf tödlich. Amalric glaubte noch schwach ein schwarzes Gesicht zu erkennen, das vor ihm in der Dunkelheit versank, dann übermannte ihn die Schwärze der Bewußtlosigkeit.

Etwas Kühles, Weiches berührte irgendwann sein Gesicht mit zarter Beharrlichkeit. Amalric griff blind zu, und seine Hand schloß sich um etwas Warmes, Geschmeidiges. Als sich der Schleier vor seinen Augen langsam hob, blickte er in ein sanftes Gesicht, das von glänzend schwarzem Haar umrahmt war. Stumm wie im Traum nahm er jede Einzelheit der vollen roten Lippen, der dunkelvioletten Augen und des alabasterweißen Halses auf. Es dauerte eine Weile, bis ihm bewußt wurde, daß die unirdische Erscheinung mit weicher melodischer Stimme zu ihm sprach. Die Worte waren fremd, und doch schienen sie ihm irgendwie bekannt zu sein. Eine kleine weiße Hand strich mit einem wassergetränkten Stück Seide zart über seine pochende Stirn und sein Gesicht. Er richtete sich benommen auf.

Es war tiefe Nacht. Unzählige Sterne funkelten am Himmel. Das Kamel war immer noch mit Wiederkäuen beschäftigt, und ein Pferd wieherte unruhig. Ganz in der Nähe lag eine plumpe, reglose Gestalt.

Amalric blickte auf das Mädchen, das neben ihm kniete und besorgt auf ihn einredete. Als sein Kopf allmählich klarer wurde, begann er sie zu verstehen. Er suchte in seinem Gedächtnis nach den fast vergessenen Sprachen, die er einst gelernt und gesprochen hatte, und entsann sich jener, die von der gehobenen Schicht einer Gelehrtenkaste in einer südkothischen Provinz gesprochen wurde.

»Wer – bist – du – Mädchen?« fragte er langsam, nach Worten ringend, dabei hielt er ihre zierliche Hand in seinen harten Fingern fest.

»Ich bin Lissa.« Die Antwort kam fast wie ein Wispern. Es war wie das süße Plätschern einer Quelle.

»Den Göttern sei gedankt, du bist wieder erwacht! Ich fürchtete schon, es sei kein Leben mehr in dir.«

»Viel hat nicht gefehlt«, brummte er und warf einen Blick auf den toten Tilutan. Das Mädchen zitterte und wagte nicht, seinem Blick zu folgen. Ihre Hand bebte, und Amalric glaubte, das schnelle Schlagen ihres Herzens fühlen zu können.

»Es war schrecklich«, flüsterte sie. »Wie ein Alptraum – die verzerrten Gesichter, die blitzenden Klingen – das Blut ...«

»Es hätte schlimmer sein können«, knurrte er.

Sie spürte, daß sie ihn ungewollt gekränkt hatte. Ihre freie Hand stahl sich zaghaft in die seine.

»Das war nicht gegen dich gerichtet gewesen«, versicherte sie ihm. »Es war sehr tapfer von dir, dein Leben für eine Fremde zu wagen. Du bist so edel wie die Ritter aus dem Norden, von denen ich gelesen habe.«

Er musterte sie. Ihre großen klaren Augen trafen die seinen. Sie spiegelten nur den Gedanken wider, den sie soeben ausgesprochen hatte. Er wollte etwas sagen, besann sich jedoch und fragte etwas anderes.

»Was machst du hier in der Wüste?«

»Ich kam von Gazal«, antwortete sie. »Ich – ich rannte weg. Ich hielt es einfach nicht länger aus. Aber es war heiß und einsam und so ermüdend. Überall nur Sand und gleißend blauer Himmel. Meine Füße brannten, und meine Sandalen waren bald nur noch Fetzen. Und mich dürstete so sehr, daß ich meine Flasche schnell geleert hatte. Dann wollte ich nach Gazal zurückkehren, doch eine Richtung sah aus wie die andere, und ich wußte nicht, in welche ich mich wenden sollte. Ich bekam fürchterliche Angst und begann einfach in die Richtung zu laufen, in der ich Gazal vermutete. An viel mehr erinnere ich mich kaum, außer daß ich mich dahinschleppte, bis mich meine Kräfte verließen.

Eine Weile lag ich wohl im brennenden Sand. Ich erinnere mich dunkel, wieder hochgetaumelt und weitergestolpert zu sein, bis ein Schwarzer auf einem Rappen auf mich zuritt. Dann muß ich in Ohnmacht gefallen sein und erwachte erst wieder mit dem Kopf auf dem Schoß des Schwarzen, der mir Wein zu trinken gab. Kurz danach hörte ich Schreie und Kampfgetümmel.« Sie zitterte heftig. »Als alles vorüber war, kroch ich zu dir und versuchte, dich wach zu bekommen.«

»Warum?« wollte er wissen.

Sie schien darauf keine Antwort zu haben. »Warum?« wiederholte sie. »Warum ... Nun, du warst verletzt, da würde jeder sich um dich kümmern. Und mir war auch klar, daß du gekämpft hattest, um mich vor diesen Schwarzen zu retten. In Gazal sagt man, daß die Schwarzen die Hilflosigkeit anderer nutzen und ihnen Böses antun.«

»Nicht nur die Schwarzen«, brummte Amalric düster. »Wo liegt Gazal?«

»Es kann nicht weit entfernt sein«, antwortete sie. »Ich wanderte einen ganzen Tag, ehe ich dem Schwarzen begegnete, aber er kann mich nicht allzuweit geschleppt haben – die Sonne ging gerade unter, als ich ihn sah.«

»In welcher Richtung von hier?«

»Das weiß ich nicht. Ich verließ die Stadt und wandte mich nach Osten.«

»Stadt?« stieß Amalric hervor. »Nur einen Tag von hier? Ich dachte, hier gäbe es im Umkreis von tausend Meilen nur Wüste.«

»Gazal liegt in der Wüste«, versicherte sie ihm. »Es wurde in einer Oase erbaut.«

Amalric ließ das Mädchen los und erhob sich. Er fluchte leise, als er seinen Hals betastete. Er war wund und die Haut stellenweise aufgerissen. Er untersuchte die drei Schwarzen. Keiner von ihnen lebte mehr. Er zerrte sie nacheinander ein Stück in die Wüste hinaus. Sofort begannen die Schakale zu heulen. Zurück am Wasserloch, wo das Mädchen geduldig gewartet hatte, fand er zu seinem Ärgernis nur noch das Kamel und eines der Pferde vor. Die beiden anderen Pferde hatten sich in ihrer Erregung während des Kampfes losgerissen und waren durchgegangen.

Er trat zu dem Mädchen und bot ihr eine Handvoll Datteln an. Sie kaute hungrig. Mit wachsender Ungeduld sah er ihr dabei zu.

»Warum bist du weggelaufen?« fragte er unvermittelt. »Bist du eine Sklavin?«

»Wir haben keine Sklaven in Gazal«, entgegnete sie. »Ich war das Leben dort leid, diese endlose Eintönigkeit. Ich wollte etwas von der Welt sehen. Sag mir, aus welchem Land kommst du?«

»In den westlichen Hügeln von Aquilonien erblickte ich das Licht der Welt«, erwiderte er.

Wie ein Kind klatschte sie vor Freude in die Hände. »Ich weiß, wo das ist! Ich habe es auf den Karten gesehen. Aquilonien ist das westlichste der hyborischen Länder, und sein König ist Epeus, der Schwertschwinger.«

Amalric zuckte zurück. Sein Kopf fuhr hoch, und er starrte das Mädchen an.

»Epeus? Epeus ist schon über neunhundert Jahre tot! Vilerius ist König!«

»O natürlich!« murmelte sie verlegen. »Ich bin dumm. Natürlich war Epeus vor neunhundert Jahren König, so wie du sagst. Bitte erzähl mir mehr, erzähl mir alles von der Welt.«

»Das ist ein bißchen viel verlangt. Bist du denn noch nie gereist?«

»Ich halte mich zum erstenmal außerhalb der Mauern Gazals auf«, erklärte sie.

Sein Blick ruhte auf den sanften Rundungen ihres weißen Busens. Er war im Augenblick nicht sehr an ihren Abenteuern interessiert, und soweit es ihn betraf, hätte Gazal eine Stadt in der Hölle sein können.

Er setzte zum Sprechen an, änderte jedoch seine Absicht und schloß sie wild in die Arme. Seine Muskeln spannten sich in Erwartung eines Widerstands. Aber er stieß auf keine Gegenwehr. Ihr sanfter geschmeidiger Körper lag auf seinen Knien, und sie blickte ihn ein wenig überrascht, doch ohne Furcht oder Verlegenheit an, als wäre sie ein Kind, dem man ein neues Spiel zeigt. Etwas an ihrem klaren Blick verwirrte ihn. Hätte sie geschrien, geweint, sich gewehrt oder wissend gelächelt, wäre ihm wohler gewesen, und er hätte nicht gezögert zu tun, was er beabsichtigt hatte.

»Wer, in Mitras Namen, bist du, Mädchen?« fragte er rauh. »Ich bin überzeugt, daß dir weder die Sonne zugesetzt hat, noch daß du versuchst, mir etwas vorzumachen. Deine Sprache verrät mir, daß du kein einfaches ungebildetes Mädchen vom Land bist, und doch scheinst du von der Welt und was in ihr vorgeht, nichts zu wissen.«

»Ich bin eine Tochter Gazals«, antwortete sie hilflos. »Würdest du Gazal kennen, könntest du mich verstehen.«

Er hob sie hoch und setzte sie in den Sand. Dann brachte er eine Satteldecke für sie, die er auf dem Boden ausbreitete.

»Schlaf, Lissa!« In seiner heiseren Stimme klangen die verwirrenden Gefühle wider, die ihn aufwühlten. »Morgen schaue ich mir Gazal an.«

Bei Sonnenaufgang ritten sie westwärts. Amalric hatte Lissa auf das Kamel gesetzt und ihr gezeigt, wie sie sich festzuhalten hatte. Sie klammerte sich mit beiden Händen an den Sattel, wie jemand, der noch nie mit Kamelen zu tun gehabt hatte. Das war eine weitere Überraschung für den jungen Aquilonier. Dieses junge Mädchen war in der Wüste aufgewachsen und hatte noch nie ein Kamel geritten, noch war sie vor der vergangenen Nacht von einem Pferd getragen worden.

Amalric fertigte einen behelfsmäßigen Umhang für sie an. Sie hüllte sich in ihn, ohne zu fragen, woher er ihn hatte. Sie nahm ihn hin wie alles, was er für sie tat, dankbar, doch ohne darüber nachzudenken, ohne sich nach dem Grund zu erkundigen. Amalric verriet ihr auch nicht, daß die Seide, die sie nun vor der Sonne schützte, zuvor die schwarze Haut ihres Entführers bedeckt hatte.

Als sie Seite an Seite ritten, bat sie ihn wie ein Kind, das um eine Geschichte bettelt, ihr mehr von der Welt zu erzählen.

»Ich weiß, daß Aquilonien weit entfernt von der Wüste ist«, sagte sie. »Dazwischen liegen Stygien, die Länder Shems und andere Königreiche. Wie kommt es, daß du hier bist, so weit fort von deiner Heimat?«

Er ritt eine Weile, ohne zu antworten. Die Zügel des Kamels hielt er in der Hand.

»Argos und Stygien sind im Krieg miteinander«, begann er unvermittelt. »Koth wurde in die Auseinandersetzung verwickelt. Die Kothier strebten einen gleichzeitigen Einfall in Stygien an. Argos stellte eine Söldnerarmee auf, die auf dem Seeweg in südlicher Richtung die Küste entlang segelte. Zur selben Zeit sollte das kothische Heer Stygien auf dem Landweg angreifen. Ich gehörte zur Armee von Argos. Wir trafen auf die stygische Flotte, besiegten sie und trieben sie nach Khemi zurück. Wir hätten landen und die Stadt plündern und dann den Styx aufwärts segeln können, aber unser Admiral war vorsichtig. Unser Führer war Prinz Zapayo da Kova, ein Zingarier.

Wir kreuzten südwärts, bis wir an die dschungelbewachsene Küste Kushs kamen. Dort warfen wir Anker und machten uns auf den Weg ostwärts, entlang der stygischen Grenze, plünderten und brandschatzten. Wir hatten beabsichtigt, uns schließlich nordwärts zu wenden und ins Herz Stygiens vorzudringen, wo wir die kothischen Streitkräfte treffen sollten, die vom Norden aus dorthin marschieren wollten.

Dann erfuhren wir jedoch, daß man uns betrogen hatte. Koth und Stygien hatten sich hinter unserem Rücken verbündet. Eine stygische Armee kam uns entgegen, und eine weitere schnitt uns den Weg zur Küste ab.

Prinz Zapayo wagte in seiner Verzweiflung den wahnsinnigen Schritt, nach Osten zu marschieren, er hoffte, dort über die stygische Grenze in die Länder Shems zu gelangen. Aber die Armee aus dem Norden holte uns ein. Wir stellten uns und kämpften.

Die Schlacht dauerte den ganzen Tag. Wir trieben die Feinde in ihr Lager zurück, doch am nächsten Tag erreichte uns die Armee aus dem Westen. Erdrückt durch die Übermacht zweier Streitmächte, löste sich unser Heer auf. Wir wurden aufgerieben. Nur wenige überlebten und konnten fliehen. Als die Nacht einbrach, floh ich mit einem Kameraden, einem Cimmerier namens Conan, einem gewaltigen Mann mit der Kraft eines Stieres.

Wir ritten gen Süden in die Wüste – eine andere Wahl blieb uns nicht. Conan war nicht zum erstenmal in diesem Teil der Welt und glaubte, daß wir eine Chance hätten, durchzukommen. Tief im Süden erreichten wir eine Oase, aber stygische Reiter verfolgten uns. Wir flohen weiter von Oase zu Oase, von Durst und Hunger gepeinigt, bis wir in einen unbekannten Landstrich kamen, wo es nur gleißende Sonne und blanken Sand gab. Weiter trugen uns unsere Pferde, sie dem Zusammenbruch und wir dem Wahnsinn nahe.

Eines Nachts sahen wir Feuer und ritten näher, in der verzweifelten Hoffnung, Freunde zu finden. Aber ein Pfeilhagel empfing uns. Conans Pferd wurde getroffen. Es bäumte sich auf und warf seinen Reiter ab. Er muß sich dabei den Hals gebrochen haben, denn er rührte sich nicht mehr. Mir gelang es, in der Dunkelheit zu entkommen, obwohl mein Pferd unter mir zusammenbrach. Einen kurzen Blick hatte ich auf unsere Angreifer: große schlanke braunhäutige Männer, die fremdartige barbarische Kleidung trugen.

Zu Fuß zog ich weiter durch die Wüste, bis ich auf die drei Aasgeier traf, die du gestern gesehen hast. Schakale waren sie, Ghanater, die Angehörigen eines räuberischen Stammes von gemischtem Blut. Der einzige Grund, warum sie mich nicht umbrachten, war wohl, daß ich nichts bei mir trug, das sie brauchen konnten. Seit einem Monat begleitete ich sie auf ihren Raubzügen, weil es nichts anderes gab, was ich hätte tun können.«

»So hatte ich mir das nicht vorgestellt«, murmelte Lissa. »Man sagte mir, daß es Kriege und Grausamkeit gäbe, draußen in der weiten Welt, aber alles erschien mir immer wie ein Traum und so fern. Wenn ich dich über Verrat und Kampf reden höre, ist mir, als sähe ich alles genau vor mir.«

»Kommen denn nie Feinde nach Gazal?« wollte Amalric wissen.

Sie schüttelte den Kopf. »Die Menschen machen einen Bogen um unsere Stadt. Manchmal konnte ich schwarze Punkte erkennen, die am Horizont entlangzogen. Die alten Männer sagten, das seien Heerscharen auf dem Weg in einen Krieg. Aber nach Gazal kamen sie nie.«

Amalric fühlte sich unbehaglich. In dieser lebensfeindlichen Wüste hausten einige der wildesten Stämme der Welt, die Ghanater und Ghanarer, deren Hoheitsgebiet sich weit in den Osten erstreckte; die vermummten Tibu, die, wie er glaubte, weiter im Süden zu Hause waren; und das halb mystische Reich von Tombalku, das von einer wilden barbarischen Rasse beherrscht wurde. Es schien ihm sonderbar zu sein, daß eine Stadt inmitten dieses wilden Landes so völlig unbeachtet bleiben konnte und ihre Bürger nicht einmal die Bedeutung des Krieges kannten.

Er wandte den Blick ab. Seltsame Gedanken befielen ihn. Hatte das Mädchen unter der heißen Sonne den Verstand verloren? War sie ein Dämon in Frauengestalt, der aus der Wüste kam, um ihn in die Verdammnis zu locken? Doch ein Blick auf sie – wie sie sich einem Kind gleich am Sattelknauf des Kamels festklammerte – genügte, um seine Zweifel zu zerstreuen. Aber trotzdem fragte er sich, ob sie ihn wohl verzaubert hatte.

Ihr Weg führte sie stetig nach Westen. Sie hielten nur gegen Mittag an, um Datteln zu essen und Wasser zu trinken. Um Lissa vor der sengenden Sonne zu schützen, richtete Amalric aus seinem Schwert, dessen Scheide und den Satteldecken eine Art Zelt. Das Mädchen war so müde und steif von dem anstrengenden Ritt auf dem Kamel, daß Amalric sie aus dem Sattel heben mußte. Wieder fühlte er die sinnliche Zartheit ihres sanften Körpers. Heißes Verlangen wühlte ihn auf. Einen Herzschlag lang stand er reglos, betäubt von ihrer Nähe, ehe er sie in den Schatten des behelfsmäßigen Zeltes legte.

Er war fast verärgert über den klaren Blick, mit dem sie seinem begegnete, und über die Bereitwilligkeit, mit der sie ihm ihren jungen Körper auslieferte. Es schien, als wäre sie sich der Dinge nicht bewußt, die ihr möglicherweise Leid zufügen konnten. Ihr unschuldiges Vertrauen beschämte ihn und hielt die hilflose Wut in ihm in Schach.

Abwesend kaute er Datteln, ohne sich überhaupt recht bewußt zu werden, daß er sie in den Mund schob. Seine Augen nahmen jede Einzelheit des zarten Mädchenkörpers auf. Als er Lissa wieder auf das Kamel setzte und ihre Arme sich instinktiv um seinen Hals schlangen, erschauderte er. Aber er half ihr, sich festzuhalten, und sie setzten ihre Reise fort.

2

Kurz vor Sonnenuntergang deutete Lissa geradeaus und rief: »Die Türme von Gazal!«

Am Rand der Wüste sah er die Stadt: Minarette und Turmspitzen erhoben sich jadegrün gegen den Himmel. Wäre Lissa nicht gewesen, hätte er an eine Sinnestäuschung geglaubt. Heimlich beobachtete er das Mädchen. Sie sah nicht aus, als freute sie sich über ihre Heimkehr. Im Gegenteil, sie seufzte und ließ ihre schmalen Schultern hängen.

Als sie sich näherten, erkannte Amalric immer mehr Einzelheiten. Die Stadtmauer wuchs aus dem nackten Sand. An manchen Stellen wirkte sie fast zerfallen. Auch die Türme sahen brüchig aus. Dächer sackten in sich zusammen, in der Brustwehr klafften Lücken, und Turmspitzen neigten sich gefährlich. Angst beschlich ihn. War das eine Stadt des Todes, in die ein Vampir ihn lockte? Ein Blick auf das Mädchen beruhigte ihn ein wenig. Kein Dämon konnte in einem so unschuldsvollen Körper hausen. Sie sah ihn mit sehnsuchtsvoll fragenden Augen an, blickte unentschlossen in die Wüste und seufzte herzerweichend, als sie das Gesicht wieder der Stadt zuwandte. Es wirkte hoffnungslos und schicksalsergeben.

Durch die Breschen in der jadegrünen Mauer konnte Amalric nun Menschen in der Stadt sehen. Keiner winkte ihnen zu, als sie durch eine weite Lücke in der Mauer auf eine breite Straße ritten. Aus der Nähe sah man deutlich, wie verfallen die Häuser waren, die sich gegen die untergehende Sonne abhoben. Grasbüschel wuchsen zwischen den geborstenen Pflastersteinen und bedeckten größere Flächen. Straßen und Höfe waren gleichermaßen mit Trümmerbrocken übersät. Da und dort war ein zerfallenes Haus abgetragen worden, und man hatte an seiner Stelle kleine Gemüsegärten angelegt.

Löchrigen Kuppeln fehlte längst die Farbe, Eingänge ohne Türen gähnten ihnen entgegen. Alles war verwahrlost. Da fiel Amalrics Blick auf einen Turm, der von allen anderen Bauwerken abstach. Der Verfall schien völlig an ihm vorübergegangen zu sein. Als strahlend roter Zylinder erhob er sich im südöstlichen Teil der Stadt. Amalric deutete darauf.

»Warum ist ausgerechnet dieser Turm so gut erhalten?« wollte er wissen. Lissa erbleichte, zitterte am ganzen Körper und umklammerte krampfhaft seine Hand.

»Sprich nicht über ihn«, flüsterte sie. »Sieh nicht hin, denk nicht einmal daran!«

Amalrics Blick verfinsterte sich. Die unausgesprochene Bedeutung ihrer Worte ließ ihn den Turm in einem neuen Licht sehen. Er war plötzlich für ihn der Kopf einer Schlange, der sich über Verfall und Trostlosigkeit erhob. Ein Schwarm schwarzer Punkte – Fledermäuse – quoll aus einer Öffnung hoch oben.

Der junge Aquilonier blickte sich wachsam um. Er wußte ja nicht, ob ihn die Gazaler freundlich aufnehmen würden. Er sah sie müßig durch die Straßen schlendern. Wenn einer stehenblieb und ihn ansah, überlief ihn unwillkürlich ein kalter Schauder. Es waren Männer und Frauen mit gütigen Zügen und sanften Blicken. Aber ihr Interesse wirkte so oberflächlich, so unpersönlich. Keiner unternahm den Versuch, mit ihm zu sprechen. Sie dachten sich offenbar überhaupt nichts dabei, daß ein bewaffneter Reiter aus der Wüste in ihre Stadt kam, obwohl Amalric von Lissa wußte, daß das bisher so gut wie noch nie vorgekommen war. Und gerade dieser Gleichmut, mit dem die Bewohner Gazals ihn empfingen, erweckte Unbehagen in ihm.

Lissa sprach zu ihnen. Sie hielt Amalrics Arm hoch, um ihren Begleiter mit kindlicher Freude vorzustellen. »Das ist Amalric von Aquilonien, der mich vor den Schwarzen gerettet und nach Hause gebracht hat!«

Die Leute murmelten höflich. Einige kamen näher und streckten ihm die Hand entgegen. Noch nie hatte er so gleichgültige, freundliche Gesichter gesehen. Die ihm zugewandten Augen waren sanft und mild, ohne Furcht, doch auch ohne Interesse. Aber es waren durchaus nicht die Augen dummer Ochsen, sondern eher die von Menschen, die in ihren Träumen gefangen waren.

So fern erschienen sie ihm, und er hörte kaum, was sie zu ihm sagten. Seine Gedanken beschäftigten sich mit der Unwirklichkeit des Ganzen. Diese ruhigen verträumten Menschen in ihren Seidengewändern und weichen Sandalen wandelten offenbar ziellos durch die verwahrlosten Häuser, von denen längst alle Farbe abgebröckelt war. War dies ein Paradies der Illusionen für sie, aus Lotusträumen erschaffen? Nur irgendwie paßte der rote Turm nicht dazu.

Einer der Männer mit weichem faltenlosen Gesicht, aber silbergrauem Haar, sagte: »Aquilonien? Dort fand doch eine Invasion statt? Durch König Bragorus von Nemedien, wenn ich mich nicht irre. Was wurde daraus?«

»Die Nemedier wurden zurückgeschlagen«, antwortete Amalric kurz und unterdrückte ein Schaudern. Seit Bragorus seine Speerkämpfer über die Grenzen von Aquilonien geführt hatte, waren neunhundert Jahre vergangen.

Amalric mußte keine weiteren Fragen beantworten. Die Menschen zogen sich zurück, und Lissa zupfte ihn an der Hand. Er wandte sich ihr zu. In diesem Reich der Unwirklichkeit hielt sein Blick sich an ihrem Körper fest, der greifbar und von unbeschreibbarem Liebreiz war.

»Komm«, forderte sie ihn auf, »wir wollen essen und uns ausruhen!«

»Was ist mit den Leuten?« fragte er. »Möchtest du ihnen denn nicht von deinen Erlebnissen berichten?«

»Ihre Aufmerksamkeit erlahmt rasch«, erwiderte sie. »Sie würden eine kurze Weile zuhören und sich dann zurückziehen. Sie wissen ja kaum noch, daß ich fort war. Komm doch!«

Amalric führte Kamel und Pferd in einen Innenhof, wo das Gras hoch wuchs und Wasser aus einem zerbrochenen Brunnen in einen Marmortrog floß. Er machte die Tiere fest und folgte Lissa. Sie nahm ihn bei der Hand und führte ihn über den Hof und durch eine Bogentür. Die Nacht war schon hereingebrochen. Am Himmel über dem Hof hoben sich einige Spitztürme von den glitzernden Sternen ab.

Mit einer aus langer Gewohnheit gewonnenen Sicherheit führte Lissa Amalric an der Hand durch eine Reihe dunkler Räume. Er fühlte sich nicht übermäßig wohl dabei. Der Geruch von Staub und Verfall hing in der fast greifbaren Dunkelheit. Manchmal schritt er über geborstene Fliesen, manchmal über zerschlissene Teppiche. Seine freie Hand berührte immer wieder zerbröckelndes Gemäuer. Gelegentlich leuchteten die Sterne durch ein eingefallenes Dach, dann erkannte er einen düsteren gewundenen Gang, dessen Wände mit verrottenden Wandteppichen behangen waren. Sie raschelten in sanftem Luftzug. Für ihn war dieses Geräusch dem Flüstern von Hexen gleich, und die Härchen im Nacken stellten sich ihm auf.

Schließlich gelangten sie in ein Gemach, das vom Sternenschein schwach erhellt war, der durch ein offenes Fenster fiel. Lissa hantierte einen Herzschlag lang im Dunkeln, ehe ein zartes Licht aufleuchtete. Es strahlte aus einer gläsernen Kugel und erhellte den Raum mit seinem goldenen Schein. Sie stellte diese Lampe auf einen Marmortisch und bedeutete Amalric, es sich auf einem Diwan mit weichen Seidendecken bequem zu machen. Aus einer verborgenen Nische holte sie Gefäße mit Wein und Speisen, die Amalric fremd waren. Es gab zwar auch Datteln, aber die anderen Früchte und Gemüse, deren Geschmack ihm fade erschien und kaum voneinander unterscheidbar, hatte er zuvor noch nie gekostet. Der Wein war angenehm auf der Zunge, doch nicht berauschender als Quellwasser.

Lissa hatte sich gegenüber von Amalric auf einer Marmorbank niedergelassen. Sie probierte von allen Speisen ein wenig.

»Was ist dies hier für ein Ort?« verlangte er zu wissen. »Du bist wie diese Leute und doch so anders.«

»Sie sagen, ich sei wie unsere Vorfahren«, antwortete sie. »Vor langer, langer Zeit kamen sie in die Wüste und errichteten diese Stadt mit den vielen Brunnen inmitten einer großen Oase. Die Bausteine lieferten ihnen die Ruinen einer noch älteren Stadt, von der nur der rote Turm erhalten geblieben war.« So leise war ihre Stimme bei den letzten Worten geworden, daß er sie kaum noch verstand, und er bemerkte, wie sie ängstlich durch ein Fenster blickte, durch das der silberne Sternenschein fiel. »Er war leer – damals.

Unsere Vorfahren, die Gazaler, lebten einst im Süden Koths. Sie waren bekannt als Gelehrte und Weise. Sie wollten, daß Mitra, den die Kothier längst verleugneten, wieder verehrt würde. Deshalb vertrieb der König sie. So zogen sie gen Süden. Viele waren Priester, Gelehrte, Mentoren und Männer der Wissenschaften. Ihre shemitischen Sklaven nahmen sie mit.

Sie erbauten Gazal in der Wüste. Aber als die Stadt fertiggestellt war, verweigerten die Sklaven ihnen den Gehorsam, obwohl sie nie schlecht behandelt worden waren. Sie flohen in die Wüsten und vermischten sich mit den wilden Stämmen. Schuld daran war etwas, das angeblich des Nachts zu ihnen gesprochen hatte.

Mein Volk lernte, Speisen und Getränke aus den wenigen zur Verfügung stehenden Mitteln herzustellen. Wie sie das schafften, grenzt an ein Wunder. Als die Sklaven flohen, nahmen sie alle Kamele, Pferde und Esel mit sich, und so ward die Stadt von der Außenwelt völlig abgeschnitten. In Gazal gibt es noch Gemächer, in denen Karten, Bücher und Chroniken aufbewahrt werden, aber alle sind zumindest neunhundert Jahre alt, denn so lange ist es her, seit meine Vorfahren aus Koth flohen. In all der Zeit hat nie ein Fremder Gazal betreten. Und die Menschen hier schwinden allmählich dahin. So verträumt und in sich gekehrt wurden sie, daß sie keine menschlichen Wünsche und Leidenschaften mehr kennen. Die Stadt verfällt, doch keiner rührt eine Hand, sie zu erhalten. Und dann kam das Grauen ...« Sie schluckte und zitterte am ganzen Leib. »Als es über sie kam, vermochten sie weder zu kämpfen noch zu fliehen.«

»Wovon redest du?« flüsterte er, während eisige Finger über seinen Rücken zu streichen schienen. Das Rascheln der Vorhänge in den endlosen dunklen Gängen weckte unerklärliche Ängste in seiner Seele.

Lissa schüttelte stumm den Kopf. Sie erhob sich,

ging um den Marmortisch herum zu ihm und legte ihre Hände auf seine Schultern. Ihre Augen glitzerten feucht und spiegelten Angst und ein verzweifeltes Verlangen wider. Er schluckte. Als er unwillkürlich die Arme um ihre zarte Gestalt legte, spürte er, wie sehr sie zitterte.

»Halt mich ganz fest!« flehte sie. »Ich fürchte mich so. O ich habe von einem Mann wie dir geträumt. Ich bin nicht wie meine Leute, die nicht mehr viel mehr als Tote sind, die auf vergessenen Straßen wandeln. Doch ich lebe! Ich bin warm und voller Gefühle! Ich hungere und dürste und sehne mich nach Leben. Ich will nicht hierbleiben in den stillen Straßen, den zerfallenden Hallen und zwischen den leblosen Menschen von Gazal, obwohl ich nie etwas anderes gekannt habe. Deshalb lief ich weg. So sehr sehne ich mich nach Leben ...«

Sie schluchzte haltlos in seinen Armen. Ihr Haar hing seidig ins Gesicht, und sein Duft berauschte ihn. Ihr fester Körper schmiegte sich an seinen. Sie lag über seinen Knien. Ihre Arme schlangen sich um seinen Hals. Er drückte sie an seine Brust und küßte ihre Augen, ihre Lippen, ihre Wangen, ihr Haar, ihren Hals, ihren Busen. Er bedeckte sie mit glühenden Küssen, bis ihr Schluchzen in Stöhnen überging. Sein Verlangen war nicht die brutale Gier des Lüstlings. Ihre Leidenschaft, die bisher geschlummert hatte, brach in einer überwältigenden Woge hervor. Seine tastenden Finger stießen die golden flackernde Kugel zu Boden, und das Licht erlosch, nur die Sterne glitzerten durch das Fenster.

Lissa lag in Amalrics Armen auf dem Seidendiwan und öffnete ihm ihr Herz. Sie wisperte ihm ihre Träume, ihre Hoffnungen und Sehnsüchte zu – kindlich, ergreifend und mitreißend.

»Ich bringe dich von hier fort«, versprach Amalric.

»Gleich morgen. Du hast recht, Gazal ist eine Stadt des Todes. Wir suchen das Leben draußen in der weiten Welt. Auch wenn es dort rauh und grausam zugeht, ist es besser als dieser lebende Tod ...«

Ein Schrei voller Qual, Grauen und Verzweiflung durchschnitt die Nacht. Amalric brach der kalte Schweiß aus. Er fuhr vom Diwan hoch, aber Lissa klammerte sich an ihn.

»Nein, nein!« wimmerte sie. »Geh nicht! Bleib bei mir!«

»Aber jemand wird gemordet!« stieß er hervor und tastete nach seinem Schwert. Die Schreie schienen vom anderen Ende des Hofes zu kommen. Ein seltsam reißendes zerrendes Geräusch begleitete sie. Immer schriller und dünner wurden die Schreie, unerträglich in ihrer hoffnungslosen Verzweiflung, dann gingen sie in ein langes, zitterndes Schluchzen über.

»Schreie wie diese hörte ich von Menschen auf der Folterbank!« flüsterte Amalric, bleich vor Entsetzen. »Was für eine Teufelei ist das?«

Lissa zitterte. Er spürte das wilde Klopfen ihres Herzens. »Das ist das Grauen, von dem ich gesprochen habe«, flüsterte sie. »Das Grauen, das im Roten Turm haust. Es kam vor langer Zeit hierher. Man sagt, es sei vor längst vergessener Zeit schon einmal hiergewesen und zurückgekehrt, nachdem Gazal errichtet worden war. Es verschlingt Menschen. Niemand weiß etwas Genaues darüber, denn keiner, der es je erblickte, kam mit dem Leben davon. Es ist ein Gott oder ein Teufel. Deshalb flohen die Sklaven, und darum kommt auch nie jemand nach Gazal. Viele von uns fielen seinem furchtbaren Hunger zum Opfer. Irgendwann wird es alle verschlungen haben und wieder über eine leere Stadt herrschen, wie es alten Erzählungen nach über die Stadt herrschte, die meine Vorväter als Ruinen vorfanden.«

»Warum bleiben deine Leute hier und lassen sich immer noch abschlachten?« fragte Amalric grimmig.

»Ich weiß es nicht«, wimmerte sie. »Sie träumen ...«

»Hypnose«, murmelte er. »Hypnose und Verfall. Ich las es in ihren Augen. Der Teufel hat sie seinem Willen unterworfen. Mitra, welch schreckliches Geheimnis!«

Lissa preßte das Gesicht an seine Brust und umklammerte ihn noch heftiger.

»Was können wir tun?« fragte er unsicher.

»Nichts«, flüsterte sie. »Dein Schwert kann ihm nichts anhaben. Wahrscheinlich wird es uns in Frieden lassen, denn für heute nacht hat es ja bereits sein Opfer. Wir müssen wie Schafe auf den Schlächter warten.«

»Den Teufel werde ich!« rief Amalric erregt. »Wir warten nicht bis morgen. Wir verschwinden sofort. Pack etwas zu essen und zu trinken zusammen. Ich hole das Pferd und das Kamel und bringe sie in den Hof. Wir treffen uns dann dort.«

Da das Ungeheuer sich bereits sein Opfer geholt hatte, hatte Amalric keine Bedenken, das Mädchen eine kurze Weile allein zu lassen. Aber die Härchen stellten sich ihm im Nacken auf, als er sich seinen Weg durch die dunklen Korridore zurücktastete, wo die vom Luftzug bewegten Wandteppiche raschelten. Er fand die nervösen Tiere dicht beisammen im Hof, wo er sie zurückgelassen hatte. Der Hengst wieherte und rieb seine Nüstern an Amalric, als witterte er die Gefahr in der totenstillen Nacht.

Amalric legte den Tieren die Zügel um, sattelte sie und führte sie durch den schmalen Durchgang auf die Straße. Wenige Herzschläge später stand er in dem sternenerhellten Hof. Fast im gleichen Augenblick zerriß ein neuer Schrei die Nacht. Er schien aus dem Gemach zu kommen, in dem er Lissa zurückgelassen hatte.

Wild aufbrüllend stürmte er mit dem Schwert in der Hand über den Hof und schwang sich durch das Fenster. Die Lichtkugel brannte wieder und warf düstere Schatten in die Ecken. Die Seidendecken des Diwans lagen zerknüllt auf dem Boden. Die Marmorbank war umgestoßen und das Gemach leer.

Übelkeit überkam ihn. Er stolperte gegen den Tisch, und das schwache Licht verschwamm vor seinen Augen. Da packte ihn der Grimm der Verzweiflung. Der Rote Turm! dachte er. Zweifellos schleppte das Ungeheuer seine Opfer dorthin.

Er raste zurück durch den Hof auf die Straße und zum Turm, der unter den Sternen in einem gespenstischen Licht schimmerte. Die Straßen verliefen nicht gerade, so kürzte er seinen Weg durch schwarze Häuser und Höfe ab, deren wucherndes Gras im Nachtwind wisperte.

Um den Roten Turm erhob sich eine Gruppe von Bauten, deren Verfall schon viel weiter fortgeschritten war als der in der übrigen Stadt. Offensichtlich waren sie unbewohnt. Sie neigten sich in alle Himmelsrichtungen und mochten jeden Augenblick auf der einen oder anderen Seite ganz kippen. Viel mehr als zerbröckelndes Mauerwerk waren sie nicht mehr, aus dem der Rote Turm sich wie eine giftige Blume aus verrottenden Gebeinen hervorhob.

Um zum Turm zu gelangen, mußte Amalric sich einen Weg durch die Ruinen bahnen. Ohne Zögern drang er in die schwarzen Trümmer und suchte nach einer Tür. Als er sie fand, hob er das Schwert und riß sie auf. Ein völlig unerwartetes Bild bot sich ihm wie in einem Alptraum.

In fahles Licht getaucht erstreckte sich ein Korridor, dessen schwarze Wände mit schaurigen Wandteppichen behangen waren. Am Ende des Ganges sah er eine Gestalt. Sie war weiß, nackt und zog gebeugt und schwankend etwas mit sich, dessen Anblick ihn mit Schrecken erfüllte. Dann verschwand die Erscheinung und mit ihr der unwirkliche fahle Schein. Amalric stand wie taub und blind in der Dunkelheit. Er konnte an nichts anderes denken als an das schwankende Gespenst, das eine schlaffe menschliche Gestalt durch den Korridor zerrte.

Als er weitertastete, erwachten in ihm alte Erinnerungen an schauerliche Geschichten, die er in der schädelförmigen Hexerhütte eines schwarzen Zauberdoktors an dessen schwelendem Feuer gehört hatte. Es waren Geschichten über einen Gott, der in einer Ruinenstadt in einem roten Haus wohnte. Ein Gott, der mit finsteren Kulten in tiefen Dschungeln und an trüben düsteren Flüssen verehrt wurde. Auch einer Beschwörung entsann er sich. Als er sie zum erstenmal hörte, verharrten die Löwen in Furcht, und selbst das Laubwerk des Dschungels vergaß zu rascheln.

Ollam-onga, flüsterte ein eisiger Wind im schwarzen Korridor. *Ollam-onga,* wisperte auch der Staub unter seinen tastenden Füßen. Auf Amalrics Stirn perlte der Schweiß, und das Schwert in seiner Hand bebte. Er schlich durch das Haus eines Gottes! Knochenfinger schienen sich um sein Herz zu legen. Das Haus eines Gottes! Er erfaßte die volle Bedeutung dieser Worte. Die primitiven Ängste, die dem Menschen angeboren und weit älter als die rassische Erinnerung sind, schüttelten ihn. Das Bewußtsein, daß er nur ein schwacher Sterblicher war, lähmte ihn schier, und er mußte sich zwingen, weiter durch dieses Haus der Finsternis zu schleichen, dieses Haus, das das eines Gottes war!

Um ihn schimmerte ein schwaches Licht, scheinbar von nirgendwoher. Er wußte, daß er dem Turm schon nahe war. Tastend erreichte er eine Bogentür und stolperte auf eine Treppe mit Stufen in ungleichmäßigen Abständen. Er stieg sie hoch, und je höher er kam, desto größer wurde jene blinde Wut in ihm, die des Menschen letzte Verteidigung gegen teuflische Kräfte ist, und sie verdrängte seine Furcht. Voll Grimm tastete er sich durch die unheilige Finsternis, bis er in ein Gemach kam, das ein unheimliches goldenes Leuchten erhellte.

Am fernen Ende des Raumes führten ein paar Stufen zu einer Plattform empor, auf der steinerne Möbelstücke standen. Verstümmelte Überreste eines Menschenopfers lagen auf dem Boden. Ein Arm hing schlaff über den Rand der Plattform. Auf den Marmorstufen hatten sich Schichten eingetrockneten Blutes zu einem merkwürdigen Muster gefunden, das an Stalagmiten erinnerte, wie sie sich um eine heiße Quelle bilden. Auf der obersten Schicht schimmerten ein paar noch tiefrote, sichtlich feuchte Tropfen.

Am Fuß der Treppe, der Amalric sich inzwischen genähert hatte, stand eine nackte weiße Gestalt. Vor ihr hielt er an. Er sah, daß es ein Mann war, der ihm entgegenblickte. Er hatte die mächtigen Arme über der alabasternen Brust verschränkt. Doch Augen wie seine konnten keinem Sterblichen gehören. Sie waren flammende Feuerbälle, aus denen zwischen undurchdringlichen Schatten die Glut der Hölle loderte.

Die Umrisse des seltsamen Mannes verschwammen, wollten sich auflösen. Mit aller Willenskraft zerriß der Aquilonier die Fesseln der Stille mit der schrecklichen Beschwörung, die er einst gehört hatte. Als die Worte die Luft durchschnitten, erstarrte der weiße Riese. Klar und deutlich hoben seine Umrisse sich wieder gegen den goldenen Hintergrund ab.

»Greif schon an, verdammt!« schrie Amalric hysterisch. »Ich habe dich in deine menschliche Gestalt gebannt. Der schwarze Zauberer sprach die Wahrheit. Er verriet mir die Beschwörungsformel. Stürz dich auf mich, Ollam-onga! Ehe du mir nicht das Herz aus dem

Leibe reißt und dadurch den Bann brichst, bist du nur ein Mensch wie ich!«

Mit dem Brüllen des Sturmwinds stürzte der Gott sich auf den Aquilonier. Mit einem flinken Sprung zur Seite rettete Amalric sich vor dem Griff dieser Hände, deren Kraft größer als die des Wirbelsturms waren. Einer der Krallenfinger bekam seinen Umhang zu fassen und riß ihn wie einen alten Fetzen vom Leib, als das Ungeheuer von der Wucht seines Ansturms an ihm vorbeigetragen wurde. Die Angst verlieh Amalric übermenschliche Gewandtheit. So tief stieß er sein Schwert in den Rücken des Gegners, daß die Spitze aus der mächtigen Brust ragte.

Ein teuflisches Aufheulen erschütterte den Turm. Das Ungeheuer wirbelte herum und griff erneut an. Wieder sprang Amalric zur Seite, und diesmal rannte er die Stufen zum Altar hinauf. Er griff nach einem der Marmorstühle und schleuderte ihn auf das Ungeheuer, das sich die Stufen hochschleppte. Das schwere Wurfgeschoß traf den Teufel mitten im Gesicht und warf ihn rückwärts die Treppe hinunter.

Als der Dämon sich erhob und erneut die Stufen zu nehmen versuchte, bot sein Gesicht einen grauenvollen Anblick. Verzweifelt packte Amalric mit aller Kraft eine Jadebank und stieß sie die Stufen hinunter.

Die Wucht, mit der sie auf das Ungeheuer hinunterpolterte, warf es die Treppe wieder hinab. Inmitten der marmornen Scherben blieb es in seinem Blut liegen. Mit einer letzten verzweifelten Anstrengung stützte es sich auf, doch sein Blick trübte sich bereits. Es warf seinen zerschmetterten Kopf in den Nacken und brüllte furchterregend.

Amalric schauderte und zuckte zurück vor diesem Schrei abgrundtiefen Grauens, der seine Erwiderung fand. Irgendwo in der Luft über dem Turm schrillten wie ein ungewöhnliches Echo teuflische Schreie. Dann brach die entstellte weiße Gestalt auf den Marmortrümmern zusammen. Da wußte Amalric, daß Kush einen seiner Götter verloren hatte. Bei diesem Gedanken griff plötzlich blinde, unerklärbare Angst nach ihm.

Benommen vor Furcht raste er die Stufen hinunter, machte einen Bogen um den Dämon, der mit glasigen Augen auf dem Boden lag. Ihm schien, als hätte die Nacht selbst sich gegen ihn erhoben in ihrer Empörung über den Frevel. Alles logische Denken wurde in einer Welle übernatürlicher Furcht fortgeschwemmt.

Am Treppenabsatz verharrte Amalric. Aus der Dunkelheit kam Lissa zu ihm hoch. Ihre weißen Arme streckten sich ihm entgegen. Ihre Augen waren weit vor Entsetzen.

»Amalric!« wimmerte sie. Er preßte sie an sich.

»Ich habe es gesehen!« flüsterte sie. »Ich habe gesehen, wie es einen Toten durch den Korridor schleifte. Ich verlor den Kopf und schrie und rannte. Als ich zurückkam, hörte ich dich brüllen und wußte, daß du mich im Roten Turm suchtest ...«

»Und du bist gekommen, mein Schicksal mit mir zu teilen.« Seine Stimme klang ausdruckslos.

Als sie zitternd einen Blick über seine Schultern zu werfen versuchte, verdeckte er ihre Augen und drehte sie um. Sie sollte nicht sehen, was dort auf dem Boden lag. Er hob seinen Umhang, wagte jedoch nicht, sein Schwert zu berühren. Als er Lissa die Stufen hinunterhalf, sie halb stützte, halb trug, verriet ihm ein verstohlener Blick zurück, daß die zermalmte weiße Gestalt nicht mehr zwischen den Marmortrümmern lag. Seine Zauberformel hatte Ollam-Onga im Leben in seine menschliche Gestalt verbannt, doch im Tod hatte sie keine Macht mehr über ihn. Einen Moment war Amalric wie betäubt. Dann schüttelte er sich und machte sich eilig daran, mit Lissa das dunkle Gemäuer zu verlassen.

Sie rannten, bis sie die Straße erreichten, wo Kamel und Pferd noch immer dicht aneinandergeschmiegt standen. Er setzte Lissa auf das Kamel und schwang sich selbst in den Sattel des Hengstes. Die Zügel beider Tiere in den Händen, suchte er den kürzesten Weg aus der Stadt. Er atmete erleichtert auf, als die kühle Wüstenluft sie umschmeichelte. Sie war frei vom Gestank des Verfalls und dem uralten Grauen, dessen selbst die Zeit nicht Herr geworden war.

Am Sattel des Pferdes hing nur eine kleine Wasserflasche. Sie hatten nichts zu essen, und Amalrics Schwert lag im Roten Turm. Ohne Proviant und unbewaffnet ritten sie in die Wüste, deren Gefahren ihnen geringer zu sein schienen als die, welche in der Stadt lauerten, die sie hinter sich gelassen hatten.

Stumm ritten sie dahin. Amalric wählte den Weg nach Süden, wo er ein Wasserloch vermutete. Bei Sonnenaufgang erreichten sie den Kamm einer Sanddüne und blickten zurück auf Gazal, das im rosigen Schein ganz unwirklich aussah. Plötzlich erstarrte Amalric, und Lissa schrie auf. Aus einer Bresche in der Stadtmauer stürmten sieben Reiter auf schwarzen Tieren. Schwarz waren auch die Gewänder der Reiter. Amalric wußte, daß es keine Pferde in Gazal gab, und so überkam ihn das Grauen. Er wandte sich um und trieb ihre Tiere an.

Die Sonne stieg rot den Himmel hinauf, dann wurde sie golden und schließlich zur weißglühenden Flammenkugel. Von Durst und Erschöpfung gepeinigt und von der Sonne geblendet, versuchten die beiden ihren Verfolgern zu entkommen. Von Zeit zu Zeit benetzten sie ihre Lippen mit Wasser. Die sieben schwarzen Punkte folgten ihnen mit gleichbleibender Geschwindigkeit.

Es wurde Abend. Wieder rötete die Sonne sich und sank dem Rand der Wüste entgegen. Eine kalte Hand schien nach Amalrics Herzen zu greifen – die Reiter kamen näher.

Als die Dunkelheit hereinbrach, waren auch die schwarzen Reiter nahe. Amalric blickte auf Lissa und stöhnte. Sein Hengst stolperte und fiel. Die Sonne war untergegangen, und vor das Antlitz des Mondes schob sich plötzlich ein Schatten wie der einer Fledermaus. In der Dunkelheit glühten die Sterne rot, und hinter sich vernahm Amalric das Brausen eines aufkommenden Sturmes. Eine schwarze Masse, von Funken unheiligen Lichtes gesprenkelt, tauchte aus der Nacht auf.

»Reite, Mädchen!« schrie Amalric verzweifelt. »Rette dich! Sie sind hinter mir her!«

Als Antwort rutschte sie von ihrem Kamel und schlang die Arme um ihn. »Ich werde mit dir sterben!«

Sieben schwarze Gestalten, die wie der Wind ritten, hoben sich gegen den Sternenhimmel ab. Unter den Kapuzen glühten Bälle höllischen Feuers und fleischlose Kiefer schienen zusammenzuklappen.

Da fegte ein Pferd an Amalric vorbei. In der unnatürlichen Dunkelheit konnte er nur einen schwarzen Schatten sehen, und gleich darauf hörte er, wie das scheinbar aus dem Nichts aufgetauchte Pferd mit den näherkommenden Gestalten zusammenprallte. Es wieherte schrill, und eine kräftige Stimme brüllte etwas in einer fremden Sprache. Von irgendwo in der Nacht wurde der Ruf mit lautem Geschrei beantwortet.

Dann war offenbar ein heftiger Kampf entbrannt. Hufe stampften, und der dumpfe Klang wilder Hiebe war zu hören. Dazwischen fluchte dieselbe laute Stimme ausgiebig. Dann kam der Mond plötzlich wieder zum Vorschein und erhellte die phantastische Szenerie.

Ein Mann auf einem mächtigen Streitroß hieb und stieß scheinbar ins Leere. Aus einer anderen Richtung preschte eine wilde Horde heran, deren Krummsäbel im Mondschein blitzten. Über den Kamm einer Düne verschwanden sieben schwarze Gestalten, deren Umhänge wie Fledermausflügel flatterten.

Amalric wurde von grimmigen Männern überwältigt, die von ihren Pferden gesprungen waren und ihn eingekreist hatten. Sehnige Arme hielten ihn fest, und harte falkengleiche Gesichter starrten ihn an. Lissa schrie.

Dann sprangen die Angreifer rechts und links zur Seite, als der Mann auf dem Streitroß durch die Gruppe ritt. Er beugte sich vom Sattel und sah sich Amalric genau an.

»Teufel!« brüllte er überrascht. »Amalric, der Aquilonier!«

»Conan!« stieß Amalric verblüfft hervor. »Conan, du lebst?«

»Und ich bin offenbar lebendiger als du!« antwortete der andere. »Bei Crom, Mann! Du siehst aus, als hätten diese Wüstenteufel dich die ganze Nacht gejagt. Was war das, was dich da verfolgte? Ich ritt um das Lager, um sicherzugehen, daß keine Feinde lauerten, als plötzlich der Mond wie eine Kerze ausging, und dann hörte ich, wie jemand floh. Ich ritt näher, und bei Macha, noch ehe ich recht wußte, was geschah, war ich mitten unter diesen Teufeln. Ich hieb wild um mich in der Dunkelheit. Bei Crom, ihre Augen blitzten wie Feuer! Ich weiß, daß ich sie getroffen habe, aber als der Mond wieder zum Vorschein kam, waren sie weg wie der Wind. Waren es Männer oder Teufel?«

»Teufel aus der Hölle!« gab Amalric überzeugt zur Antwort und schauderte. »Frag mich nicht. Manche Dinge bleiben besser ungesagt.«

Conan bohrte nicht nach. Er fand das Geschehene auch nicht übermäßig ungewöhnlich. Er wußte, daß es Teufel, Geister, Kobolde und Zwerge gab.

»Du findest sogar in der Wüste eine Frau!« sagte er nur und blickte auf Lissa. Das Mädchen hatte sich fest an Amalric geschmiegt und blickte voller Furcht auf die wilden Gestalten ringsum.

»Wein!« brüllte Conan. »Bringt Weinbeutel!« Er griff nach einem, den man ihm sofort reichte, und drückte ihn Amalric in die Hand. »Gib dem Mädchen einen Schluck und trink selbst. Dann setzen wir euch auf Pferde und reiten in unser Lager. Du brauchst was zu essen und viel Schlaf, das sehe ich.«

Ein prächtig gesattelter Hengst, der sich aufbäumte und nervös tänzelte, wurde herbeigebracht. Willige Hände halfen Amalric auf seinen Rücken. Das Mädchen wurde ihm hinaufgereicht, dann zogen sie Richtung Süden inmitten der drahtigen braunen Reiter in ihrer malerischen Gewandung. Viele von ihnen trugen Tücher vor dem Gesicht, die nur die Augen freiließen.

»Wer ist er?« flüsterte Lissa, die die Arme um den Hals ihres Liebsten geschlungen hatte.

»Conan der Cimmerier«, antwortete er. »Der Mann, mit dem ich in die Wüste floh, nachdem unser Söldnerheer besiegt war. Das sind die Männer, die ihn gefangennahmen. Ich hielt ihn für tot und ließ ihn liegen. Nun sieht es aber ganz so aus, als führe er sie an, und offensichtlich achten sie ihn hoch.«

»Er ist ein schrecklicher Mann!« wisperte sie.

Er lächelte. »Du hast noch nie einen weißen Barbaren gesehen. Er ist ein Wanderer, ein Plünderer und ein Streiter, aber er lebt nach seinen eigenen sittlichen Werten. Ich bin sicher, daß wir nichts von ihm zu befürchten haben.«

Ganz so überzeugt war Amalric jedoch nicht. Er konnte Conans Freundschaft verwirkt haben, als er ihn besinnungslos zurückgelassen hatte – obwohl er damals ja von Conans Tod überzeugt gewesen war. Amalric quälten schlimme Zweifel. Seinen Kameraden hielt der Cimmerier nach barbarischem Ehrgefühl stets die Treue, aber er sah keinen Grund, warum der Rest der Welt nicht geplündert werden sollte. Er lebte mit und durch das Schwert. Amalric unterdrückte ein Schaudern, als er daran dachte, was geschehen würde, falls Conan Lissa begehrte.

Später, nachdem sie gegessen und getrunken hatten, saß Amalric an einem kleinen Feuer in Conans Zelt. Lissa hatte ihren Lockenkopf auf seinen Schoß gelegt und schlummerte, mit einem Seidenumhang zugedeckt. Amalric gegenüber tanzten die Schatten und der Schein der Flammen auf Conans Gesicht.

»Wer sind deine Männer?« fragte der junge Aquilonier.

»Die Reiter von Tombalku«, erwiderte der Cimmerier.

»Tombalku!« stieß Amalric hervor. »Dann ist Tombalku nicht nur eine Legende?«

»Ganz und gar nicht!« klärte Conan ihn auf. »Als mein verdammtes Pferd stürzte, verlor ich das Bewußtsein, und als ich wieder zu mir kam, hatten diese Teufel mich an Händen und Füßen gebunden. Das erzürnte mich, also sprengte ich einige der Schnüre, die mich hielten, aber sie ersetzten sie ebenso schnell, wie ich sie zerreißen konnte. Nie bekam ich eine Hand völlig frei. Trotzdem fanden sie meine Kraft offenbar bemerkenswert.«

Amalric sah Conan an, ohne zu sprechen. Der Mann vor ihm war so groß und breit, wie Tilutan gewesen war, nur fehlte ihm das überschüssige Fett des Schwarzen, bei ihm war alles Muskeln. Zweifellos hätte er das Genick des Ghanaters mit bloßen Händen brechen können.

»Sie beschlossen, mich in ihre Stadt zu bringen, statt mich gleich zu töten«, fuhr Conan fort. »Sie dachten, ein Mann wie ich würde den Folterqualen nicht so schnell erliegen und ihnen ein langes vergnügliches Schauspiel bieten. Also banden sie mich auf ein ungesatteltes Pferd und brachten mich nach Tombalku.

Es gibt zwei Könige in dieser Stadt, vor die wurde ich geführt. Der eine ist ein dünner braunhäutiger Teufel namens Zehbeh, der andere ein großer fetter Neger, der auf seinem Thron aus Elfenbeinstoßzähnen döste. Zehbeh befragte seinen braunen Priester Daura, was mit mir geschehen sollte. Daura warf Würfel aus Schafsknochen und sagte, ich sollte lebenden Leibes auf Jhils Altar gehäutet werden. Alle jubelten – das weckte den schwarzen König.

Ich spuckte auf Daura und verfluchte ihn samt den Königen. Dann sagte ich, wenn ich schon gehäutet werden sollte, wollte ich wenigstens einen Bauchvoll Wein trinken, ehe sie damit anfingen. Danach schimpfte ich sie Diebe, Feiglinge und Hurensöhne.

Das weckte den schwarzen König vollends. Er setzte sich hoch auf und starrte mich ungläubig an. »Amra!« brüllte er plötzlich. Da erkannte ich ihn wieder. Es war Sakumbe, ein Suba von der schwarzen Küste, ein alter Freund und Abenteurer, der den Teufel um seinen goldenen Augenzahn betrogen hätte. Gemeinsam hatten wir den Taianern bei ihrem Freiheitskampf gegen die Stygier geholfen. Er sprang auf, kam auf mich zu und erdrückte mich schier. Mit eigenen Händen nahm er mir die Fesseln ab. Dann rief er, ich sei Amra der Löwe, und er würde nicht dulden, daß mir etwas zustieße.

Natürlich gab es eine heftige Auseinandersetzung zwischen ihm und Zehbeh mit seinem Daura, die auf mein Blut aus waren. Da rief Sakumbe nach seinem

Zauberer Askia. Über und über mit Federn, Glöckchen und Schlangenhaut bedeckt, eilte der Bursche herbei. Er war ein Medizinmann der schwarzen Küste und ein Teufelssohn wie selten einer.

Askia hüpfte herum wie ein Verrückter und murmelte Beschwörungen. Dann erklärte er, daß Sakumbe der Auserwählte Ajujos des Finsteren sei, und sein Wort galt. Alle Schwarzen von Tombalku jubelten, und Zehbeh hatte verloren.

Die wahre Macht in Tombalku ist nämlich in den Händen der Schwarzen. Vor einigen Jahrhunderten kamen die Aphaki, eine shemitische Rasse, in die südliche Wüste und errichteten das Königreich von Tombalku. Sie vermischten sich mit den schwarzen Wüstenbewohnern. Das Ergebnis war eine braune Rasse mit glattem Haar, die jedoch mehr weiß als schwarz geblieben ist. Sie ist die herrschende Kaste in Tombalku – aber sie ist zahlenmäßig in der Minderheit, und so sitzt immer ein schwarzer König von unverfälschtem Blut auf dem Thron neben dem Aphaki-Herrscher.

Die Aphaki unterwarfen die Nomaden der südwestlichen Wüste und die Negerstämme der Steppen im Süden. Die meisten der Reiter sind Tibu, mit stygischen und negroiden Merkmalen. Dann gibt es noch die Bigharma, die Mindanga und die Borni.

Jedenfalls ist Sakumbe durch Askias Hilfe der wahre Herrscher von Tombalku. Die Aphaki verehren Jhil, aber die Schwarzen beten Ajujo den Finsteren und seine Sippschaft an. Askia kam mit Sakumbe nach Tombalku und ließ die Verehrung Ajujos wieder aufleben, die von den Aphaki-Priestern untergraben worden war. Er unterhält auch noch einen Privatkult und betet irgendwelche Abscheulichkeiten an. Askia wirkte Schwarze Magie und besiegte so die Zauberei der Aphaki – deswegen verehren ihn die Schwarzen als Propheten, den die schwarzen Götter ihnen gesandt haben. Die Beliebtheit Sakumbes und Askias wächst, dadurch haben es Zehbeh und Daura immer schwerer.

Als Sakumbes Freund – und da Askia für mich gesprochen hatte – nahmen mich die Schwarzen begeistert auf. Sakumbe ließ Kordofo, den General der Reiter, vergiften und gab mir seinen Posten. Das freute die Schwarzen und erzürnte die Aphaki.

Du wirst Tombalku mögen! Es wurde geradezu geschaffen, um von Männern wie uns geplündert zu werden. Es gibt hier ein halbes Dutzend einflußreicher Gruppen, die ständig gegeneinander intrigieren. Und nie mangelt es an Keilereien in den Tavernen und auf den Straßen, an Meuchelmorden, Verstümmelungen und Hinrichtungen. Dazu fehlt es keineswegs an schönen Frauen, Gold und Wein. Alles findet sich hier, was eines Söldners Herz begehrt. Ich stehe hoch in Rang und Ansehen. Bei Crom, Amalric, du hättest zu keiner günstigeren Zeit kommen können! He, was ist los? Ich vermisse deine frühere Begeisterung!«

»Entschuldige, Conan«, murmelte Amalric. »Nicht an Interesse fehlt es mir, nur kann ich kaum noch die Augen offenhalten.«

Tatsächlich aber dachte der junge Aquilonier keineswegs an Gold, Frauen und Intrigen, lediglich an das Mädchen, das so friedlich auf seinem Schoß schlummerte. Der Gedanke, sie in diesem Chaos von Verschwörungen und Blut zu wissen, wie Conan es beschrieben hatte, behagte ihm gar nicht. Ohne daß es ihm selbst so recht bewußt geworden war, hatte der Aquilonier sich innerlich verändert. Vorsichtig sagte er:

»Du hast unser beider Leben gerettet, dafür werde ich dir immer dankbar sein. Aber ich habe kein Recht auf deine Großzügigkeit, schließlich ließ ich dich in den Händen der Aphaki zurück, wenn ich dich auch für tot hielt.«

Conan warf den Kopf zurück und lachte dröhnend. Dann schlug er dem Jüngeren freundschaftlich auf die Schulter, daß es ihn fast zu Boden geworfen hätte. »Mach dir deshalb keine Gedanken. Aller Wahrscheinlichkeit nach hätte ich ja auch tot sein müssen. Und wärst du geblieben, um dich um mich zu kümmern, hätten sie dich zweifellos wie einen Frosch aufgespießt. Komm mit uns nach Tombalku und mach dich nützlich! Du hast doch einen Reitertrupp für Zapayo angeführt, oder nicht?«

»Ja, allerdings.«

»Na gut. Ich brauche einen Adjutanten, der mir die Jungs auf Trab bringt. Sie kämpfen wie die Teufel, aber ohne jegliche Disziplin und jeder für sich selbst. Gemeinsam könnten wir richtige Soldaten aus ihnen machen.« Er grinste. »Mehr Wein!« brüllte er.

3

Am dritten Tag nach ihrem unerwarteten Zusammentreffen näherten sich die Reiter Tombalku. Amalric ritt neben Conan an der Spitze der Kolonne und Lissa dicht hinter ihnen auf einer Stute. Die Männer folgten in Zweierreihen. Weite weiße Umhänge flatterten im Wind, die Glöckchen an den Zügeln klingelten, das Sattelleder knarrte, und die Sonne spiegelte sich rot auf den Lanzenspitzen. Die Reiter waren hauptsächlich Tibu, aber es gehörten auch kleinere Trupps von unbedeutenderen Wüstenstämmen zu ihnen.

Alle beherrschten neben ihrer Muttersprache einen vereinfachten shemitischen Dialekt, wie er von den Dunkelhäutigen von Kush bis Zembabwei und von Stygien bis zum halbmystischen Königreich der Atlaianer im tiefen Süden benutzt wurde. Vor vielen Jahrhunderten hatten shemitische Händler dieses riesige Gebiet durchzogen und neben ihren Waren auch ihre Sprache zu den Menschen dort gebracht. Amalric konnte genug Shemitisch, um sich mit den wilden Kriegern dieses kargen Landes zu verständigen.

Als die Sonne einem riesigen Blutstropfen gleich dem Horizont entgegensank, tauchten vor ihnen Lichter auf. Der Pfad folgte einem sanften Gefälle, ehe er wieder geradeaus führte. Auf der Ebene vor ihnen breitete sich eine große Stadt mit flachen Gebäuden aus. Alle diese Häuser waren aus erdfarbenem sonnengetrockneten Lehm erbaut, so daß Amalric anfangs vermeinte, eine Ansammlung von Erdklumpen und Felsen vor sich zu haben, nicht etwa eine Stadt.

Am Fuß der Böschung erhob sich eine massive Ziegelmauer, die den Blick auf die oberen Teile der Häuser freiließ. Lichter glühten auf einem offenen Platz in der Stadtmitte. Ein durch die Entfernung gedämpftes Brüllen war von dort zu hören.

»Tombalku!« erklärte Conan kurz. Er hob den Kopf und lauschte. »Crom, da geht was vor! Beeilen wir uns lieber!«

Er gab seinem Pferd die Sporen. Die Kolonne galoppierte hinter ihm das Gefälle hinunter.

Tombalku lag in der Ebene auf einer niedrigen keilförmigen Erhebung inmitten weitläufiger Palmen- und dorniger Akazienhaine. Unter ihr beschrieb ein träger Fluß eine Biegung. Das Blau des Abendhimmels spiegelte sich in seinem Wasser. Jenseits von ihm erstreckten sich weite Savannen.

»Was ist das für ein Fluß?« fragte Amalric.

»Der Jeluba«, antwortete Conan. »Er fließt nach Osten. Manche sagen, er durchquert Darfar und Keshan, um sich mit dem Styx zu vereinigen, andere behaupten, er ändere seinen Lauf südwärts und münde in den Zarkheba. Vielleicht folge ich ihm einmal, um es herauszufinden.«

Das massive Holztor stand weit offen. Ungehindert galoppierte die Kolonne in die Stadt. Weißgewandete gingen in den engen gewundenen Straßen ihren Beschäftigungen nach. Die Reiter riefen Bekannten Grußworte zu und rühmten lautstark ihre eigene Tapferkeit.

Conan drehte sich im Sattel und gab einem braunen Krieger hinter sich Anweisungen, worauf dieser die Kolonne zu den Unterkünften der Reiterei führte, während der Cimmerier mit Amalric und Lissa zum Hauptplatz trabte.

Tombalku erwachte aus seinem Nachmittagsschlaf. Immer mehr Weißgekleidete stapften durch den weichen Sand der Straßen. Amalric war beeindruckt von der unerwarteten Größe dieser Wüstenstadt und der widersprüchlichen Mischung aus Barbarei und Zivilisation, die überall gegenwärtig war. In geräumigen Tempelhöfen, von denen es viele gab und die nicht weit auseinanderlagen, warfen bemalte, in Federn gewandete Zauberer ihre heiligen Knochen und tanzten dazu; dunkelhäutige Priester leierten die Mythen ihrer Rasse; und nicht weniger dunkelhäutige Philosophen diskutierten über das Wesen von Menschen und Göttern.

Als sich die drei Reiter dem Zentrum näherten, trafen sie auf immer mehr Menschen, die in die gleiche Richtung strömten. Mit dröhnender Stimme mußte Conan sich Raum für die Pferde verschaffen.

Am Rand des Platzes stiegen die drei ab. Conan warf die Zügel wahllos einem der Umstehenden zu, ehe er sich einen Weg durch die Menschenmenge bahnte. Lissa klammerte sich an Amalrics Arm, als er ihm dichtauf folgte.

Auf dem Platz waren Regimenter schwarzer Speerträger aufmarschiert, die ein großes Quadrat in der Mitte des Platzes freihielten. Die Feuer an den Quadratecken beleuchteten die großen ovalen Schilde aus Elefantenhaut, die langen Klingen der Speere, die Straußenfedern und Löwenmähnen des Kopfputzes und die weißen Augäpfel und Zähne, die aus den glänzenden schwarzen Gesichtern hervorstachen.

In der Mitte des leeren Platzes war ein Pfahl aufgestellt, an den ein Mann gebunden war. Er war nackt, bis auf ein Lendentuch, untersetzt, muskulös, braunhäutig und hatte ausgeprägte Gesichtszüge. Wild zerrte er an seinen Fesseln. Vor ihm tanzte eine schmale, phantastisch anmutende Gestalt. Sie war schwarz, aber den Großteil der Haut bedeckten farbige Kreidemuster. Der kahle Schädel war als Totenkopf bemalt. Als Zeichen seiner Würde trug er Federputz und Affenfell, die wippten, als er vor einem kleinen Dreifuß herumhüpfte. Unter dem Dreibein glimmte ein Feuer, aus dem dünne Fahnen gefärbten Rauches aufstiegen.

Hinter dem Pfahl auf der anderen Seite des Platzes erhoben sich zwei Throne aus stuckverzierten bemalten Ziegeln mit Ornamenten aus farbigen Glasstücken. Die Armlehnen waren aus Elefantenstoßzähnen gefertigt. Diese Throne standen auf einem Podest, zu dem mehrere Stufen hinaufführten. Auf einem der Throne, zu Amalrics Rechter, räkelte sich eine riesenhafte fette schwarze Gestalt. Dieser Mann trug ein weißes Gewand und einen kunstvollen Kopfschmuck, der unter anderem aus einem Löwenschädel und Straußenfedern bestand.

Der andere Thron war leer, aber der König, der auf ihm sitzen sollte, stand neben dem des Schwarzen. Er war ein dünner falkengesichtiger brauner Mann, wie der andere weißgewandet, doch schmückte seinen Kopf ein juwelenbesetzter Turban. Der Hagere drohte dem Schwarzen mit der Faust und brüllte wütend, während ein Trupp Wächter unsicher den Streit ihrer Könige verfolgte. Als Amalric näherkam – er ging noch immer hinter dem Cimmerier her –, konnte er die Worte des Dünnen verstehen.

»Du lügst! Askia selbst beschwor diese Schlangenplage, wie du es nennst, damit er eine Entschuldigung hat, Daura zu ermorden. Wenn du dieses Possenspiel nicht unterbindest, wird es Krieg geben! Wir werden dich töten, schwarzer Barbar, dich in Stücke zerreißen! Tu, was ich dir sage! Halt Askia auf, oder bei Jhil dem Gnadenlosen ...«

Er griff nach seinem Säbel. Die Wächter um die Thronplattform hielten ihre Speere bereit. Der Schwarze lachte nur in das wütende Gesicht über sich.

Conan, der sich durch die Reihen der Speerträger gezwängt hatte, erklomm das Podest und stellte sich zwischen die beiden Könige.

»Du nimmst besser die Hände von deiner Klinge, Zehbeh!« warnte er. Dann wandte er sich an den anderen. »Was ist los, Sakumbe?«

Der schwarze König kicherte. »Daura dachte, er könnte mich loswerden, indem er Schlangen schickt. Häßliche Vipern in meinem Bett, eklige Nattern in meinen Gewändern, Mambas, die von der Decke fielen. Drei meiner Frauen starben an ihren Bissen, und einige Sklaven und Diener ebenfalls. Askia fand durch seine Beschwörung heraus, daß Daura der Schuldige ist, und meine Männer überraschten ihn bei einer Zauberformel, die weitere Schlangen herbeirufen sollte. Schau hinunter, General Conan! Askia hat soeben die Ziege geschlachtet. Seine Dämonen werden nun nicht mehr lange auf sich warten lassen.«

Amalrics Augen folgten Conans Blick auf den quadratisch abgesteckten Platz und den Pfahl mit dem gebundenen Opfer, vor dem die Ziege ihr Leben aushauchte. Askia näherte sich dem Höhepunkt seiner Beschwörung. Seine Stimme wurde schrill, als er hüpfte, in weiten Sätzen herumsprang und mit den Knochen rasselte. Der Rauch aus dem Dreifuß verdichtete, kräuselte sich und glühte gespenstisch aus sich heraus.

Inzwischen war die Nacht hereingebrochen. Die Sterne, die in der klaren Wüstenluft gefunkelt hatten, wurden matt und rot, und vor die Scheibe des aufgehenden Mondes schien sich ein hochroter Schleier zu schieben. Hoch in der Luft krächzte eine Stimme etwas in einer unirdischen Sprache, und ein Flattern wie von ledernen Schwingen war zu hören.

Askia stand aufrecht und still, die Arme hielt er ausgestreckt, den federgeschmückten Kopf hatte er zurückgeworfen. So leierte er eine lange Beschwörung, die Aneinanderreihung fremdartiger Namen. Amalric stellten sich die Nackenhärchen auf, denn unter den sonst für ihn bedeutungslosen Worten verstand er dreimal ganz deutlich den Namen *Ollamonga.*

Da übertönten Dauras Schreie Askias Beschwörung. Bei dem flackernden Licht und dem merkwürdigen Glühen, das von dem Dreibein ausging, vermochte Amalric nicht mit Sicherheit zu sagen, was vorging. Irgend etwas schien mit Daura zu geschehen, der sich wand und brüllte.

Zu Füßen des Pfahles, an den der braunhäutige Zauberer gebunden war, breitete sich eine Blutlache aus. Gräßliche Wunden bildeten sich überall an seinem Körper, aber nichts war zu sehen, was sie verursacht hatte. Seine Schreie wurden allmählich schwächer und erstarben schließlich, doch der Körper bewegte sich weiter, als reiße etwas Unsichtbares an ihm. Ein schwacher weißer Schimmer erschien zwischen der dunklen Masse, die Daura gewesen war, dann ein weiterer und immer mehr. Mit Grauen erkannte Amalric, daß dieses Weiß die freigelegten Knochen waren.

Der Mond glänzte wieder in sanftem Silber, die Sterne leuchteten erneut wie Juwelen, und die Feuer um den Platz flammten wie zuvor. Im heller werdenden Licht sah man ein Skelett, das an den Pfahl gebunden war, und eine Blutlache auf dem Boden ringsum. Mit weittragender klangvoller Stimme sagte König Sakumbe:

»Soviel zu diesem Halunken Daura. Und was Zehbeh betrifft … Wo, bei Ajujos Nase, steckt denn dieser Schurke?«

Zehbeh hatte sich davongeschlichen, als aller Augen dem Schauspiel zugewandt waren.

»Conan«, brummte Sakumbe. »Laß deine Regimenter antreten. Ich glaube nicht, daß mein königlicher Kollege die Nacht ungenutzt verstreichen lassen wird.«

Conan zog Amalric nach vorn. »König Sakumbe«, stellte er den Freund vor. »Dies ist Amalric, der Aquilonier. Wir kämpften Seite an Seite. Ich brauche ihn als Adjutanten. Amalric, du und dein Mädchen, ihr bleibt besser hier beim König, da ihr euch in der Stadt nicht auskennt und in dem bevorstehenden Kampf nur unnötig euer Leben aufs Spiel setzen würdet.«

»Ich freue mich, einen Freund des mächtigen Amra kennenzulernen«, sagte Sakumbe. »Conan, setz ihn auf die Soldliste, und laß die Krieger antreten. Bei Derketo! Der Halunke hat sich beeilt! Schau!«

Am anderen Ende des Platzes herrschte Aufruhr. Conan sprang mit einem Satz von der Plattform und brüllte den Offizieren der schwarzen Regimenter Befehle zu. Kuriere eilten davon. Von irgendwoher ertönten tiefklingende Trommeln, die von den hellbraunen Handflächen schwarzer Hände geschlagen wurden.

Am Rand des Platzes tauchte ein Trupp weißgekleideter Reiter auf. Sie stießen mit Lanzen und hieben mit Säbeln in die schwarze Menge um sich. Unter ihrem Ansturm gaben die Reihen der schwarzen Speerträger nach.

König Sakumbes Leibgardisten sammelten sich um die beiden Throne, von denen einer leer stand und der andere von dem schwergewichtigen Sakumbe besetzt war.

Lissa klammerte sich zitternd an Amalrics Arm. »Wer kämpft gegen wen?« fragte sie.

»Ich nehme an, daß Zehbehs Aphaki versuchen, den schwarzen König zu töten, um Zehbeh zum Alleinherrscher zu machen.«

»Werden sie bis zum Thron durchkommen?« Sie deutete auf die Masse kämpfender schwarzer Gestalten auf dem Platz.

Amalric zuckte die Schultern und blickte auf Sakumbe. Der Negerkönig lag mehr auf seinem Thron, als er saß, und erweckte den Eindruck, als ginge ihn das alles gar nichts an. Er setzte einen goldenen Becher an die Lippen und nahm einen tiefen Schluck Wein. Einen zweiten Becher reichte er Amalric.

»Du mußt durstig sein, Weißer, nach einem langen Ritt, ohne Gelegenheit, dich zu waschen und auszuruhen«, sagte er. »Hier, trink!«

Amalric teilte seinen Wein mit Lissa. Am anderen Ende des Platzes vermischte sich das Stampfen und Wiehern der Pferde mit Waffenklirren und den Schreien von Verwundeten zu einem betäubenden Lärm. Amalric mußte fast brüllen, um verstanden zu werden, als er sagte: »Eure Majestät müssen sehr tapfer sein, um so wenig Anteilnahme zu zeigen, oder sehr ...« Amalric verkniff sich den Rest des Satzes.

»Oder sehr dumm, meinst du?« Der König lachte schallend. »Nein, ich bin nur realistisch. Um einem durchtrainierten Mann zu entkommen, geschweige denn einem Reiter, dazu bin ich viel zu fett. Flüchtete ich, würden meine Leute ein Geschrei anfangen, weil sie glaubten, es sei alles verloren. Und sie würden fliehen und mich meinen Verfolgern überlassen. Bleibe ich jedoch, habe ich eine gute Chance, daß … Ah, da kommen sie ja!«

Mehr schwarze Krieger strömten auf den Platz und stürzten sich in die Schlacht. Jetzt begannen die berittenen Reihen der Aphaki zu wanken. Von Speeren durchbohrte Pferde bäumten sich auf und begruben ihre Reiter unter sich. Andere Berittene wurden von starken schwarzen Armen aus den Sätteln gezogen oder mit Spießen vom Pferd geholt. Nach kurzer Zeit schmetterte eine Trompete, und die überlebenden Aphaki rissen ihre Pferde herum und verließen im Galopp den Platz. Der Lärm ebbte ab.

Ruhe kehrte ein, nur das Stöhnen der Verwundeten war zu hören, die auf dem Pflaster des Platzes hingestreckt lagen. Schwarze Frauen rannten aus den Seitenstraßen, um nach ihren Männern zu suchen, die Verwundeten zu versorgen oder die Toten zu betrauern.

Seelenruhig blieb Sakumbe auf seinem Thron sitzen und trank, bis Conan mit der Klinge in der Hand, von einer Gruppe schwarzer federgeschmückter Offiziere gefolgt, über den Platz schritt.

»Zehbeh und die meisten seiner Aphaki sind entkommen«, meldete er. »Ich mußte die Köpfe einiger deiner Burschen einschlagen, damit sie nicht die Frauen und Kinder der Aphaki abschlachteten. Wir werden sie vielleicht als Geiseln brauchen.«

»Gut«, lobte Sakumbe. »Da, trink!«

»Keine schlechte Idee!« brummte der Cimmerier

und nahm einen tiefen Schluck. Dann blickte er auf den leeren Thron neben Sakumbe. Der schwarze König sah ihn an und grinste.

»Was ist?« fragte Conan. »Kriege ich ihn?«

Sakumbe kicherte. »Du weißt das Eisen zu schmieden, solange es heiß ist, Conan. Du hast dich nicht verändert.«

Dann sagte der König etwas in einer Sprache, die Amalric nicht verstand, und Conan antwortete kurz. Sie bedienten sich weiter dieser Sprache. Askia kam die Stufen herauf und nahm an der Unterhaltung teil. Er sprach sehr leidenschaftlich und warf Conan und Amalric argwöhnische Blicke zu.

Schließlich brachte Sakumbe den Zauberer mit einem Wort zum Schweigen und erhob seinen gewaltigen Leib vom Thron.

»Volk von Tombalku!« rief er.

Aller Augen wandten sich dem Thron zu. Sakumbe fuhr fort: »Der Verräter Zehbeh ist aus der Stadt geflohen. Nun steht einer der Throne leer. Ihr wißt, daß Conan ein gewaltiger Krieger ist. Wollt ihr ihn als zweiten König?«

Nach einem Moment der Stille wurden Beifallsrufe laut. Amalric bemerkte, daß die Rufenden Conans Tibureiter waren. Der Beifall schwoll zu einem Sturm an. Sakumbe stieß Conan auf den leeren Thron. Jubel brandete auf. Auf dem Platz, der inzwischen von den Toten und Verwundeten geräumt worden war, entfachte man neue Feuer. Erneut erschallte Trommelschlag, doch diesmal rief er nicht in den Kampf, sondern lud zu einer wilden Feier ein, die die ganze Nacht dauern sollte.

Viel später schleppte sich der durch schwere Getränke und Müdigkeit benebelte Amalric unter Conans Führung mit Lissa durch die Straßen Tombalkus zu dem bescheidenen Haus, das der Cimmerier für sie gefunden hatte. Ehe sie sich trennten, fragte Amalric Conan:

»Worüber hast du dich mit Sakumbe unterhalten, ehe er dich auf den Thron setzte, und was war das für eine Sprache?«

Conan lachte dröhnend. »Wir unterhielten uns im Dialekt der Küste, den die Menschen hier nicht verstehen. Sakumbe meinte, wir würden als Bruderkönige bestimmt gut miteinander auskommen, vorausgesetzt, ich vergesse meine Hautfarbe nicht.«

»Was wollte er damit sagen?«

»Daß es mir nichts nutzen würde, falls ich versuchte, ihn zu stürzen, denn die Schwarzen sind hier in der Überzahl und würden nie einen weißen Führer anerkennen.«

»Warum nicht?«

»Vermutlich weil sie zu oft von herumstreifenden Banden Weißer aus Shem und Stygien niedergemetzelt, ausgeplündert und versklavt wurden.«

»Und was war mit Askia, dem Zauberer? Sah so aus, als wollte er ihn von irgend etwas überzeugen.«

»Er warnte den König vor uns. Er behauptete, seine Geister hätten ihm berichtet, wir würden großes Leid und schließlich den Untergang Tombalkus herbeiführen. Sakumbe aber fuhr ihm über den Mund und sagte, er kenne mich besser und vertraue mir mehr als jedem Hexer.« Conan gähnte wie ein schläfriger Löwe. »Bring dein kleines Mädchen lieber ins Bett, ehe sie im Stehen einschläft.«

»Und was machst du?«

»Ich? Ich gehe zurück. Das Fest hat ja nicht einmal richtig angefangen.«

4

Einen Monat später zügelte der staubbedeckte Amalric sein Pferd, als seine Schwadronen in einem letzten großen Sturm vorbeidonnerten. Den ganzen Vormittag – und viele vergangene – hatte er sie gedrillt, um ihnen die Grundbegriffe zivilisierter Kavallerietechniken beizubringen. »Vorwärts marsch!« »Vorwärts Trab!« »Vorwärts Galopp!« »Sturm!« »Schwenkt!« »Zurück!« »Sammeln!« »Vorwärts marsch!« Und immer, immer wieder.

Obwohl ihre Manöver noch ungeschliffen waren, begannen die braunen Wüstenfalken langsam zu lernen. Zu Anfang gab es viel Murren und Widerstand gegen diese neuen Kampfmethoden. Aber Amalric hatte mit Conans Hilfe und einer Verknüpfung von einfacher, gerechter Behandlung mit harter Disziplin den Widerstand überwunden. Jetzt baute er eine beachtliche Kampftruppe auf.

»Blas: Kolonne bilden!« befahl er dem Trompeter an seiner Seite.

Bei ihrem Signal rissen die Reiter ihre Pferde herum, und mit viel Rempeln und Fluchen gliederten sie sich in eine Kolonne ein. Dann trabten sie zurück zu den Mauern von Tombalku, vorbei an Feldern, wo halbnackte schwarze Bauersfrauen von ihrer Arbeit aufblickten und sich auf ihre Harken lehnten, um ihnen nachzusehen.

In Tombalku wendete Amalric sein Pferd an den Stallungen der Kavallerie und ritt heim. Als er sich dem Haus näherte, sah er zu seiner Verwunderung, daß Askia der Zauberer auf der Straße vor der Tür stand und sich mit Lissa unterhielt. Lissas Dienerin, eine Suba, stand daneben und hörte zu.

»Was gibt es, Askia?« fragte Amalric nicht übermäßig freundlich. »Was machst du hier?«

»Ich wache über das Wohlergehen von Tombalku. Zu diesem Zweck muß ich Fragen stellen.«

»Ich mag es nicht, wenn fremde Männer in meiner Abwesenheit mit meiner Frau sprechen.«

Askia grinste boshaft. »Das Schicksal der Stadt ist wichtiger als deine persönliche Einstellung, weißer Mann. Gehab dich wohl, bis zum nächstenmal.«

Mit wippenden Federn schritt der Zauberer davon. Amalric folgte Lissa stirnrunzelnd ins Haus. »Was wollte er wissen?« erkundigte er sich.

»Oh, ihn interessierte mein Leben in Gazal und wie ich dich kennengelernt habe.«

»Was hast du ihm gesagt?«

»Ich erzählte ihm, was für ein Held du bist und wie du den Gott im Roten Turm getötet hast.«

Amalric runzelte die Stirn. »Ich wollte, das hättest du nicht erwähnt. Ich weiß nicht warum, aber ich glaube, er will uns Ärger machen. Am besten berichte ich Conan gleich davon ... Lissa! Warum weinst du?«

»Ich – ich bin so glücklich!«

»Worüber?«

»Du hast mich deine Frau genannt!« Sie schlang ihre Arme um seinen Hals und liebkoste ihn.

»Ja«, murmelte er. »Daran hätte ich auch schon früher denken können.«

»Geben wir heute abend ein Hochzeitsfest?«

»Gern. Ich muß nur zuerst zu Conan.«

»Oh, das kann doch warten! Du bist staubbedeckt und bestimmt müde. Stärk dich erst und ruh dich aus, ehe du dich mit diesem furchtbaren Mann triffst.«

Amalric hatte das Gefühl, daß es besser wäre, Conan gleich aufzusuchen. Er war sicher, daß der Zauberer etwas gegen ihn im Schilde führte, aber er konnte keine klare Anklage gegen ihn vorbringen. Schließlich ließ er sich von Lissa überreden. Mit essen, trinken, waschen, lieben und schlafen verging der

Nachmittag im Flug. Die Sonne stand schon tief, als er sich endlich auf den Weg zum Palast machte.

Er war wie alle anderen Bauten in Tombalku aus dunklen Lehmziegeln errichtet, sehr geräumig, und grenzte an den Hauptplatz. Sakumbes Leibgardisten kannten Amalric. Sie führten ihn sogleich ins Innere, wo die Wände mit dünnen gehämmerten Goldplatten überzogen waren, auf denen sich das Rot der untergehenden Sonne spiegelte. Er überquerte einen großen Innenhof, wo die Frauen des Königs lustwandelten und ihre Kinder sich fröhlich tummelten, und gelangte schließlich zu den Privatgemächern Sakumbes.

Die beiden Könige von Tombalku, der schwarze und der weiße, lagen bequem ausgestreckt auf Bergen von weichen Kissen, die kaum einen Blick auf den kostbaren Bakhariotteppich gestatteten, der den Mosaikboden zum größten Teil bedeckte. Vor jedem der beiden waren Münzen aus den verschiedensten Ländern angehäuft, und daneben stand je ein Kelch mit Wein. Ein Sklave hielt eine Kanne bereit, um jederzeit nachfüllen zu können.

Offensichtlich hatten sie schon mehr als eine Kanne an diesem Nachmittag geleert, denn der Blick ihrer blutunterlaufenen Augen wirkte trübe. Ein Würfelpaar lag auf einem kleinen Läufer vor ihnen.

Amalric verbeugte sich förmlich. »Meine Herren ...«

Conan blickte blinzelnd auf und rieb sich schwerfällig die Augen. Er trug einen juwelenbesetzten Turban wie Zehbeh früher. »Amalric! Wirf dich auf die Kissen und spiel mit. Noch weniger Glück als ich heute kannst du auch nicht haben.«

»Mein Herr!« protestierte der Aquilonier. »Das kann ich mir nicht leisten ...«

»Ah, zum Teufel! Hier ist dein Einsatz.« Conan packte eine Handvoll Münzen von seinem Haufen und schob sie über den Läufer. Als Amalric sich daneben niederließ, schien Conan plötzlich ein Gedanke gekommen zu sein. Er warf Sakumbe einen scharfen Blick zu.

»Was hältst du davon, königlicher Bruder«, sagte er. »Jeder von uns macht einen Wurf. Wenn ich gewinne, befiehlst du der Armee, gegen den König von Kush zu marschieren.«

»Und wenn ich gewinne?« wollte Sakumbe wissen.

»Dann marschieren wir eben nicht, wenn dir das lieber ist.«

Sakumbe schüttelte grinsend den Kopf. »Nein, königlicher Bruder, so leicht kriegst du mich nicht herum. Wir marschieren, sobald wir bereit sind, nicht eher!«

Conan hieb mit der Faust auf den Teppich. »Was zum Teufel ist denn los mit dir, Sakumbe? Du bist nicht mehr der alte! Früher warst du zu jedem Abenteuer bereit. Und jetzt hast du nur noch Essen, Wein und Weiber im Kopf. Was hat dich so verändert?«

Sakumbe rülpste. »Früher, mein königlicher Bruder, wollte ich Herrscher werden, der viele Männer befehligt und nie Mangel an Wein, gutem Essen und schönen Frauen hat. Und genau das habe ich jetzt alles. Warum sollte ich es durch unnötige Abenteuer aufs Spiel setzen?«

»Aber wir müssen unsere Grenzen bis zum Westlichen Ozean ausdehnen, um die Handelswege von der Küste her kontrollieren zu können. Du weißt so gut wie ich, daß sie den Reichtum Tombalkus sichern.«

»Und was dann, wenn wir den König von Kush besiegt und das Meer erreicht haben?«

»Nun, dann sollten wir unsere Armeen nach Osten schicken, um die Ghanaterstämme zu unterwerfen und ihren Raubzügen ein Ende zu setzen.«

»Danach wenden wir uns nach Norden und Süden und so weiter. Aber verrat mir, was machen wir, wenn wir schließlich jedes Land in einem Umkreis von tausend Meilen erobert haben und über Reichtümer verfügen, mit denen nicht einmal der König von Stygien sich messen kann?«

Conan gähnte und räkelte sich. »Dann? Das Leben genießen, denke ich. Uns mit Gold überschütten, den ganzen Tag jagen und uns den Bauch vollschlagen und die Nacht hindurch trinken und Frauen beglücken. Und zwischendurch könnten wir herrlich aufschneiden, wenn wir von unseren Abenteuern erzählen.«

Wieder lachte Sakumbe schallend. »Wenn das alles ist, was du willst, dann tu es doch jetzt. Wenn du mehr Gold, Essen, Wein oder Frauen haben möchtest, brauchst du es nur sagen, und ich sorge dafür, daß du es bekommst.«

Conan schüttelte den Kopf. Er brummte etwas Unverständliches und runzelte verwirrt die Stirn. Sakumbe wandte sich an Amalric. »Und du, junger Freund, bist du gekommen, um uns etwas zu berichten?«

»Mein Herr, ich kam, um König Conan in mein Haus einzuladen, damit er meine Ehe offiziell bestätigt und anschließend, so hoffe ich, zu einer kleinen Feier bleibt.«

»Kleine Feier?« brummte Sakumbe. »Nein, nein! Bei der Nase Ajujos! Wir werden ein Fest halten mit ganzen Ochsen am Spieß, Bächen von Wein, Trommeln und Tänzern. Was meinst du dazu, mein königlicher Bruder?«

Conan rülpste und grinste. »Ich bin ganz deiner Meinung, königlicher Bruder. Amalric soll eine Hochzeit haben, von der er sich mindestens drei Tage erholen muß!«

»Da ist noch etwas«, sagte Amalric, ein wenig entsetzt über die Aussicht auf eine weitere Feier nach dem Geschmack der beiden Barbaren, die er schlecht ablehnen konnte. Er berichtete, wie Askia Lissa ausgefragt hatte.

Beide Könige blickten nachdenklich drein, als er geendet hatte. Aber Sakumbe beruhigte ihn: »Du brauchst Askia nicht fürchten, Amalric. Zwar muß man auf alle Zauberer ein Auge haben, aber Askia ist mir ein treuer Diener. Ohne seine Magie wäre ich ...« Er unterbrach sich und blickte zum Eingang. »Was gibt es?« fragte er.

Der Leibgardist an der Tür meldete: »Meine Könige, ein Späher der Tibureiter möchte euch sprechen.«

»Schick ihn herein«, wies Conan ihn an.

Ein hagerer Schwarzer in zerrissenem Umhang trat ein und grüßte die Könige. Aus seiner Kleidung stieg eine Staubwolke auf, als er sich zu Boden warf.

»Meine Könige!« stieß er hervor. »Zehbeh und die Aphaki marschieren gegen uns. Ich sah sie gestern in der Oase von Kidessah. Ich ritt die ganze Nacht hindurch, um euch die Kunde zu bringen.«

Conan und Sakumbe sprangen beide plötzlich ernüchtert auf die Beine. »Königlicher Bruder«, sagte Conan, »das bedeutet, daß Zehbeh morgen hier sein kann. Laß die Trommeln zum Sammeln schlagen!« Während Sakumbe einen Offizier herbeirief und seine Befehle erteilte, wandte Conan sich an Amalric. »Glaubst du, du könntest die Aphaki auf ihrem Weg hierher überraschen und sie mit deinen Reitern besiegen?«

»Vielleicht«, erwiderte Amalric vorsichtig. »Sie werden in der Überzahl sein, aber einige der Schluchten im Norden eignen sich gut für einen Hinterhalt.«

5

Nicht viel später, als die Sonne hinter der graubraunen Ziegelmauer von Tombalku unterging, nahmen Conan und Sakumbe Platz auf ihren Thronen auf dem Hauptplatz. Unter Trommelgedröhn versammelten sich dort alle wehrfähigen Männer. Feuer wurden entzündet. Federgeschmückte Offiziere stießen ihre Krieger höchst eigenhändig in Reih und Glied und prüften mit den Daumen die Schärfe ihrer Speerspitzen.

Amalric schritt über den Platz, um den Königen zu berichten, daß seine Reiter um Mitternacht aufbruchbereit wären. In Gedanken beschäftigte er sich mit strategischen Problemen und Angriffsplänen. Er überlegte, ob er sich zurückziehen sollte, falls er die Aphaki im ersten Sturm nicht schlagen konnte, um sie dann später von hinten zu überfallen, wenn sie abgesessen waren, um die Mauern von Tombalku zu stürmen …

Er erklomm die Stufen zu den Thronen, auf denen die beiden Könige saßen, von schwarzen Offizieren umgeben, denen sie ihre Anweisungen gaben.

»Meine Könige …«, begann er.

Ein schriller Schrei unterbrach ihn. Askia war plötzlich auf der Thronplattform aufgetaucht und deutete auf Amalric, während er auf die Könige einschrie.

»Das ist er!« kreischte er. »Der Mann, der einen Gott tötete – einen *meiner* Götter!«

Die Schwarzen um den Thron starrten Amalric erstaunt an. Das Weiß ihrer Augen hob sich im Feuerschein scharf von ihrer dunklen Haut ab. Ihre Mienen verrieten Ehrfurcht und Angst zugleich. Es war offensichtlich unbegreiflich für sie, daß ein Mann einen Gott zu töten vermochte, und wenn doch, mußte er wohl selbst eine Art Gott sein.

»Welche Strafe wäre hart genug für solche Gotteslästerung?« schrillte Askia weiter. »Ich verlange, daß der Mörder Ollam-ongas und sein Weib mir zur Folterung überlassen werden. Bei den Göttern, sie sollen Qualen erleiden, wie kein Sterblicher je …«

»Schweig!« brüllte Conan. »Wenn Amalric dem Nachtgespenst von Gazal wirklich ein Ende gemacht hat, so ist das kein Verlust für die Welt. Verschwinde und stör uns nicht länger. Wir haben zu tun!«

»Aber Conan …«, begann Sakumbe.

»Diese weißhäutigen Teufel halten immer zusammen!« kreischte Askia. »Bist du überhaupt noch König, Sakumbe? Wenn ja, dann befiehl, sie zu ergreifen und in Fesseln zu legen. Und wenn du mit ihnen nichts anzufangen weißt …«

»Ja, nun …« murmelte Sakumbe.

»Hör zu!« rief Conan. »Wenn dieses Ungeheuer nicht länger in Gazal sein Unwesen treibt, können wir ja die Stadt einnehmen, die Menschen dort für uns arbeiten lassen und sie dazu bringen, uns ihre Wissenschaften zu lehren. Aber sieh zuvor zu, daß du diesen hopsenden Hexer los wirst, sonst muß ich meine Klinge an ihm ausprobieren!«

»Ich verlange …!« schrie Askia.

»Schmeiß ihn raus!« brüllte der Cimmerier, die Hand um den Schwertgriff gelegt. »Bei Crom, glaubst du etwa, ich liefere einen alten Kameraden wie Amalric den Grausamkeiten eines teufelsanbetenden Halsabschneiders aus?«

Sakumbe faßte sich endlich und setzte sich hoch auf. »Geh, Askia!« befahl er. »Amalric ist ein guter Krieger, und du wirst ihn nicht bekommen. Laß dir lieber einen Zauber einfallen, der uns Zehbeh besiegen hilft.«

»Aber ich …«

»Geh!« Der fette Arm deutete.

Askia schäumte vor Wut. »Gut, ich gehe!« kreischte

er. »Aber ihr werdet noch von mir hören, ihr beide!« Zähneknirschend entfernte sich der Hexer.

Amalric erläuterte, wie er seine Tibureiter einsetzen wollte, was eine geraume Zeit in Anspruch nahm, da er ständig durch das Kommen und Gehen von Kurieren und Offizieren unterbrochen wurde, die die Stärke ihrer Truppen meldeten. Conan hatte noch einige Vorschläge zu Amalrics Plänen, bis er schließlich sagte:

»Ich finde, so müßte es klappen, was meinst du, Sakumbe?«

»Ich verlasse mich ganz auf dich, königlicher Bruder. Geh jetzt, Amalric, und sammle deine Reiter ... *Ahhhh!*« Sakumbes Schrei war grauenvoll. Seine Augen drohten aus den Höhlen zu quellen. Er taumelte von seinem Thron und griff sich mit beiden Händen an die Kehle. »Ich brenne! Ich *brenne!* Rettet mich!«

Etwas Entsetzliches geschah mit Sakumbes Körper. Da war kein Feuer oder irgendeine andere wahrnehmbare Hitzequelle, dennoch konnte man ganz deutlich sehen, daß der Mann brannte, als wäre er an einen Pfahl inmitten brennender Reisigbündel gefesselt. Seine Haut warf Blasen, dann begann sie zu verkohlen und aufzubrechen.

»Übergießt ihn mit Wasser!« schrie Amalric. »Oder mit Wein – oder was immer ihr habt!«

Die Schreie des gemarterten Königs verstummten nicht. Jemand schüttete Flüssigkeit aus einem Eimer auf ihn. Es zischte und eine Dampfwolke stieg auf, aber die Schreie nahmen kein Ende.

»Crom und Ischtar!« fluchte Conan und blickte sich wild um. »Ich hätte diesen hüpfenden Teufel erschlagen sollen, als er noch hier war!«

Allmählich wurden die Schreie schwächer und verstummten schließlich. Die Überreste des schwarzen Königs lagen auf dem Boden der Plattform.

Einige der federgeschmückten Offiziere flüchteten, andere warfen sich zu Boden und riefen ihre zahlreichen Götter an.

Conan faßte mit knochenbrechendem Griff nach Amalrics Handgelenk. »Wir müssen weg, schnell!« zischte er leise. »Komm mit!«

Amalric zweifelte nicht daran, daß der Cimmerier die Gefahr, in der sie sich befanden, richtig einschätzte. Er folgte Conan die Plattform hinunter. Auf dem Platz herrschte allgemeine Verwirrung. Offiziere rannten ziellos umher, brüllten und gestikulierten. Da und dort war ein Handgemenge ausgebrochen.

»Stirb, Mörder Kordofos!« schrillte eine Stimme über den Lärm. Genau vor Conan holte ein großer brauner Mann mit dem Arm aus und schleuderte einen Speer auf ihn. Nur die blitzschnellen Reflexe des Barbaren retteten ihm das Leben. Das Geschoß zischte über ihn hinweg, verfehlte Amalric um Fingersbreite und bohrte sich in einen schwarzen Krieger.

Der Angreifer schickte sich an, einen weiteren Speer zu schleudern. Doch ehe es dazu kam, fuhr Conans Schwert aus der Scheide, zeichnete einen im Feuerschein roten Bogen und traf. Der Tombalker sank zu Boden.

»Lauf!« brüllte Conan.

Amalric rannte geduckt und im Zickzack durch die brodelnde Masse. Männer riefen und deuteten auf sie. Einige hetzten hinter ihnen her.

Mit schmerzenden Beinen und keuchender Lunge folgte Amalric Conan in eine Seitenstraße. Der Lärm der Verfolger schwoll an. Die Straße wurde enger und machte eine Biegung. Plötzlich verschwand der Cimmerier vor Amalric.

»Hier herein, schnell!« hörte der Aquilonier die Stimme des Freundes, der sich in einen schmalen Spalt zwischen zwei Lehmziegelhäuser gezwängt hatte.

Amalric kroch ebenfalls hinein und schnappte nach Luft, während die Verfolger auf der Straße vorbeiliefen.

»Das sind Kordofos Anhänger«, murmelte der Cimmerier in der Dunkelheit. »Die wetzen schon ihre Messer, seit Sakumbe Kordofo ins Jenseits befördern ließ.«

»Was machen wir jetzt?« fragte Amalric.

Conan blickte auf den schmalen sternenübersäten Streifen Nachthimmel über ihnen. »Wir werden auf die Dächer klettern«, schlug er vor.

»Wie?«

»Auf die gleiche Weise, wie ich als Junge in Cimmerien Felsspalten hochkletterte. Hier, halt das!«

Conan drückte Amalric einen Speer in die Hand. Er mußte von dem Mann stammen, der Conan zu töten versucht hatte. Die Spitze war gut drei Fuß lang, aus feinem Eisen, mit scharfen Sägezähnen. Der metallene Schaft wog das Gewicht der Klinge aus.

Conan räusperte sich, stemmte den Rücken gegen eine Wand, die Beine gegen eine zweite und arbeitete sich so nach oben. Kurz darauf war er noch als Silhouette gegen den Sternenhimmel zu erkennen, dann verschwand er ganz, aber Amalric hörte seine leisen Worte: »Reich den Speer hoch und klettere herauf!«

Amalric streckte den Speer nach oben und klomm ebenfalls empor. Die Dächer bestanden aus einem Balkengerüst, darüber waren Palmwedel gebreitet und diese mit getrocknetem Lehm verstärkt. Manchmal brach der Lehm ein, als sie darüber liefen, und die Palmwedel gaben ein wenig nach, wenn sie von den Balken abkamen.

Der Aquilonier folgte Conan von einem Dach zum anderen. Schließlich gelangten sie zu einem großen Gebäude am Rand des Platzes.

»Ich muß Lissa holen!« flüsterte Amalric besorgt.

»Eins nach dem anderen!« mahnte Conan. »Erst wollen wir sehen, was hier vor sich geht.«

Der Aufruhr auf dem Platz hatte sich nahezu gelegt, und die Offiziere stellten ihre Männer erneut in Reih und Glied auf.

Auf der Plattform zwischen den beiden Thronen stand Askia und hielt eine Rede.

Obwohl Amalric nicht jedes Wort verstehen konnte, bestand doch kein Zweifel, daß der Zauberer den Tombalkern erklärte, welch ein großartiger und weiser Führer er ihnen sein würde.

Ein Geräusch zu seiner Linken erregte des Aquiloniers Aufmerksamkeit. Zuerst hörte es sich wie ein Murmeln an, bis es zu einem gewaltigen Brüllen anschwoll. Ein Mann stürzte auf den Platz und rief Askia zu: »Die Aphaki stürmen die Ostmauer!«

Erneut brach Chaos aus. Die Kriegstrommeln donnerten, und Askia kreischte Befehle nach rechts und links. Ein Regiment Speerträger setzte sich in Richtung des Getöses in Marsch. Conan sagte:

»Wir sollten Tombalku so schnell wie möglich verlassen. Welche Seite auch gewinnt, uns geht es auf jeden Fall an den Kragen. Sakumbe hatte recht. Diese Menschen würden niemals einem Weißen folgen. Geh in dein Haus und mach dich mit deinem Mädchen bereit. Reibt eure Gesichter und Arme mit Ruß von der Feuerstelle ein. So fallt ihr in der Dunkelheit weniger auf. Nehmt alles Geld mit, das ihr habt. Ich verschaffe uns Pferde und treffe euch vor dem Haus. Wenn wir uns beeilen, können wir noch durch das Westtor entkommen, ehe sie es schließen oder Zehbeh es angreift. Doch zuvor muß ich noch etwas erledigen.«

Conan starrte über die geschlossenen Reihen der schwarzen Krieger auf Askia, der immer noch auf der Plattform gestikulierte und Reden hielt. Conan wog den Speer in der Hand. »Ein weiter Wurf«, murmelte er. »Aber ich glaube, ich kann es schaffen!«

Entschlossen überquerte der Cimmerier das Dach zur gegenüberliegenden Seite für einen ausreichenden Anlauf, dann rannte er zurück. Kurz bevor er das Ende des Daches erreichte, holte er aus und schleuderte den Speer mit einer Drehung seines mächtigen Oberkörpers. Das Geschoß verschwand aus Amalrics Sicht in der Dunkelheit. Drei Herzschläge lang fragte er sich, wohin es entschwunden war.

Plötzlich schrie Askia wie am Spieß. Ein langer Schaft ragte aus seiner Brust und peitschte mit den zuckenden Bewegungen des Zauberers hin und her. Als der Hexer auf der Plattform zusammenbrach, knurrte Conan: »Gehen wir!«

Amalric rannte und sprang von Dach zu Dach. Aus dem Osten erklang der Lärm einer Schlacht: eine Mischung aus Kriegsgeheul, Trommelgedröhn, Trompetenklängen, Schreien und Waffengeklirr.

Es war noch nicht Mitternacht, als Amalric, Lissa und Conan ihre Pferde auf einer sandigen Hügelkuppe zügelten, eine Meile westlich von Tombalku. Sie blickten zurück zur Stadt, die jetzt vom gespenstischen Leuchten einer gewaltigen Feuersbrunst erhellt wurde. Viele Feuer, die entzündet worden waren, als die Aphaki über die Ostmauer geschwärmt waren und mit den schwarzen Speerträgern in den Straßen kämpften, hatten sich unkontrolliert ausgebreitet. Die schwarzen Speerträger waren zwar in der Überzahl, doch sie hatten keine Führer. Diesen Nachteil vermochte selbst ihre barbarische Wildheit nicht wettzumachen. Die Aphaki drangen immer weiter in die Stadt vor, während die Feuer zu einem Inferno verschmolzen.

Auf der Hügelkuppe klang der schreckliche Lärm des Kampfes und Massakers wie ein Murmeln. Conan brummte:

»Soviel zu Tombalku! Wer immer auch gewinnen mag, wir müssen unser Glück anderswo suchen. Ich mache mich auf den Weg zur Küste von Kush, dort habe ich Freunde – und Feinde. Aber jedenfalls werde ich sicher ein Schiff nach Argos finden. Und was hast du vor?«

»Ich habe mir noch keine Gedanken darüber gemacht«, gestand Amalric.

»Du hast ein sehr hübsches Mädchen«, sagte Conan grinsend. Das Licht des aufgehenden Mondes schimmerte auf seinen starken weißen Zähnen, die sich von der rußgeschwärzten Haut abhoben. »Du kannst sie nicht durch die ganze Welt schleifen.«

Amalric kniff die Augen zusammen und zog Lissa an sich. Die freie Hand umklammerte den Schwertgriff. Conans Grinsen wurde breiter. »Keine Angst«, brummte er. »So nötig hatte ich eine Frau noch nie, daß ich mir die Liebste eines meiner Freunde stehlen müßte. Wenn ihr beide mit mir kommt, könnt ihr euch nach Aquilonien durchschlagen.«

»Dorthin kann ich nicht zurückkehren«, murmelte Amalric.

»Warum nicht?«

»Mein Vater wurde in einer Fehde mit Graf Terentius, einem Günstling König Vilerius', getötet. Also mußte seine Familie, ja selbst entferntere Verwandte fliehen, wollten sie nicht Terentius ausgeliefert werden.«

»Oh, weißt du es denn noch gar nicht?« fragte Conan. »König Vilerius starb vor sechs Monaten. Sein Neffe Numedides ist jetzt Herrscher. Alle Königsgetreuen wurden aus dem Land verwiesen, und alle von Vilerius Verbannten durften wieder heimkehren. Das erfuhr ich von einem shemitischen Händler. An deiner Stelle würde ich nach Hause eilen. Der neue König hat gewiß einen guten Posten für dich. Nimm deine kleine

Lissa und mach eine Gräfin aus ihr oder so was ähnliches. Was mich betrifft, mich zieht es nach Kush und ans blaue Meer.«

Amalric blickte noch einmal zurück auf das Flammenmeer, das Tombalku gewesen war. »Conan«, fragte er, »warum hat Askia Sakumbe getötet, statt uns, obwohl er uns doch bestimmt viel mehr haßte?«

Conan zuckte die breiten Schultern. »Vielleicht hatte er abgeschnittene Fingernägel oder Haare oder sonst etwas Persönliches von Sakumbe, aber nicht von uns. Er mußte mit den Zaubermitteln arbeiten, die ihm zur Verfügung standen. Ich konnte die Gedankengänge von Zauberern noch nie verstehen.«

»Und warum hast du dir die Zeit genommen, Askia zu töten?«

Conan blickte ihn überrascht an. »Soll das ein Witz sein, Amalric? Meinst du, ich ließe einen Kameraden ungerächt? Sakumbe, verdammt sei seine schwarze Haut, war mein Freund. Auch wenn er in seinen alten Tagen zur Fettheit und Trägheit neigte, war er doch ein besserer Mann als die meisten Weißen, die ich kannte.«

Der Cimmerier seufzte laut und schüttelte den Kopf wie ein Löwe seine Mähne. »Nun, er ist tot und wir leben, und wenn wir noch weiter am Leben bleiben wollen, machen wir uns lieber auf den Weg, ehe Zehbeh eine Streife ausschickt, um uns zu jagen. Brechen wir auf!«

Die drei Pferde mühten sich den sandigen Hang auf der Westseite des Hügels hinunter und trabten dann westwärts.

Der Teich der Riesen

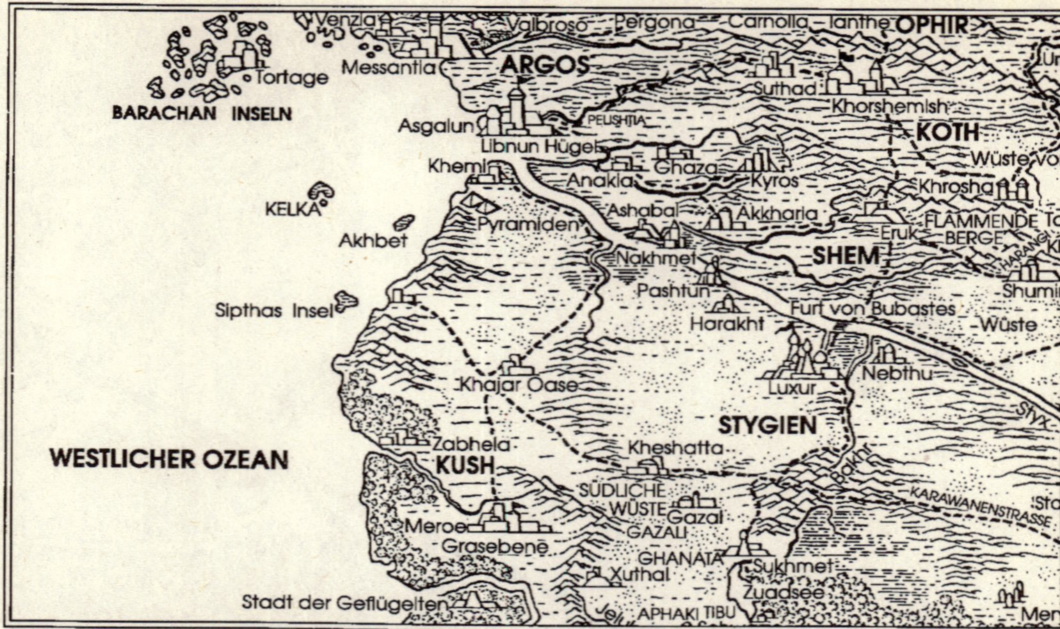
Venzia
Valbroso
Pergona
Carnolla
Ianthe
OPHIR
Messantia
ARGOS
Tortage
BARACHAN INSELN
Suthad
Khorshemish
Asgalun
PELISHTIA
KOTH
Libnun Hügel
Khemi
Ghaza
Kyros
Anakia
Khrosha
KELKA
Ashabal
Akkharia
FLAMMENDE
BERGE
Eruk
Pyramiden
Akhbet
SHEM
Nakhmet
HARANGI
Pashtun
Shumi
Sipthas Insel
Furt von Bubastes
Harakht
Wüste
Nebthu
Luxur
Khajar Oase
Styx
STYGIEN
WESTLICHER OZEAN
Zabhela
Kheshatta
KUSH
Bakhr
KARAWANENSTRASSE
SÜDLICHE
WÜSTE
Gazal
Meroe
GAZALI
Grasebene
GHANATA
Sukhmet
Xuthal
Zuadsee
Stadt der Geflügelten
APHAKI TIBU

Der Teich der Riesen

Robert E. Howard

Conan zieht quer durch die südlichen Weidelande der schwarzen Königreiche. Hier kennt man ihn von früher, und Amra der Löwe hat keine Schwierigkeiten, die Küste zu erreichen, die er zu jener Zeit mit Bêlit unsicher machte – Bêlit, die nun nur noch Legende ist an der schwarzen Küste. Das Schiff, das endlich an der Landspitze in Sicht kommt, wo Conan klingenwetzend wartet, gehört den Piraten der Barachan-Inseln nahe der Küste von Zingara. Auch sie haben von Conan gehört und heißen den geschickten Schwertkämpfer mit der großen Erfahrung willkommen. Er ist Mitte dreißig, als er sich den Barachanpiraten anschließt, bei denen er eine beachtliche Zeit bleibt. Conan, der an die straff organisierten Armeen der hyborischen Könige gewöhnt ist, erscheint jedoch das Gefüge der barachanischen Horden zu lose, als daß es eine Möglichkeit gäbe, Führer über alle zu werden und dadurch in die Vorteile zu kommen, die eine solche Führerschaft mit sich brächte. Nachdem er sich bei einem Piratentreffen auf Tortage aus einer sehr bedenklichen Klemme gezogen hat, wird ihm klar, daß die einzige Möglichkeit, sein Leben zu retten, der Versuch ist, durch den Westlichen Ozean zu schwimmen. Er tut es mit absolutem Selbstvertrauen.

Westwärts, in die unbekannten Weiten
segelten Schiffe seit Anfang der Zeiten.
O lest, wer es wagt, was Skelos schrieb
mit verwesender Hand, die tot nicht blieb;
und folgt den Schiffen durch Gischt und Wind,
den Schiffen, die für immer verloren sind.

1

Sancha, die von Kordava stammte, gähnte anmutig, räkelte genußvoll die geschmeidigen Glieder und machte es sich auf der hermelinbesetzten Seidendecke auf dem Achterdeck der Karracke noch bequemer. Schläfrig bemerkte sie, daß die Männer in der Kuhl und auf dem Vorderdeck sie mit brennendem Interesse beobachteten, und sie war sich auch bewußt, daß ihre kurze Seidentunika nur wenig von ihren üppigen Formen verbarg. Sie lächelte zufrieden und machte sich daran, noch ein wenig zu schlafen, ehe die Sonne, deren goldene Scheibe sich gerade über das Meer hob, allzusehr blenden würde.

Aber in diesem Moment drang ein Geräusch an ihr Ohr, das nichts mit dem Knarren des Holzes, dem Trommeln des Takelwerks und dem Platschen der Wellen gegen die Schiffshülle gemein hatte. Sie setzte sich auf und starrte zur Reling, über die zu ihrer größten Verwunderung eine wassertriefende Gestalt kletterte. Ihre dunklen Augen öffneten sich weit, ihre Lippen formten überrascht ein O. Den Mann, der auf diese ungewöhnliche Weise an Bord kam, hatte sie noch nie gesehen. Wasser floß in Bächen von seinen breiten Schultern und die muskelschweren Arme hinunter. Sein einziges Kleidungsstück – eine grellrote Seidenpluderhose – war genauso durchgeweicht wie der breite Gürtel mit der Goldschließe, der sie hielt, und die Scheide daran, in der ein Schwert steckte. Er sah aus wie eine große Bronzestatue, wie er sich so von der aufgehenden goldenen Sonne abhob. Er fuhr sich mit den Fingern durch die triefnasse schwarze Mähne, und seine Augen leuchteten beim Anblick des Mädchens auf.

»Wer seid Ihr?« fragte sie. »Woher kommt Ihr?«

Er deutete mit weitausholender Geste auf das

Meer, ohne die Augen von ihrer anmutigen Figur zu nehmen.

»Seid Ihr ein Wassermann, daß Ihr aus dem Meer auftaucht?« fragte sie, verwirrt durch seinen unverhohlenen Blick, obgleich sie Bewunderung gewohnt war.

Ehe er etwas erwidern konnte, kamen schnelle Schritte über die Planken, und der Herr der Karracke funkelte den Fremden an, während seine Finger um den Säbelgriff zuckten.

»Wer zum Teufel seid Ihr?« erkundigte er sich unfreundlich.

»Ich bin Conan«, antwortete der andere ungerührt. Sancha horchte auf. Nie hatte sie Zingaranisch mit einem solch merkwürdigen Akzent sprechen hören.

»Und wie seid Ihr an Bord meines Schiffes gelangt?« Die Stimme knirschte schier vor Mißtrauen.

»Ich bin ihm entgegengeschwommen, als ich es erspähte, und die Hülle hochgeklettert.«

»Geschwommen!« rief der Schiffsherr ergrimmt. »Wagt Ihr es, Euch einen Spaß mit mir zu erlauben? Wir sind weit außer Sichtweite jeglichen Landes! Von woher kommt Ihr?«

Conan deutete mit einem sonnengebräunten Arm ostwärts, wo der Horizont blendend in der Sonne glitzerte.

»Ich komme von den Inseln.«

»Oh!« Der andere musterte ihn mit wachsendem Interesse. Er zog die schwarzen Brauen über den finsterblickenden Augen zusammen, und die dünnen Lippen verzogen sich.

»Du bist also einer der Barachanhunde«, sagte er, nun alle Höflichkeit außer acht lassend.

Conan lächelte nur.

»Und weißt du, wer ich bin?« fragte der Schiffsherr scharf.

»Da diese Karracke die *Tagedieb* ist, seid Ihr vermutlich Zaporavo.«

»Allerdings!« Es schmeichelte der Eitelkeit des Kapitäns, daß dieser Mann ihn kannte. Er war hochgewachsen, so groß wie Conan, aber schmaler. Das Gesicht unter dem stählernen Helm war dunkelhäutig, finster und raubvogelgleich, weshalb er auch Geier genannt wurde. Die prunkvolle Rüstung und Kleidung waren die des zingaranischen Edlen. Nie waren seine Finger dem Säbelgriff fern.

Auch jetzt noch ruhte sein Blick unfreundlich auf Conan. Die zingaranischen Rebellen und die Gesetzlosen der Barachan-Inseln, die südlich von der zingaranischen Küste lagen, hielten nicht viel voneinander. Die Männer von Barachan waren hauptsächlich Seeleute von Argos und ein kleinerer Teil aus verschiedenen anderen Ländern. Sie überfielen Schiffe und plünderten zingaranische Küstenstädte, genau wie die zingaranischen Bukanier, die sich für etwas Besseres hielten und ihrem räuberischen Handwerk einen vornehmeren Anstrich verliehen, indem sie sich Freibeuter nannten, während sie die Barachanier Piraten schimpften.

Einige dieser Gedanken gingen Zaporavo durch den Kopf, während seine Finger mit dem Säbelgriff spielten und er seinen ungebetenen Gast finster im Auge behielt. Conan ließ nicht durchblicken, was er dachte. Er stand völlig ruhig und gleichmütig mit verschränkten Armen, wie auf dem Deck seines eigenen Schiffes. Seine Lippen lächelten, und seine Augen verrieten keinerlei Besorgnis.

»Was hast du hier zu suchen?« fragte der Freibeuter schroff.

»Ich hielt es für erforderlich, das Treffen auf Tortage gestern abend noch vor Mondaufgang zu verlassen«, antwortete Conan. »Ich verließ die Insel in einem lecken Boot, ruderte und schöpfte die ganze Nacht. Gegen Morgengrauen erspähte ich euer Segel. Ich ließ das Boot untergehen, weil ich die Entfernung schwimmend schneller zurücklegen konnte.«

»Es gibt Haie in diesen Gewässern«, knurrte Zaporavo und ärgerte sich ein wenig über das gleichgültige Schulterzucken des anderen. Ein kurzer Blick auf die Kuhl zeigte ihm die Gesichter, die tatendurstig heraufstarrten. Ein Wort würde reichen, um die Männer mit blitzenden Säbeln aufs Quarterdeck stürmen zu lassen. Ihre Zahl würde mehr als genügen, den Burschen hier zu überwältigen, auch wenn er – so wie er aussah – ein ausgezeichneter Kämpfer war.

»Warum sollte ich mich mit einem fremden Vagabunden belasten, den die See mir an Bord spült?« brummte Zaporavo, in Haltung und Miene noch beleidigender, als es seine Worte waren.

»Auf einem Schiff ist immer Bedarf für einen zusätzlichen guten Seemann«, antwortete Conan ohne Groll.

Zaporavo runzelte die Stirn, denn das konnte er nicht bestreiten. Er zögerte – und verlor so sein Schiff, seine Befehlsgewalt, sein Mädchen und sein Leben. Aber natürlich vermochte er nicht in die Zukunft zu sehen, und für ihn war Conan nicht mehr als ein gewöhnlicher Herumtreiber, den die See ihm an Bord gespült hatte, so zumindest waren seine Worte gewesen. Er mochte den Mann nicht, aber er war weder herausfordernd noch unverschämt gewesen, nur vielleicht ein wenig selbstsicherer, als es Zaporavo gefiel.

»Du wirst für Unterkunft und Verpflegung arbeiten«, knurrte der Geier. »Und verschwinde vom Quarterdeck. Denk immer daran, das einzige Gesetz hier ist mein Wort!«

Conans Lächeln schien noch breiter zu werden.

Ohne Zögern, aber auch ohne Hast drehte er sich um und stieg in die Kuhl hinunter. Er blickte auch Sancha nicht mehr an, die ihn die ganze Zeit eifrig beobachtet hatte.

Als er das Mitteldeck erreicht hatte, drängte sich die Mannschaft um ihn – ohne Ausnahme Zingarier, halbnackt, die übertrieben vornehme Seidenkleidung mit Teer bespritzt, mit edelsteinbesetzten Ohrringen und Dolchgriffen. Sie konnten es kaum erwarten, ihn auf die bei Piraten übliche Weise herauszufordern. So stellte man fest, welche Art von Mann der Neue war, und seine zukünftige Stellung in der Mannschaft würde entschieden werden. Zaporavo hatte den Fremden offenbar schon vergessen, aber Sancha schaute angespannt vor Interesse vom Achterdeck hinunter. Sie war vertraut mit solchen Schauspielen und wußte, daß es zu einem umbarmherzigen und vermutlich blutigen Kampf kommen würde.

Aber noch viel vertrauter als sie war Conan mit diesen Aufnahmeproben. Er lächelte leicht, als er aufs Mitteldeck kam und die Männer sich bedrohlich um ihn drängten. Er blieb stehen und musterte jeden einzelnen mit steinerner Miene und unerschütterlicher Haltung. Es gab einen gewissen Ehrenkodex, selbst bei Männern wie diesen. Hätte er den Kapitän angegriffen, hätte sich die ganze Besatzung auf ihn gestürzt, aber jetzt hatte er eine faire Chance gegen den, der ausgewählt worden war, ihn zu reizen.

Der Bursche löste sich aus den Reihen der anderen – es war ein drahtiger Kerl, der sich eine rote Schärpe wie einen Turban um den Kopf gewickelt hatte. Sein narbiges Gesicht mit dem vorgeschobenen schmalen Kinn wirkte unvorstellbar boshaft. Seine Blicke und seine Haltung waren eine einzige Beleidigung. Seine Art der Herausforderung war so primitiv und einfallslos wie er selbst.

»Ein Barachanier, eh?« höhnte er. »Von den Inseln, wo die Hunde sich einbilden, Männer zu sein. Wir von der Bruderschaft spucken auf sie – so!«

Er spuckte Conan ins Gesicht und griff nach seinem Säbel.

Die Bewegungen des Barachaniers waren zu schnell für das Auge. Seine schmiedehammergleiche Faust schmetterte gegen das Kinn des Zingariers und schleuderte ihn zur Reling wo er als Häuflein Elend zusammensackte.

Conans Blick wanderte über die anderen Männer. Seine Miene war unbewegt geblieben, nur seine Augen glitzerten kaum merklich. Er hatte seine Bewährungsprobe bestanden – die Zingarier hatten genug. Sie hoben ihren Kameraden auf und betrachteten ihn bestürzt. Sein Kinn hing schlaff herab, und sein Kopf baumelte unnatürlich.

»Bei Mitra!« fluchte ein Schwarzbärtiger. »Sein Hals ist gebrochen!«

»Ihr Freibeuter habt eben viel zu schwache Knochen!« sagte der Pirat lachend. »Wir von den Barachaninseln achten überhaupt nicht auf so sanfte Kinnhaken. Möchte einer von euch noch gern mit mir fechten? Nein? Also, dann sind wir wohl Freunde, eh?«

Einstimmig versicherte man ihm, daß dem so war. Kräftige Arme hoben den Toten über die Reling, und kurz darauf schnitt gut ein Dutzend Rückenflossen durch die Wasseroberfläche. Conan lachte und streckte sich wie eine Raubkatze, und sein Blick suchte das Quarterdeck. Sancha hatte sich über die Brüstung zur Kuhl gelehnt. Ihre Lippen waren leicht geöffnet, und ihre dunklen Augen glitzerten interessiert. Die Sonne hinter ihr leuchtete durch die dünne Seide ihrer Tunika und hob ihre geschmeidige Figur hervor. Da fiel der Schatten des finster dreinblickenden Zaporavos über sie. Der Schiffsherr legte besitzergreifend eine Hand auf ihre Schulter. Er warf einen drohenden Blick auf Conan, der zurückgrinste wie über einen Witz, den nur er verstand.

Zaporavo beging den Fehler, den so viele selbsternannte Anführer machen. Von der Höhe seines Heckkastells aus unterschätzte er den Mann unter ihm in der Kuhl. Er hatte seine Chance, Conan zu töten, nicht genutzt, weil er viel zu sehr mit seiner eigenen Größe und Herrlichkeit beschäftigt war. Allein sich vorzustellen, daß einer der Hunde unter seinen Füßen eine Gefahr für ihn darstellen könnte, fiel ihm schwer. So lange schon war er der große Mann, und so viele Feinde hatte er mühelos vernichtet, daß er unterbewußt überzeugt war, vor allen Ränken unbedeutender Rivalen sicher und überhaupt gegen alles gefeit zu sein.

Conan forderte ihn auch in keinster Weise heraus. Er fügte sich in die Mannschaft ein und tat es ihr in allem gleich. Er stellte sich als erfahrener Seemann heraus und erwies sich als der stärkste Mann, der den Zingariern je begegnet war. Er arbeitete für drei und war immer als erster für jede schwierige oder gefährliche Aufgabe zu haben. Seine Kameraden begannen sich auf ihn zu verlassen. Er legte sich nicht mit ihnen an, und sie achteten darauf, ihm keinen Grund für eine Auseinandersetzung zu geben. Er würfelte mit ihnen und setzte seinen Gürtel und die Schwerthülle ein, und wenn er ihre Waffen und ihr Gold gewann, gab er es ihnen lachend zurück. Instinktiv sah die Mannschaft in ihm den Führer des Vorderkastells. Er sprach nicht darüber, weshalb er von den Barachan-Inseln geflohen war. Aber allein die Gewißheit, daß er einer Tat – einer blutigen ganz sicherlich – fähig war, die ihm die Verbannung von der wilden Horde eingebracht hatte, erhöhte den Respekt der Freibeuter. Zaporavo und den Schiffsoffizieren gegenüber verhielt er sich immer mit unerschütterlicher Höflichkeit und wurde nie ausfallend und kriecherisch.

Selbst dem geistig schwerfälligsten der Freibeuter fiel der krasse Unterschied zwischen ihrem barschen, schweigsamen und düsteren Kapitän und dem Piraten auf, der immer zu einem fröhlichen Lachen bereit war, zotige Lieder in einem Dutzend Sprachen hinausschmetterte, der saufen konnte wie ein Loch und sich – scheinbar – keine Gedanken über das Morgen machte.

Hätte Zaporavo gewußt, daß man ihn – wenn auch nur unterbewußt – mit einem einfachen Mannschaftsmitglied verglich, wäre er sprachlos vor Überraschung und Grimm gewesen. Aber er war total in seine Grübeleien vertieft, die mit den Jahren immer schwärzer und düsterer geworden waren, in seine grandiosen Träume und beschäftigt mit dem Mädchen, dessen Besitz ihm ein bitteres Vergnügen war – bitter wie alle Freuden.

Und ihr Blick galt immer häufiger dem schwarzhaarigen Riesen, der während der Arbeit und in der Freiwache stets aus seinen Kameraden herausragte. Er sprach sie nie an, aber sein Blick, mit dem er sie ansah und den er nie verheimlichte, verriet viel. Und sie wußte nur zu gut, was er verriet. Sie fragte sich, ob sie das gefährliche Spiel wagen sollte, ihn zu ermutigen.

Es war noch nicht allzuviel Zeit vergangen, seit sie sich fern der Paläste Kordavas befand, aber ihr schien es, als trennte sie eine Welt von ihrem früheren Leben, ehe Zaporavo sie, die sich die Seele aus dem Leib schrie, aus der flammenden Karavelle schleppte, die seine Seewölfe geplündert hatten. Sie, die verzogene und verzärtelte Tochter des Fürsten von Kordava, erfuhr am eigenen Leib, wie es ist, das Spielzeug eines Seeräubers zu sein. Und da sie anpassungsfähig genug war, blieb sie am Leben, unter Umständen, die der Tod anderer Frauen gewesen wären. Und weil sie jung und lebensfroh war, fand sie allmählich Freude an diesem Dasein.

Es war ein unsicheres Leben, traumgleich, aus dem sich die blutigen Kämpfe, die Plünderungen, die Gemetzel scharf hervorhoben. Zaporavos rote Visionen machten es noch unsicherer, als das des normalen Freibeuters war. Niemand wußte je, was er als nächstes plante. Jetzt hatten sie alle Küsten hinter sich gelassen und stießen immer tiefer in die unbekannte wogende Öde vor, die üblicherweise von Seefahrern gemieden wurde. Seit Anbeginn der Zeit waren Schiffe, die sich so weit vorgewagt hatten, für immer aus dem Blick der Lebenden verschwunden. Alle bekannten Lande lagen hinter ihnen, und Tag um Tag bot sich ihren Augen nur endloses blaues Meer. Hier konnte es keine Beute geben, keine Städte zum Brandschatzen, keine Schiffe zum Entern. Die Männer brummten, allerdings so, daß ihr unerbittlicher Kapitän es nicht hörte, der Tag und Nacht in düsterer Erhabenheit auf dem Quarterdeck auf und ab stiefelte oder sich hinter verschlossenen Türen über uralte Karten und vergilbte Skizzen beugte und in dicken Werken aus wurmzerfressenem Pergament las. Manchmal sprach er zu Sancha, mit wilden Augen, wie ihr schien, über verlorene Kontinente und legendäre Inseln, die ungeahnt in den blauen Wogen zwischen namenlosen Schluchten schlummerten, wo gehörnte Drachen Schätze bewachten, die vormenschliche Könige vor unvorstellbarer Zeit zusammengetragen hatten.

Sancha lauschte verständnislos, die Arme um die Knie geschlungen, und ihre Gedanken wanderten ständig von den Worten ihres grimmigen Gefährten zu dem gutgewachsenen Bronzeriesen, dessen Lachen so stürmisch und urgewaltig wie der Seewind war.

Nach vielen ermüdenden Wochen sahen sie im Westen Land voraus. Gegen Morgengrauen warfen sie Anker in einer seichten Bucht. Ein Strand lag vor ihnen wie ein weißes Band vor sanften grasbewachsenen Hängen und grünen Bäumen. Der Wind trug den Duft frischen Grüns und würziger Kräuter herbei. Sancha klatschte erfreut über die Aussicht in die Hände, wieder einmal festes Land unter den Füßen zu haben. Aber ihre Begeisterung hielt nicht lange an, denn Zaporavo befahl ihr, an Bord zu bleiben, bis er nach ihr schickte. Sie schmollte. Nie erklärte er die Gründe für seine Anweisungen, und sie konnte sie auch nicht erraten, obwohl sie manchmal vermutete, es sei seine Bosheit, die ihn veranlaßte, ihr hin und wieder grundlos wehzutun.

Also lag sie schmollend auf dem Heckkastell und schaute den Männern nach, die durch das stille Wasser ruderten, das wie flüssiger Jade in der frühen Morgensonne glitzerte. Sie sah, daß sie sich auf dem Strand sammelten und sich mit den Klingen in der Hand mißtrauisch umsahen. Ein paar machten sich daran, zwischen den Bäumen den Strand entlang umherzustreifen. Conan war unter ihnen – er war unverkennbar mit seinem riesenhaften Wuchs und den federnden Schritten. Man erzählte sich, daß er überhaupt kein zivilisierter Mann war, sondern ein Cimmerier von einem dieser barbarischen Stämme, die in den grauen Bergen des fernen Nordens zu Hause waren und die mit ihren Plünderzügen und Überfällen ihren südlichen Nachbarn Angst und Schrecken einjagten. Ob das alles stimmte, wußte sie zwar nicht, wohl aber, daß ihn etwas – eine ungeheure Lebenskraft, die unbeschreibliche Ausstrahlung des Barbaren – von seinen wilden Kameraden abhob.

Die Männer zwischen den Bäumen riefen den am Strand Zurückgebliebenen etwas zu. Und nun verteilten sich alle, offenbar um Früchte einzusammeln. Sie sah, wie sie einige der Bäume hochkletterten und irgendeine Obstart ernteten, und das Wasser lief ihr im Mund zusammen. Sie erhob sich, stampfte mit den zierlichen Füßen und stieß Verwünschungen aus, die sie von den Freibeutern gelernt hatte.

Die Männer stopften sich die Bäuche mit den Früchten voll. Eine goldhäutige Frucht schien ihnen besonders gut zu munden. Zaporavo hatte sich weder an der Obstsuche beteiligt, noch aß er jetzt. Da seine Kundschafter nichts entdeckt hatten, das auf die Anwesenheit von Mensch oder Tier in der näheren Umgebung schließen ließ, starrte er auf das sanfte Hügelland. Dann sagte er irgend etwas, rückte seinen Schwertgürtel zurecht und trat durch die Bäume. Sein Erster Offizier rannte zu ihm und redete auf ihn ein. Offenbar wollte er ihn davon abhalten, sich ohne Begleitung landeinwärts zu wagen. Für seine wohlgemeinten Worte erntete er einen heftigen Schlag auf die Lippen.

Zaporavo hatte seine Gründe, allein zu gehen. Er wollte erkunden, ob diese Insel tatsächlich jene war, die in dem mysteriösen *Buch von Skelos* erwähnt wurde. Ungenannte Weise sollten danach überzeugt gewesen sein, daß es hier Grabkammern voll von hyroglyphenbeschriftetem Gold gab, die von fremdartigen Ungeheuern bewacht wurden. Aus Gründen, die nur Zaporavo bekannt waren, wollte er sein Wissen mit niemandem teilen, und schon gar nicht mit seiner eigenen Mannschaft.

Sancha beobachtete, wie er im tiefen Laubwerk verschwand. Kurz darauf sah sie Conan den Barachanier sich umdrehen, einen Blick über den Strand und auf die Männer werfen, die herumstanden oder saßen und dann schnell die Richtung einschlagen, die Zaporavo genommen hatte, und ebenfalls zwischen den Bäumen untertauchen.

Sanchas Neugier war geweckt. Sie wartete ungeduldig, daß die beiden zurückkämen, aber sie taten es nicht. Die Freibeuter streiften ziellos auf dem Strand umher, manche hatten sich auch landeinwärts gewandt und viele sich im Schatten schlafengelegt. Die Zeit verging, und Sancha wurde immer ungeduldiger. Trotz des Baldachins über dem Heckkastell brannte die Sonne heiß herab. Es war unerträglich still auf dem Schiff, und nichts tat sich, während gar nicht so weit entfernt, jenseits eines seichten Wasserstreifens, kühle Schatten und frisches Grün lockten, von köstlichen Früchten ganz zu schweigen. Außerdem reizte es sie herauszufinden, weshalb Zaporavo und Conan verschwunden waren.

Allzugut wußte sie, daß sie mit Strafe zu rechnen hatte, wenn sie den Anweisungen ihres grausamen Herrn nicht folgte. So blieb sie eine Weile zappelig vor Unentschlossenheit sitzen. Schließlich sagte sie sich, daß ein kleiner Ausflug an Land ein paar Peitschenhiebe wert wäre. So schlüpfte sie aus den weichen Ledersandalen und der dünnen Tunika und stand splitternackt auf dem Deck. Sie stieg über die Reling, kletterte die Ketten hinunter ins Wasser und schwamm an Land. Eine Weile blieb sie am Strand stehen, während ihre kleinen Zehen genußvoll mit dem weichen Sand spielten, und hielt Ausschau nach der Mannschaft. Sie sah nur ein paar der Männer in einiger Entfernung strandauf und strandabwärts. Viele lagen schlafend unter den Bäumen, die angebissenen goldenen Früchte noch in den Händen. Sie wunderte sich, daß sie so früh am Tag so tief schlummerten.

Niemand rief ihr einen Gruß zu, als sie das breite weiße Sandband überquerte und in die Schatten der Bäume trat. Sie stellte fest, daß die Bäume in unregelmäßigen Gruppen wuchsen und sich dazwischen sanfthügelige Wiesen erstreckten. Sie schlug die Richtung ein, die Zaporavo genommen hatte. Das frische Grün, das sich überall ausbreitete, bezauberte sie. Sie bestieg die niedrigen Hügel mit ihrem weichen Gras und den vereinzelten Hainen, und zwischen den Hügeln lagen nicht weniger saftig grüne Wiesen. All dieses augenerfreuende Auf und Ab verschmolz miteinander und bot ein gleichzeitig weites und doch begrenztes Bild, das eine verträumte, ja fast verzauberte Stille beherrschte.

Schließlich erreichte sie eine ebene Hügelkuppe, von einem weiten Ring hoher Bäume umsäumt. Und plötzlich machte das Gefühl, sich in einem Märchenland zu befinden, furchtbarem Grauen Platz. Sancha schrie unwillkürlich gellend auf, als sie sah, was auf dem blutigen zertrampelten Gras lag. Am ganzen Leibe zitternd, die Augen weit aufgerissen, wagte sie sich ein Stück näher heran.

Zaporava lag mit Augen, die blicklos in den Himmel starrten, auf der baumgeschützten Wiese. Eine häßliche Wunde klaffte in seiner Brust. Seine Klinge lag neben der kraftlosen Hand. Der Geier hatte zum letztenmal zugeschlagen.

Es kann nicht gesagt werden, daß Sancha ohne Gefühlsregung auf den Leichnam ihres Herrn starrte. Sie hatte keinen Grund gehabt, ihn zu lieben, aber er war der erste Mann gewesen, der sie besessen hatte. Sie weinte nicht um ihn, denn es war nicht Trauer, was sie empfand, aber sie bebte am ganzen Körper, das Blut schien ihr in den Adern zu stocken, und sie kämpfte verzweifelt gegen die Panik an, die sie zu überwältigen drohte.

Sie blickte sich nach dem anderen Mann um, den sie zu sehen erwartet hatte. Doch nichts als der Ring der dichtbelaubten Baumriesen und die blauen Hügel in der Ferne begegneten ihrem Blick. Hatte der Mörder des Freibeuters sich zu Tode verwundet davongeschleppt? Aber keine blutigen Spuren führten von der Leiche fort.

Verwirrt spähte sie durch die Bäume, als sie plötzlich erstarrte. Ein Rascheln der smaragdgrünen Blätter war zu hören, das nicht der Wind verursachte. Tapfer ging sie zu den Bäumen und versuchte mit den Augen das grüne Dunkel zu durchdringen.

»Conan?« rief sie fragend. Ihre Stimme klang seltsam und kraftlos in der ungeheuren Stille, die plötzlich auf sie drückte.

Sanchas Knie begannen zu zittern, als eine unerklärliche Panik sie überschwemmte.

»Conan!« schrie sie verzweifelt. »Ich bin es – Sancha! Wo bist du? Bitte, Conan …« Ihre Stimme erstarb, als ihre braunen Augen sich vor Grauen weiteten. Und dann stieß sie einen markerschütternden Schrei aus. Aber obwohl nur das ihr geholfen hätte, vermochte sie nicht zu fliehen, denn sie war wie gelähmt.

2

Als Conan Zaporavo zwischen den Bäumen verschwinden sah, hielt er die Chance für gekommen, auf die er so lange gewartet hatte. Er hatte weder von den Früchten gegessen noch sich an der Ausgelassenheit seiner Kameraden beteiligt. Unbemerkt hatte er den Schiffsherrn beobachtet. Da dessen Männer seine

Launen gewöhnt waren, hatten sie sich nicht weiter gewundert, als er seine Absicht kundtat, die fremde Insel allein zu erforschen, auch wenn sie möglicherweise Gefahren barg. Conan vergewisserte sich, daß sie viel zu sehr mit sich selbst beschäftigt waren, als auf ihn zu achten, und so schlich er wie eine Raubkatze hinter dem Kapitän her.

Conan unterschätzte seinen Einfluß auf die Mannschaft nicht, aber er hatte sich bisher weder durch Kampf noch besondere Beute das Recht erworben, den Kapitän herauszufordern, um durch einen Zweikampf auf Leben und Tod zu klären, wer als Führer besser geeignet war. In diesen leeren Gewässern hatte es keine Möglichkeit gegeben, seine Fähigkeiten nach den Regeln der Freibeuter zu beweisen. Die Mannschaft würde sich geschlossen hinter ihn stellen, wenn er den Kapitän offen zum Zweikampf aufforderte und ihn besiegte. Aber genausogut wußte er, daß keine Treue sie an einen Toten band, falls er Zaporavo tötete, ohne daß sie davon erfuhren. Auch in einem Wolfsrudel zählten nur die Lebenden.

Also folgte er Zaporavo mit dem Schwert in der Hand und fester Entschlossenheit, bis er zu einer tafelartigen Hügelkuppe kam, die von hohen Bäumen umgeben war, zwischen deren Stämmen hindurch er das sanfte Hügelland sich in die blaue Weite erstrecken sah. Mitten auf der Lichtung schien Zaporavo zu spüren, daß er verfolgt wurde. Mit der Hand um den Säbelgriff blieb er stehen und drehte sich um.

Er fluchte wild, als er den Piraten sah.

»Hund, warum läufst du hinter mir her?«

»Bist du wirklich so dumm, daß du fragen mußt?« entgegnete Conan lachend und kam auf den Freibeuter zu. Seine blauen Augen glitzerten, und seine Lippen waren zu einem schmalen Lächeln verzogen.

Mit einer finsteren Verwünschung riß Zaporavo die Klinge aus der Scheide. Stahl klirrte gegen Stahl, als der Barachanier mit blitzendem Schwert herankam.

Zaporavo hatte sich in Hunderten von Kämpfen zu Wasser und zu Lande bewährt, und es gab auf der ganzen Welt kaum einen, der in der Fechtkunst bewanderter war als er. Doch noch nie zuvor hatte er sich einer Klinge gegenübergesehen, die von den muskulösen und sehnigen Armen eines Mannes geführt wurde, der in den wilden Landen jenseits der Grenzen der Zivilisation aufgewachsen war. Seiner Fechtkunst standen Flinkheit und Kraft gegenüber, wie sie einem zivilisierten Mann fremd waren. Conans Kampfweise war ungewöhnlich, doch instinktiv und natürlich wie die eines grauen Wolfes. Die Feinheiten des Fechtkampfs waren so nutzlos gegen die primitive Wildheit wie die Geschicklichkeit eines Boxers gegenüber dem Angriff eines Panthers.

Zaporavo kämpfte wie noch nie in seinem Leben. Jeden Muskel, alle Kraft strengte er an, um die Klinge zu parieren, die wie der Blitz um ihn hieb und stach. In seiner Verzweiflung fing er einen mächtigen Schwung dicht am Griff seines Säbels auf, und er spürte, wie der gewaltige Schlag seinen Arm schier betäubte. Diesem Hieb folgte unmittelbar ein Stoß von solcher Gewalt, daß die scharfe Spitze durch Kettenhemd und Rippen wie durch Papier drang und das Herz darunter durchbohrte. Zaporavos Lippen verzogen sich im Todesschmerz, aber grimmig bis zum Schluß, drang kein Laut darüber. Er hatte sein Leben ausgehaucht, ehe er auf dem zertrampelten Gras zusammenbrach.

Conan säuberte sein Schwert, grinste erfreut und räkelte sich wie eine große Katze – doch plötzlich erstarrte er. Verwirrung löste seinen zufriedenen Gesichtsausdruck ab. Wie eine Statue stand er, das Schwert in der Hand.

Als er den Blick von seinem toten Gegner gehoben hatte, richtete er ihn geistesabwesend auf die Bäume vor ihm und die Gegend dahinter. Da hatte er etwas Phantastisches gesehen – etwas Unglaubliches und Unerklärliches. Über die Kuppel eines fernen Hügels war eine hochgewachsene schwarze Gestalt gerannt, die über ihrer Schulter eine nicht weniger nackte weiße trug. So plötzlich wie sie aufgetaucht war, war die Erscheinung dann auch wieder verschwunden.

Der Pirat schüttelte den Kopf, blickte ringsum, ehe er etwas unsicher den Weg zurückblickte, den er gekommen war. Er war verblüfft und ein wenig beunruhigt, wenn man das von einem Mann mit seinen stählernen Nerven überhaupt sagen konnte. In einer durchaus wirklichen Umgebung hatte sich eine Vision gezeigt. Conan zweifelte weder an seinen scharfen Augen noch an seinem Verstand. Er hatte etwas Fremdartiges, Unheimliches gesehen, dessen war er völlig sicher. Die Tatsache allein, daß ein Schwarzer einen Weißen durch die Gegend schleppte, war ungewöhnlich genug – aber dieser Schwarze war unnatürlich groß gewesen!

Noch einmal schüttelte Conan ungläubig den Kopf, dann machte er sich in die Richtung auf den Weg, in der er die Erscheinung gesehen hatte. Er überlegte nicht, ob dieser Schritt klug war – seine Neugier war so groß, daß er ihr ganz einfach nachgeben mußte.

Hügel um Hügel stieg er hoch und wieder hinunter, obgleich die allgemeine Neigung mehr aufwärts war. Alle Hänge waren mit weichem Gras bewachsen, und keinem fehlte zumindest eine Baumgruppe. Die niedrigen Hügelkuppen und schmalen flachen Täler dazwischen schienen kein Ende nehmen zu wollen. Doch endlich erreichte er die Kuppe, die er für die höchste der Insel hielt, und starrte überrascht auf all die grünen glänzenden Mauern und Türme, die sich, bevor er sie erreichte, so sehr in das Grün der Umgebung gefügt hatten, daß sie selbst für das schärfste Auge nicht erkennbar gewesen waren.

Er zögerte, umklammerte den Schwertgriff fester und stapfte weiter, denn allzusehr nagte die Neugier an ihm. Er sah niemanden, als er sich dem hohen leeren Torbogen in der gebogenen Mauer näherte. Vorsichtig spähte er hindurch. Ein weiter hofähnlicher Platz mit dichtem Grasteppich lag vor ihm. Er war von einer kreisrunden Mauer aus glasähnlichem grünen Gestein umgeben, in der sich mehrere Torbögen befanden. Auf den nackten Zehen, das Schwert in der Hand, schlich er hinein, wählte aufs Geratewohl eine der Türöffnungen und kam durch sie auf einen ähnlichen Hof. Über eine Innenmauer waren die Türme eines burgähnlichen Gebäudes zu sehen. Einer der Türme war in den Hof hinausgebaut, in dem er stand, oder ragte zumindest hinein. Eine breite Treppe führte an der Mauer entlang zu ihm hoch. Er folgte ihr und fragte sich, ob das auch wahrhaftig alles Wirklichkeit war oder nur ein von schwarzem Lotus hervorgerufener Traum.

Am Ende der Treppe stand er auf einem mit einer Brüstung umgebenen Sims oder einem Balkon, er war nicht sicher, was es war. Er konnte die Einzelheiten der Türme nun besser erkennen, aber sie hatten keine Bedeutung für ihn. Mit leichtem Unbehagen wurde ihm klar, daß keine normalen Menschen sie erbaut haben konnten. Zwar war die Architektur von einem bestimmten Ebenmaß, aber es war ein verrücktes Ebenmaß, wie kein geistig gesunder Mensch es sich hätte ausdenken können. Vom Gesamtplan der Stadt oder Burg oder Festung – oder wie immer man es nennen wollte – sah er genug, um das Bild einer größeren Zahl von hauptsächlich kreisrunden Innenhöfen zu erhalten, jeder mit seiner eigenen Mauer ringsum und mit den anderen durch offene Torbögen verbunden, und alle offenbar rund um die phantastische Burg oder Ansammlung von Türmen in der Mitte gruppiert.

Conan wandte sich in die entgegengesetzte Richtung zu diesen Türmen – und zuckte zusammen. Rasch kauerte er sich hinter die Brüstung des Balkons, oder was immer es war, und spähte vorsichtig darüber hinweg.

Der Balkon war höher als die Mauer gegenüber, und so konnte er darüber in einen weiteren grasbewachsenen Hof blicken. Die innere Biegung der gegenüberliegenden Mauer dieses Hofes unterschied sich von denen, die er bisher gesehen hatte. Sie war nicht glatt wie diese, sondern wies lange Reihen von Simsen auf, gefüllt mit kleinen Gegenständen, die für ihn keinen Sinn ergaben.

Aber er beachtete die Mauer im Augenblick nicht näher. Seine ganze Aufmerksamkeit galt einer Gruppe von Geschöpfen, die um ein mit dunkelgrüner Flüssigkeit gefülltes Becken in der Mitte des Hofes kauerten. Diese Kreaturen waren schwarz, nackt und menschengleich, aber der kleinste von ihnen hätte aufrecht stehend den riesenhaften Cimmerier um Kopf und Schultern überragt. Sie waren von schmalem feinen Körperbau, keineswegs mißgestaltet – wenn man ihre Größe als normal ansah. Aber selbst aus dieser Entfernung spürte Conan ihre teuflische Ausstrahlung.

In ihrer Mitte stand nackt und sichtlich furchterfüllt ein junger Bursche, den Conan als den jüngsten Matrosen der *Tagedieb* erkannte. Er also war der

Weiße gewesen, den der Schwarze über den Hügel geschleppt hatte. Conan hatte keinen Kampflärm gehört und sah keine Wunden oder auch nur Blutflecken an der glatten schwarzen Haut der Riesen. Vermutlich war der Bursche allein landeinwärts gewandert und dem Schwarzen, der ihm irgendwo aufgelauert hatte, in die Hände gelaufen. Conan nannte diese Kreaturen für sich nur Schwarze, weil ihm keine bessere Bezeichnung für sie einfiel. Instinktiv wußte er, daß diese hochgewachsenen Wesen keine Menschen waren, jedenfalls nicht, was man allgemein unter der Bezeichnung Menschen verstand.

Kein Laut drang zu ihm. Die Schwarzen nickten und gestikulierten einander zu, aber sie schienen nicht zu sprechen – hörbar zumindest nicht. Einer, der vor dem verängstigten jungen Freibeuter kauerte, hielt etwas Flötenähnliches in der Hand. Er setzte es an die Lippen und blies ganz offensichtlich, aber auch jetzt war kein Ton zu hören. Doch der junge Zingarier schien etwas zu hören oder zu spüren, denn er wich zurück. Er zitterte und wand sich nun wie in großen Schmerzen. Bald war zu erkennen, daß das Zucken seiner Glieder von einer gewissen Regelmäßigkeit war, die immer rhythmischer wurde. Der Junge begann sich ähnlich einer Kobra nach der Weise des Fakirs zu wiegen. Doch aus seinem Tanz war kein Eifer oder freudige Hingabe zu spüren, eine Hingabe ja, aber eine erzwungene, die grauenvoll zu beobachten war. Es sah aus, als griffe der unhörbare Flötenklang mit wollüstigen Fingern nach der Seele des Jungen und entränge ihr unter schrecklichen Folterqualen jeden ungewollten Ausdruck heimlicher Leidenschaft. Ein Zucken der Geilheit war es, ein Verrenken aus Lüsternheit, ein Aufbegehren heimlicher Gier – doch alles war erzwungen: ein Verlangen ohne Freude; Schmerz, auf gräßliche Weise mit Lust verbunden. Es war, als beobachtete man eine Seele, der man alle schützenden Hüllen entrissen hatte und die so in ihrer Nacktheit alle dunklen Geheimnisse offenbarte, die besser für immer verborgen geblieben wären.

Wie gelähmt vor Ekel und würgend vor Übelkeit starrte Conan auf das grauenvolle Schauspiel. Obgleich er selbst so sauber und natürlich wie ein Steppenwolf war, waren ihm doch die abartigen Geheimnisse der verderbten Zivilisation nicht fremd. Er war durch die Städte Zamoras gestreift und hatte die Frauen von Shadizar, der verruchten Stadt, kennengelernt. Aber er spürte hier eine Verworfenheit, die über jegliche menschliche Schändlichkeit hinausging – einen abartigen Zweig des Lebensbaums, der sich auf eine den Menschen unvorstellbare Weise entwickelt hatte. Es waren nicht die schrecklichen Zuckungen und Verrenkungen und die unzüchtige Haltung des Jungen, die ihn abstießen, sondern die kosmische Obszönität dieser Kreaturen, die die abgrundtiefen Geheimnisse im dunkelsten Winkel der menschlichen Seele ans Licht zu bringen vermochten und Freude an der Offenbarung dieser Dinge fanden, die nicht einmal in schreckerregenden Alpträumen angedeutet werden sollten.

Plötzlich nahm der schwarze Foltermeister die Flöte von den Lippen. Er erhob sich und beugte sich über die sich windende weiße Gestalt. Grob packte er den Jungen an Nacken und Gesäß, drehte ihn um und stieß ihn kopfüber in das grüne Becken. Conan sah das Schimmern des weißen Körpers im grünen Wasser, während der Schwarze seinen Gefangenen tief unter der Oberfläche hielt. Die anderen Schwarzen bewegten sich. Vorsichtshalber duckte Conan sich schnell hinter die Brüstung und wagte auch nicht, kurz darüber zu spähen, um nur ja nicht irgendwie entdeckt zu werden.

Doch nach einer Weile übermannte seine Neugier wieder die Vorsicht. Er hob den Kopf über die Brüstung. Die Schwarzen schritten in einer langen Reihe durch einen Torbogen in einen anderen Hof. Einer von ihnen stellte gerade etwas auf ein Sims der gegenüberliegenden Mauer. Conan erkannte ihn als den, der den Jungen gequält hatte. Er war größer als die anderen und trug ein edelsteinbesetztes Stirnband. Von dem jungen Zingarier war nichts zu sehen. Der Riese folgte seinen Artgenossen, und schließlich sah Conan sie aus dem Torbogen kommen, durch den er in diese Burg des Grauens gelangt war, und über die grünen Hügel marschieren, in Richtung auf die Bucht. Sie trugen keine Waffen, aber er spürte, daß sie etwas gegen die Freibeuter im Schilde führten.

Ehe er aufbrach, die ahnungslosen Kameraden zu warnen, wollte er sehen, was aus dem Jungen geworden war. Kein Laut störte die Stille. Er nahm an, daß er als einziger in dieser seltsamen Ansammlung von Höfen und Türmen zurückgeblieben war.

Schnell rannte er die Treppe hinunter, überquerte den Hof und eilte durch den Torbogen in den Hof mit dem grünen Becken. Jetzt sah er die Gegenstände auf den Simsreihen. Es waren Tausende von Figurinen, nicht viel größer als eine Männerhand. Und so kunstvoll und geschickt waren sie geformt, daß Conan die verschiedenen rassischen Merkmale ohne weiteres erkannte und sofort zu sagen wußte, welches Nachbildungen von Zingariern waren, von Argossanern, von Ophiten und kushitischen Korsaren. Die ersteren waren aus grauem Stein, die letzteren schwarz, wie auch in Wirklichkeit.

Conan war sich eines dumpfen Unbehagens bewußt, während er diese blicklosen Figuren betrachtete. Sie wirkten irgendwie allzu lebensecht. Er berührte sie. Sie waren nicht aus Stein, wie er ursprünglich angenommen hatte, das Material war ihm unbekannt, wenn es sich nicht um versteinerte Knochen handelte, aber er konnte sich nicht vorstellen, daß sie in dieser Menge hier zu finden waren.

Ihm fiel jetzt auf, daß die Figuren, die Rassen verkörperten, wie sie ihm vertraut waren, sich alle auf den höheren Simsen befanden. Auf den unteren standen Figurinen, deren Gesichtsschnitt ihm völlig unbekannt war. Entweder hatten die Künstler sie nach ihrer schöpferischen Phantasie geformt, oder sie stellten Angehörige von Rassen dar, die schon längst vom Antlitz der Erde verschwunden und vergessen waren.

Kopfschüttelnd wandte Conan sich dem Becken zu. Da der kreisrunde Hof keinerlei Versteck bot und der Junge nirgendwo zu sehen war, mußte seine Leiche am Grund des Beckens liegen.

Er näherte sich dem ruhigen grünen Wasser – oder was immer es war – und starrte hinein. Ihm war, als blickte er durch dickes grünes Glas, das irgendwie trügerisch wirkte. Das Becken war nicht allzugroß und mit grünem Jade eingefaßt. Als er sich vorbeugte und hinunterblickte, konnte er den leicht gewölbten Boden sehen, doch unmöglich schätzen, wie tief das Becken genau war. Aber da ihm beim Hinabschauen fast ein Schwindelgefühl beschlich, so als blickte er in einen ungeheuren Abgrund, mußte es ungewöhnlich tief sein – und deshalb staunte er, daß er den Grund überhaupt sehen konnte, wenn auch verschwommen und trügerisch, wie durch die dichten Schleier weiter Entfernung. Er bildete sich ein, ein schwaches Leuchten bemerkt zu haben, das jedoch beim zweiten Blick nicht mehr mit Sicherheit zu erkennen war. Er bezweifelte nicht, daß das Becken, vom schimmernden Wasser abgesehen, leer war.

Wo, in Croms Namen, war der Junge, der auf so grausame Weise in diesem Becken ertränkt worden war? Conan richtete sich wieder auf, legte die Rechte um den Schwertgriff und schaute sich noch einmal im Hof um. Sein Blick blieb an der Stelle auf einem höheren Sims hängen, wohin der große Schwarze etwas gelegt hatte. Plötzlich brach ihm kalter Schweiß aus.

Zögernd, doch wie magnetisch angezogen schritt der Cimmerier auf die schimmernde Mauer zu. Schier betäubt durch eine Ahnung, die zu schrecklich war, sie in klare Gedanken zu fassen, blickte er zu der letzten Figur auf diesem Sims hoch – und erkannte sie nur allzugut! Winzig, reglos, steinern starrte der junge Zingarier ins Nichts. Seine Züge waren unverkennbar. Unwillkürlich zuckte Conan zurück, bis in tiefste Seele erschüttert. Sein Schwert hing von der wie gelähmten Hand, seinen Mund hatte er vor Grauen weit aufgerissen. Das schreckliche Wissen, zu ungeheuerlich für den menschlichen Verstand, betäubte ihn.

Aber es bestand kein Zweifel. Das Geheimnis der Figurinen war aufgedeckt – obgleich dahinter ein noch entsetzlicheres Mysterium steckte.

3

Wie lange Conan über diese grauenvollen Verwandlungen grübelte, vermochte er nicht zu sagen. Eine Stimme riß ihn aus seinen quälenden Gedanken. Es war die Stimme einer Frau, die immer lauter schrillte, als käme sie näher. Conan erkannte sie, und sofort riß er sich aus seiner Betäubung.

Ein flinker Satz brachte ihn auf eines der höheren schmalen Simse. Er klammerte sich fest und stieß die dichtgedrängten Figuren zur Seite, um Platz für seine Füße zu haben. Ein weiterer Sprung, und er hing am Rand der Mauer und blickte darüber. Es war eine Außenmauer, und so konnte er die weiten grünen Wiesen sehen, die die Burg oder Stadt umgaben.

Ein riesenhafter Schwarzer stapfte durchs hohe Gras. Er hatte eine sich windende und um sich schlagende Gefangene unter einen Arm geklemmt, wie man vielleicht ein rebellisches Kind tragen mochte. Die Gefangene war Sancha. Ihr zerzaustes schwarzes Haar hing in sanften Wellen bis fast zum Boden. Ihre hellolivfarbene Haut hob sich auffallend vom tiefen Schwarz des Riesen ab. Er kümmerte sich überhaupt nicht um ihre Gegenwehr und ihre Schreie, während er zum Torbogen schritt.

Als er im Stadtinnern verschwand, sprang Conan hinunter und rannte durch die Öffnung in den nächsten Innenhof. Er kauerte sich an die Wand und sah, daß der Riese seine Gefangene in den Hof mit dem Becken trug. Jetzt konnte er das menschenähnliche Ungeheuer besser sehen.

Aus der Nähe war das Ebenmaß des Körperbaus noch beeindruckender. Kräftige Muskeln zeichneten sich unter der schwarzen Haut ab. Conan bezweifelte nicht, daß diese Kreatur einen normalen Sterblichen mit bloßen Händen zerreißen konnte. Die Fingernägel waren Waffen für sich – sie glichen den Krallen eines Raubvogels. Die Augen glitzerten wie bräunliches Gold aus einer Ebenholzmaske. Das Gesicht war unmenschlich, jeder Zug, jede Linie waren vom Bösen geprägt – Böses über jedes menschliche Maß hinaus. Die Kreatur war nicht menschlich, konnte es nicht sein. Sie war ein Auswuchs des Lebens aus den

Abgründen gotteslästerlicher Schöpfung – eine Perversion der natürlichen Entwicklung.

Der Riese warf Sancha ins Gras, wo sie zurückwich und noch furchterfüllter schrie. Der Schwarze schaute sich offenbar unsicher um. Als er die umgeworfenen Figuren bemerkte, verengten sich seine Augen. Dann bückte er sich, packte seine Gefangene an Nacken und Gesäß und schritt entschlossen zum Becken mit ihr. Da stürmte Conan wie der Wind durch den Torbogen und über den Hof.

Der Riese wirbelte herum. Seine Augen blitzten, als er den sonnengebräunten Rächer auf sich zustürmen sah. In seiner Überraschung lockerte sich sein grausamer Griff. Sancha entwand sich seinen Händen und fiel ins Gras. Die Klauenhände schossen Conan entgegen, aber der duckte sich und stieß sein Schwert in die Leistengegend des Riesen. Gefällt wie ein Baum stürzte der Schwarze zu Boden. Im nächsten Augenblick wurde Conan wild umklammert, als Sancha in hysterischer Erleichterung die Arme um ihn warf.

Der Cimmerier fluchte und befreite sich hastig. Glücklicherweise war sein Gegner bereits tot. Die goldenen Augen wirkten glasig, und die langen ebenholzschwarzen Glieder hatten zu zucken aufgehört.

»O Conan!« schluchzte Sancha und klammerte sich erneut an ihn. »Was wird aus uns werden? Wer sind diese Ungeheuer? Gewiß sind wir hier in der Hölle, und das war der Teufel …«

»Dann braucht die Hölle jetzt einen neuen Teufel«, sagte der Barachanier grinsend. »Aber wie hat er dich erwischt? Haben sie das Schiff eingenommen?«

»Ich weiß es nicht.« Sie wollte die Tränen abwischen und griff nach ihrem Rock, ehe sie sich erinnerte, daß sie nackt war. »Ich schwamm an Land. Ich sah, daß du Zaporavo folgtest, da folgte ich euch beiden. Ich fand Zaporavo – warst – warst du es, der ...«

»Wer sonst?« knurrte er. »Was dann?«

»Ich sah eine Bewegung zwischen den Bäumen.« Sie schauderte. »Ich dachte, du seist es. Also rief ich deinen Namen, und dann ... sah ich dieses schwarze ... Ungeheuer wie einen Affen zwischen den Ästen kauern und auf mich herunterstieren. Es war wie ein Alptraum. Ich konnte einfach nicht davonlaufen, nur schreien konnte ich. Und dann sprang es vom Baum und packte mich – ohhhh!« Sie barg ihr Gesicht in den Händen und zitterte bei dieser Erinnerung am ganzen Körper.

»Wir müssen von hier verschwinden«, brummte Conan und faßte Sancha am Handgelenk. »Wir müssen zur Mannschaft ...«

»Die meisten Männer schliefen am Strand, als ich aus dem Wasser kam«, sagte sie.

»Schliefen?« Er fluchte wild. »Was bei den sieben Teufeln ...«

»Horch!« Sie erstarrte.

»Ich habe es gehört!« brummte er. »Ein seltsames Stöhnen!«

Mit ein paar Sätzen sprang er die Simse erneut hinauf und blickte über die Mauer. Dann fluchte er so wild, daß Sancha zusammenfuhr. Die Schwarzen kamen zurück, doch weder allein noch mit leeren Händen. Jeder trug eine schlaffe Gestalt, manche schleppten auch zwei. Ihre Gefangenen waren die Freibeuter, und sie hingen kraftlos von den Armen der teuflischen Riesen. Hätten sie sich nicht hin und wieder schwach bewegt oder gezuckt, hätte Conan sie für tot gehalten. Sie waren entwaffnet, aber nicht entkleidet worden. Ein Schwarzer trug ihre Säbel in den Scheiden, einen ganzen Armvoll. Manchmal stieß einer der Seeleute einen Schrei oder ein Stöhnen hervor, wie in trunkenem Schlaf.

Conan schaute sich wild um. Drei Torbogen führten aus dem Hof des Beckens. Durch den östlichen hatten die Schwarzen den Hof verlassen, durch ihn würden sie vermutlich auch zurückkehren. Hinter dem westlichen hatte er sich versteckt gehalten, doch war ihm keine Zeit geblieben, sich dahinter umzusehen. Ohne sich in diesem Hoflabyrinth auszukennen, war er nun zu einer schnellen Entscheidung gezwungen.

Er sprang hastig wieder hinunter, ordnete in aller Eile die Figuren wieder ein, zerrte die Leiche des Schwarzen zum Becken und warf sie hinein. Sie versank sofort. Ganz deutlich sah Conan, wie sie immer kleiner und fester wurde. Schaudernd wandte er sich ab. Dann griff er nach Sanchas Arm und zog sie zum Südtor. Sie flehte ihn an, sie in das einzuweihen, was vorging.

»Sie haben sich die ganze Mannschaft geschnappt«, erwiderte er rauh. »Ich habe noch keinen Plan, aber wir werden uns einstweilen verstecken und die Burschen beobachten. Wenn sie nicht in das Becken sehen, ahnen sie möglicherweise überhaupt nichts von unserer Anwesenheit.«

»Aber sie werden das Blut im Gras sehen!«

»Vielleicht denken sie, einer ihrer eigenen Teufel hat es vergossen«, antwortete der Cimmerier. »Wir können es nur hoffen.«

Sie hatten inzwischen den Hof erreicht, von dem aus er hilflos der Marterung des Jungen hatte zusehen müssen. Eilig führte Conan das Mädchen die Treppe an der Südmauer hinauf, dann kauerten sie hinter der Balkonbrüstung nieder. Es war ein unsicheres Versteck, aber ein besseres würden sie nicht schnell genug finden.

Kaum waren sie dahinter verschwunden, marschierten die Schwarzen in den Hof. Vom Fuß der Treppe war ein beängstigendes Waffenklirren zu hören, so daß Conan erschrocken sein Schwert umklammerte. Aber die Schwarzen marschierten weiter durch das Südwesttor. Kurz darauf vernahmen sie dumpfe Schläge – vermutlich hatte man die Gefangenen ins Gras geworfen – und vereinzeltes Stöhnen. Ein hysterisches Kichern stieg in Sanchas Kehle auf. Hastig preßte Conan eine Hand vor ihre Lippen und würgte es ab, ehe es sie verraten konnte.

Nach einer Weile war das Trampeln vieler Füße auf der Grasfläche zu hören, dann setzte Stille ein. Conan spähte über die Mauer. Der Hof war leer. Die Schwarzen hatten sich wieder einmal um das Becken im anschließenden Hof gekauert. Auf die Blutflecken im Gras und auf dem Jaderand des Beckens achteten sie nicht. Ganz offensichtlich betrachteten sie Blutflecken als nichts Ungewöhnliches. Sie schauten auch nicht in das Wasser des Beckens, dafür lauschten sie viel zu hingerissen dem Flötenspiel des Größten unter ihnen.

Conan nahm Sancha an der Hand und schlich mit ihr die Treppe hinunter. Sie duckten sich, damit ihre Köpfe nicht über der Mauer gesehen werden konnten. Das Mädchen blickte furchterfüllt auf den Torbogen, der zum Hof mit dem Becken führte, aber durch den aus diesem Winkel weder das Becken noch die grauenvolle Meute zu sehen waren. Am Fuß der Treppe lagen die Schwerter der Zingarier. Sie waren es, deren Klirren sie gehört hatten, als die Schwarzen sie auf den Boden warfen.

Der Cimmerier zog das Mädchen zum Südwesttor. Leise überquerten sie die Grasfläche und betraten den Hof dahinter. Dort lagen die Freibeuter wirr durcheinander. Da und dort stöhnte oder ächzte einer unruhig. Conan beugte sich über sie. Sancha kniete neben ihm nieder und lehnte sich mit den Händen auf ihren Oberschenkeln vor.

»Was ist das für ein aufdringlich süßer Geruch?« fragte sie nervös. »Er kommt aus ihren Mündern.«

»Das sind die verdammten Früchte, mit denen sie sich vollstopften«, antwortete er leise. »Ich erinnere mich an den Geruch. Sie haben offenbar die gleiche Wirkung wie der schwarze Lotus, der einen in Schlaf wiegt. Bei Crom, sie fangen an aufzuwachen – aber sie sind unbewaffnet! Ich fürchte nur, diese schwarzen Teufel werden nicht mehr lange warten, bis sie ihren Zauber wirken. Welche Chance haben die armen Burschen unbewaffnet und schlaftrunken?«

Stirnrunzelnd dachte er nach, dann legte er eine Hand so fest auf Sanchas Schulter, daß sie zusammenzuckte.

»Hör zu! Ich locke die schwarzen Ungeheuer in einen anderen Teil der Burg und beschäftige sie dort eine Weile. Inzwischen rüttelst du die Kerle wach und bringst ihnen ihre Säbel, dann haben sie eine kleine Chance. Schaffst du das?«

»Ich – ich weiß nicht«, stammelte sie zitternd, ohne sich ihrer Worte überhaupt richtig bewußt zu sein.

Fluchend packte Conan ihr dichtes Haar nahe der Kopfhaut und schüttelte sie heftig.

»Du mußt es tun!« zischte er. »Es ist unsere einzige Chance!«

»Ich – ich tue mein Bestes!« versprach sie keuchend.

Conan versetzte ihr einen aufmunternden Klaps auf die Kehrseite, so daß sie fast vornüber kippte, und eilte lautlos davon.

Ein paar Herzschläge später kauerte er am Tor zum Hof des Beckens und beobachtete seine Feinde. Sie hockten immer noch rund um das Wasser, wirkten jedoch auf finstere Weise erwartungsvoll. Aus dem Hof, in dem die Freibeuter lagen, hörte er bereits lautes Stöhnen und vereinzelte benommene Verwünschungen. Er spannte die Muskeln, duckte sich wie ein Panther zum Sprung und atmete tief zwischen den Zähnen ein.

Der Riese mit dem edelsteinbesetzten Stirnband erhob sich und nahm die Flöte von den Lippen. Mit einem tigerhaften Satz war Conan unter den Schwarzen. Und wie ein Tiger im Sprung seine Beute schlägt, schlug auch Conan im Sprung zu. Dreimal sauste seine Klinge zum entscheidenden Hieb hinab, ehe auch nur einer sich gefaßt hatte und sich zu verteidigen versuchte. Und schon war er durch sie hindurch und rannte über das Gras. Drei der Ungeheuer blieben leblos zurück.

Zwar hatte sein Angriff die Riesen völlig überrascht, aber sie reagierten schnell. Als er durch das Westtor lief, waren sie ihm bereits dicht auf den Fersen. Ihre langen Beine trugen sie mit kaum vorstellbarer Flinkheit dahin. Conan zweifelte nicht daran, daß es ihm möglich wäre, sie abzuschütteln, aber das beabsichtigte er im Moment noch nicht. Er wollte, daß sie ihm eine geraume Weile nachhetzten, damit Sancha genug Zeit hatte, die Zingarier aus ihrem Betäubungsschlaf zu reißen und zu bewaffnen.

Er fluchte wild, als er den Hof hinter dem Westtor erreichte. Er war nicht kreisrund wie die anderen, sondern achteckig, und sein einziger Ein- und Ausgang war das Tor, durch das er gekommen war.

Herumwirbelnd sah er, daß die gesamte Meute ihm gefolgt war. Eine kleinere Gruppe versperrte den Eingang, der Rest fächerte aus und näherte sich ihm. Er blickte ihnen entgegen, während er sich langsam zur Nordwand zurückzog. Die Schwarzen bildeten einen Halbkreis, um ihn einzuschließen. Noch langsamer zog er sich zurück und beobachtete, wie der Abstand zwischen seinen Verfolgern sich weitete. Damit er nicht an einer Spitze der Sichelformation ausbrechen konnte, beeilten sie sich, die beiden Enden vorzuziehen.

Er beobachtete sie mit der ruhigen Wachsamkeit eines Wolfes. Als er zuschlug, war es mit der vernichtenden Plötzlichkeit des Blitzes – geradewegs in der Mitte der Sichel. Der Schwarze, der ihm im Weg gewesen war, sackte getroffen zusammen. Und schon war Conan aus er Umzingelung, ehe die beiden Riesen links und rechts von dem Gefallenen ihrem Kameraden zu Hilfe eilen konnten. Der Trupp am Torbogen machte sich auf seinen Ansturm bereit, aber der Cimmerier kümmerte sich nicht um sie. Er hatte sich umgedreht und beobachtete die Jäger mit unbewegter Miene und zweifellos ohne jegliche Furcht.

Diesmal formierten sie sich nicht zu einer dünnen Reihe. Sie hatten gelernt, wie tödlich es war, ihre Kräfte gegen eine solche Verkörperung reißender Wildheit zu verteilen. Sie bildeten eine geschlossene Formation.

Conan wußte: Wenn er dieser Masse klauenbewehrter Ungeheuer in die Hände fiel, konnte es nur einen Ausgang geben. Hatten sie ihn erst in Reichweite ihrer Krallen, nutzten ihm Flinkheit und Wildheit wenig gegen ihre viel größere Körperkraft. Sein Blick schweifte über die Mauer. In einer Ecke der Westseite entdeckte er einen simsähnlichen Vorsprung. Er wich in diese Richtung zurück. Die Riesen näherten sich ihm nun schneller. Offenbar bildeten sie sich ein, sie selbst drängten ihn in diese Ecke. Conan war ziemlich sicher, daß sie ihn für den Angehörigen einer ihnen weit unterlegenen Rasse hielten. Um so besser! dachte er. Nichts ist verhängnisvoller, als seinen Gegner zu unterschätzen.

Jetzt befand er sich nur noch etwa ein Dutzend Fuß von der Mauer entfernt. Die Schwarzen beeilten sich. Offenbar hofften sie, ihn in die Ecke zwängen zu können, ehe ihm seine Lage bewußt wurde. Der Trupp am Eingang hatte seinen Posten verlassen und schloß sich den anderen an. Leicht geduckt kamen die Schwarzen heran. Ihre Augen brannten wie goldenes Höllenfeuer, ihre Zähne glänzten weiß, die Klauenhände hatten sie erhoben, als müßten sie einen Angriff abwehren. Zweifellos erwarteten sie einen plötzlich wilden Zug ihres Opfers – aber als Conan ihn tat, kam er völlig überraschend für sie.

Der Cimmerier hob sein Schwert, machte einen Schritt auf sie zu, dann wirbelte er herum und stürmte zur Mauer. Mit einem federnden Sprung schoß er hoch in die Luft, und sein ausgestreckter Arm erreichte den Mauervorsprung. Seine Finger krallten sich fest. Ein ohrenbetäubendes Krachen war zu hören. Das Sims gab nach, und der Pirat stürzte jäh hinab.

Er schlug auf dem Rücken auf, den er sich trotz all seiner Geschmeidigkeit sicher gebrochen hätte, wäre er nicht im weichen Gras gelandet. Wie eine Raubkatze sprang er auf und wirbelte zu seinen Feinden herum. Nicht länger sprach spöttische Tollkühnheit aus seinen Zügen. Seine Augen blitzten wie blaues Eis. Er fletschte die Zähne. In Herzschlagschnelle war aus einem Bravourstück ein Kampf auf Leben und Tod geworden, und der Barbar reagierte mit der Wildheit seines Wesens.

Die Schwarzen, die einen Augenblick verwirrt angehalten hatten, stürmten auf ihn zu, um ihn zu Boden zu reißen. In diesem Moment durchbrach ein Gebrüll die Stille. Die herumwirbelnden Riesen sahen eine wirre Meute unter dem Torbogen. Die Freibeuter schwankten wie Betrunkene. Sie fluchten heftig, waren benommen und verwirrt, aber jeder hielt einen Säbel, und sie näherten sich mit einem Ungestüm, das keineswegs durch die Tatsache gedämpft wurde, daß sie noch völlig benebelt waren und nicht wußten, worum es eigentlich ging.

Als die Schwarzen sich ihnen ungläubig zuwandten, stieß Conan einen durchdringenden Schrei aus und schlug zu wie der Blitz. Scharenweise fielen sie unter seiner Klinge, während die Zingarier – zwar ein wenig torkelnd – näherstürmten und sich mutig auf ihre riesenhaften Feinde stürzten.

Die Freibeuter waren immer noch benommen. Sancha hatte sie verzweifelt aus ihrem Betäubungsschlummer gerüttelt, ihnen Säbel in die Hand gedrückt und sie zum Kämpfen aufgefordert. Sie hatten zwar nicht die Hälfte ihrer Worte verstanden, doch der Anblick der Fremden und des kämpfenden Conan genügte ihnen.

Im Handumdrehen wurde der Hof zum Schlachtfeld. Die Zingarier schwankten auf ihren Füßen, doch das minderte die Heftigkeit und Wirksamkeit ihrer Hiebe nicht. Sie fluchten ohne Unterlaß und wurden sich der Wunden, die sie einstecken mußten, überhaupt nicht bewußt.

Die Freibeuter waren weit in der Überzahl, doch die Schwarzen waren gefährliche Gegner. Sie ragten hoch über die Angreifer und nutzten ihre natürlichen Waffen mit verheerendem Erfolg. Krallen und Zähne stießen sie ins Fleisch ihrer Gegner, zerrissen ihnen die Kehle, und ihre Fausthiebe zerschmetterten Schädel. In diesem Handgemenge konnten die Freibeuter ihre überlegene Behendigkeit nicht richtig nutzen, und viele waren auch noch viel zu benommen, um den Schlägen auszuweichen, die sie unter normalen Umständen nie getroffen hätten. Sie kämpften mit raubtierhafter Wildheit und waren viel zu sehr darauf bedacht, tödliche Hiebe auszuteilen, als daß sie denen ihrer Gegner ausgewichen wären. Der Lärm war weniger der von klirrenden Klingen, als das dumpfe Hacken von Beilen, und die Schreie, das Brüllen und die Flüche waren schier unerträglich.

Sancha, die sich in den Torbogen gedrückt hatte, war von dem Lärm und grauenvollen Anblick schier gelähmt. Benommen starrte sie auf das wirbelnde Chaos, in dem Stahl blitzte und zuschlug, Arme vorwärtsschnellten, Zähne fletschten, verzerrte Gesichter auftauchten und verschwanden, weiße und schwarze Leiber zusammenstießen, einander umschlangen und in einem tödlichen Höllentanz hüpften.

Hin und wieder hoben sich Einzelheiten wie Umrisse auf blutigem Hintergrund ab. Sie sah einen zingaranischen Seemann die gespreizten Beine gegen das Gras stemmen und seinen Säbel auf einen schwarzen Kopf eindreschen. Ganz deutlich hörte sie das Fluchen des Freibeuters und sah, wie die Augen des Schwarzen rollten, so daß nur noch Weißes erkennbar war, während Blut aus der Wunde schoß. Der Sterbende griff mit den bloßen Händen nach der scharfen Klinge. Der Freibeuter versuchte benommen den Säbel zurückzuzerren, da hakte ein schwarzer Arm sich um seinen Hals, ein schwarzes Knie preßte sich in seinen Rücken. Sein Kopf wurde mit Gewalt zurückgerissen, sein Genick brach. Der Sieger schmetterte den toten Gegner zu Boden – da blitzte etwas bläulich von rechts nach links über seine Schulter. Er schwankte, sein Schädel kippte über die Brust, und er blieb tot im Gras liegen.

Vergebens versuchte Sancha, sich umzudrehen und von diesem entsetzlichen Schauspiel davonzulaufen, doch ihre Beine gehorchten nicht. Sie vermochte nicht einmal die Augen zu schließen oder abzuwenden, sie öffnete sie im Gegenteil noch weiter. Dieses Getümmel übertraf jeden Kampf zwischen menschlichen Gegnern, den sie bei Überfällen auf Küstenstädte oder beim Entern von Schiffen beobachtet hatte. Da entdeckte sie Conan.

Durch die Meute des Gegners von seinen Kameraden getrennt, war Conan von einer Sturzflut schwarzer Leiber zu Boden gerissen worden. Er wäre schnell zertrampelt worden, hätte er nicht einen der Riesen mit sich gezerrt, dessen Körper ihn nun schützte. Die Schwarzen stießen mit den Füßen nach dem Barachanier und versuchten, ihren strampelnden Kameraden hochzuziehen, aber Conan hatte die Zähne fest in den Nacken des Schwarzen geschlagen und ließ seinen lebendigen Schild nicht los.

Der Ansturm der Zingarier verschaffte ihm ein wenig Raum. Er warf den Schwarzen von sich und erhob sich grimmigen Gesichts und blutverschmiert. Die Riesen ragten wie gewaltige Schatten über ihm auf. Sie versuchten ihn zu packen und hieben wie mit Hammerschlägen durch die Luft. Aber er war so schwer zu fassen oder zu treffen wie ein Panther, der Blut geleckt hat, und bei jeder Bewegung seiner Klinge spritzte Blut. Die Wunden, die er bisher davongetragen hatte, hätten genügt, den Tod dreier normaler Sterblicher zu bedeuten, während seine stierhafte Lebenskraft ungemindert blieb.

Sein wilder Schlachtruf überdröhnte den Lärm des Gemetzels. Die benommen und trotzdem wie besessen kämpfenden Zingarier faßten neuen Mut und wurden zu wahren Berserkern, bis das Reißen von Fleisch und das Bersten von Knochen unter den Säbelhieben die Wut- und Schmerzensschreie fast übertönten.

Die Schwarzen schwankten und versuchten zum Tor durchzubrechen. Sancha schrie auf und brachte sich hastig in Sicherheit. So groß war die Hast der Riesen, daß zu viele gleichzeitig durch das Tor laufen wollten und nun eingezwängt waren. Triumphierend brüllten die Zingarier, hieben und stachen auf die gekrümmten Rücken ein. Der Torbogen war ein Trümmerhaufen, ehe die Überlebenden sich in alle Himmelsrichtungen in Sicherheit brachten.

Aus der Schlacht wurde eine Hetzjagd. Durch die grasbewachsenen Höfe flohen die Riesen, schimmernde Treppen hinauf, über die schrägen Dächer der Türme, ja sogar auf den Mauerkronen entlang, und ihnen dicht auf den Fersen die Verfolger, erbarmungslos wie Wölfe. Einige der Riesen stellten sich zum Kampf, wenn sie keinen Ausweg mehr sahen, und es gab weitere Gefallene. Doch der endgültige Ausgang war immer der gleiche: ein verletzter Schwarzer, der sich im Gras wand oder strampelnd von der Brustwehr oder von einem Dach geworfen wurde.

Sancha hatte im Hof des Beckens Zuflucht gesucht und kauerte dort zitternd an der Mauer. Im anschließenden Hof gellte ein grauenvoller Schrei, Füße trampelten über das Gras, und ein blutbesudelter Schwarzer rannte durch eine Toröffnung herein. Es war der Riese mit dem juwelenbesetzten Stirnband. Ein stämmiger Verfolger war ihm dicht auf den Fersen. Am Rand des Beckens wirbelte der Schwarze herum. Er hielt einen Säbel in der Klauenhand, der einem Sterbenden entglitten war. Als der Freibeuter sich furchtlos auf ihn stürzte, hieb der Schwarze mit der ungewohnten Waffe auf ihn ein. Der Zingarier fiel; doch so unbeholfen hatte der letzte überlebende Riese mit der flachen Klinge zugeschlagen, daß sie in seiner Hand vibrierte.

Erbost schleuderte er sie den Verfolgern entgegen, die durch einen Torbogen stürmten. Sein Gesicht war eine erstarrte Maske des Hasses, als er sich wieder dem Becken zudrehte. Conan bahnte sich einen Weg durch seine Kameraden und schnellte in weiten Sätzen über das Gras.

Der Riese warf die Arme hoch, und ein unmenschlicher Schrei entrang sich seinen Lippen – der erste Laut eines Schwarzen, seit der Kampf begonnen hatte. Er brüllte seinen ungeheuren Haß dem Himmel entgegen – und seine Stimme klang wie aus den Abgründen der Hölle. Bei diesem Schrei stockten die Zingarier. Nur Conan hielt nicht inne. Stumm und mit mörderischem Schwung sauste sein Schwert auf den Riesen zu.

Doch noch während die Klinge die Luft durchschnitt, sprang der Schwarze auf. Einen Herzschlag lang sah man ihn über dem Becken, dann brauste das Wasser ihm mit ohrenbetäubendem Tosen entgegen und hüllte ihn ein, der grünen Lava eines Vulkans gleich.

Conan konnte seinen wilden Sturm gerade noch am Jaderand bremsen. Er sprang zurück und schob auch seine Männer mit weit ausgebreiteten Armen zurück. Das grüne Wasser war zum Geysir geworden. Donnernd schoß es in gewaltige Höhen und bildete eine ungeheure Schaumkrone.

Conan scheuchte seine Männer zum nächsten Torbogen. Mit der flachen Klinge mußte er sie antreiben. Das Brüllen des Wassers schien sie ihrer Sinne beraubt zu haben. Er entdeckte Sancha, die furchterfüllt auf die brodelnde Wassersäule starrte. So laut schrie er ihr durch das Toben des Wassers zu, daß sie erschrocken zusammenzuckte und wieder zu sich kam. Mit ausgestreckten Armen lief sie zu ihm. Er klemmte sie sich unter einen Arm und stürmte aus dem Hof.

Die Überlebenden hatten sich in dem Hof zur

Außenwelt gesammelt. Ihre Kleidung hing in Fetzen von ihnen, keiner war ohne Verwundung davongekommen. Stumm stierten sie auf die gewaltige Wassersäule, die hoch über die Mauern ragte, hinein ins Blaue des Himmels. Ihr grüner Stamm war mit Weiß durchzogen, ihre Gischtkrone von dreifachem Durchmesser des Beckens. Es sah aus, als müsse sie jeden Augenblick zusammenstürzen und alles ringsum mit sich reißen, doch dann wuchs sie noch höher.

Conans Blick streifte über die erschöpften Freibeuter. Er fluchte, als er nicht mehr als zwanzig zählte. In der Erregung des Augenblicks packte er einen der Burschen am Nacken und schüttelte ihn heftig.

»Wo sind die anderen?« brüllte er.

»Es gibt keine anderen mehr!« schrie der Mann über das Toben des Geysirs zurück. »Die schwarzen Teufel haben sie umgebracht.«

»Dann nichts wie fort von hier!« Conan versetzte ihm einen solchen Stoß, daß er zum Außentor taumelte. »Jeden Augenblick wird der Brunnen platzen ...«

»Wir werden alle ertrinken!« kreischte ein Freibeuter und hinkte eilig zum Torbogen.

»Ertrinken, von wegen!« brüllte Conan. »Wir werden zu winzigen Figuren aus versteinerten Knochen! Verschwindet! Verdammt!«

Er rannte zum Tor, mit einem Blick auf dem tosenden Wasserturm, und dem nächsten auf die Nachzügler. Benommen vom Blutrausch, vom überstandenen Kampf und vom ohrenbetäubenden Brausen bewegten einige Männer sich wie Schlafwandler. Conan trieb sie auf seine Weise an. Er packte sie am Kragen, stieß sie heftig durchs Tor, half mit einem Fußtritt nach und ließ sich dabei in saftigen Bemerkungen über die Vorfahren seines jeweiligen Opfers aus. Sancha wollte bei ihm bleiben, aber er entriß ihr seinen Arm, an den sie sich geklammert hatte, fluchte wild und versetzte ihr einen so heftigen Klaps auf die Kehrseite, daß sie fast fiel. Aber es half. Sie rannte, ohne sich noch einmal umzuschauen, über die Ebene.

Conan blieb am Tor, bis er sicher sein konnte, daß alle Überlebenden aus der Burg waren und sich über die Wiese auf den Rückweg machten. Dann blickte er noch einmal zu der tosenden Wassersäule empor, im Vergleich zu der die Türme winzig wirkten. Nun beeilte auch er sich, die Burg des namenlosen Grauens hinter sich zu lassen.

Die Zingarier hatten das Ende der Hochebene bereits erreicht und verschwanden den Hang abwärts. Sancha wartete auf der Kuppe des ersten Hügels auf ihn. Neben ihr blieb er kurz stehen und blickte zurück zur Burg. Es sah aus, als wiegte eine gigantische Blume mit grünem Stengel und gewaltigen weißen Blütenblättern sich hoch über den Türmen. Das Tosen des Wassers war selbst aus dieser Entfernung noch ohrenbetäubend. Mit einemmal zerbarst die jadegrüne und eisweiße Säule mit einem Krachen, als spaltete sich der Himmel. Mauern und Türme der Burg verschwanden unter einer donnernden Flut.

Conan griff nach der Hand des Mädchens und rannte. Hang um Hang liefen sie hinauf und hinunter, verfolgt von einem Rauschen wie von einem Wildbach. Ein Blick über die Schulter zeigte ihnen ein breites grünes Band, das über die Hügel strömte. Das Wasser hatte sich nicht ausgebreitet und schien auch nicht zu versickern. Wie eine Riesenschlange schnellte es sich über Täler und Hügel. Es hielt einen ganz bestimmten Kurs ein – *es verfolgte sie!*

Diese Erkenntnis trieb Conan zu noch größerer Eile an. Sancha stolperte und fiel vor Verzweiflung und Erschöpfung wimmernd auf die Knie. Conan riß sie hoch und warf sie sich über die Schulter. Weiter raste er. Seine Knie zitterten, sein Atem kam keuchend. Vor Erschöpfung taumelte er schier. Vor sich sah er die Freibeuter, ebenfalls angespornt durch das Grauen, das sie verfolgte.

Plötzlich kam das Meer in Sicht. Durch die Schleier vor seinen Augen entdeckte Conan die *Tagedieb* offensichtlich unbeschädigt. Die Männer stolperten in die Boote. Sancha ließ sich, nachdem der Cimmerier sie abgesetzt hatte, auf den Boden fallen und blieb reglos liegen. Obgleich das Blut in seinen Ohren dröhnte und sich rote Schleier vor seine Augen schoben, legte Conan sich mit den keuchenden Seeleuten in die Riemen.

Mit letzter Kraft und obgleich ihre Herzen zu bersten drohten, ruderten sie zum Schiff. Der grüne Wildbach toste durch die Bäume am Strand. Sie stürzten wie gefällt. Und als die jadefarbige Flut sie überströmte, verschwanden sie und nahmen ein tiefes, finsteres Grün an.

Unbeschreibliche, instinktive Furcht trieb die Freibeuter an, ließ ihre gemarterten Körper noch mehr Anstrengung ertragen. Sie wußten nicht, wovor sie sich fürchteten, nur daß dieses schreckliche grüne Band Leib und Seele bedrohte. Conan kannte die wahre Natur dieses grünen Wassers, und als er sah, wie das breite Band in die Wellen glitt und auf sie zuschoß, ohne seine Form oder die Richtung zu ändern, legte er die letzte Kraft, die noch in ihm steckte, in das Ruder, so daß es in seinen Händen brach.

Aber die Boote erreichten die *Tagedieb*. Die Freibeuter kletterten die Ketten hinauf. Sie nahmen sich keine Zeit, die Boote an Bord zu hieven oder auch nur zu vertäuen. Schlaff wie eine Tote hing Sancha über des Cimmeriers Schulter, als er mit ihr an Bord stieg, wo er sie unsanft absetzte, um zum Steuerruder zu laufen und der Mannschaft Befehle zu erteilen.

Seit er sie in der Burg wiedergetroffen hatte, hatte er ihre Führung übernommen, und die Männer hatten es ohne zu murren anerkannt. Sie torkelten wie Betrunkene und arbeiteten mechanisch an Takelwerk und Brassen, lichteten die Anker, und schon blähten die Segel sich im Wind. Die *Tagedieb* erzitterte, schüttelte sich und schwang majestätisch seeeinwärts. Conan blickte zurück. Wie eine smaragdene Flammenzunge leckte das unnatürliche Wasserband, eine Ruderlänge entfernt vom Kiel des Schiffes, vergebens nach der *Tagedieb.* Aber weiter folgte es ihnen nicht. Es reichte nun durch eine selbstgeschaffene Schneise in den Bäumen ungebrochen über den weißen Strand, über zahllose Hügel und Täler, bis es sich in der weiten blauen Ferne verlor.

Als Conan wieder zu Atem gekommen war, grinste er seinen heftig keuchenden Männern zu. Sancha stand neben ihm. Dicke Tränen der Erleichterung perlten über ihre Wangen. Conans Beinkleider hingen in Fetzen von ihm. Waffengürtel und Schwertgürtel hatte er verloren. Seine Klinge, die er neben sich in die Deckplanken gestoßen hatte, war schartig und blutbefleckt. Arme, Beine, Brust und Schultern sahen aus, als wäre ein Panther über ihn hergefallen. Aber er grinste über das ganze Gesicht, als er die kräftigen Beine spreizte und sich mit spielenden Muskeln voll Lebenslust am Ruder umdrehte.

»Und jetzt?« fragte das Mädchen mit zitternder Stimme.

»Machen wir das Meer unsicher!« erwiderte er lachend. »Zwar können wir mit unseren Männern im Augenblick keinen großen Staat machen, aber für die normale Schiffsarbeit taugen sie gerade noch. An Seeleuten ist in keinem Hafen Mangel. Im nächsten vervollständigen wir unsere Besatzung. Komm, Mädchen, gib mir einen Kuß!«

»Einen Kuß?« rief sie schrill. »Zu einer Zeit wie dieser denkst du an Küsse?«

Sein Lachen überdröhnte das donnernde Knattern der Segel, als er Sancha von den Füßen riß und ihr einen schmatzenden Kuß gab.

»Ich denke an das Leben!« brüllte er. »Die Toten sind tot, und was vorbei ist, ist vorbei. Ich habe ein Schiff und eine kampferprobte Mannschaft, und dazu ein Mädchen mit Lippen süß wie Wein. Was brauche ich mehr? Leckt eure Wunden, Burschen, und zapfte ein Faß Bier an! Ihr werdet zu tun bekommen wie nie zuvor! Tanzt und singt, während ihr euch ein bißchen anstrengt, daß wir weiterkommen, verdammt! Zum Teufel mit der leeren See! Wir segeln in Gewässer, wo es sich lohnt, die Häfen zu plündern, und wo die Kauffahrer vollgestopft sind mit Kostbarkeiten!«

Einzelrechte

CONAN-SAGA

Robert E. Howard / Lin Carter / Lyon Sprague de Camp ·
Conan · 06/3202
Andrew J. Offutt · Conan und der Zauberer · 06/4006
Andrew J. Offutt · Conan der Söldner · 06/4020
Andrew J. Offutt · Conan und das Schwert von Skelos · 06/3947
Lyon Sprague de Camp · Conan und der Spinnengott · 06/4029
Robert E. Howard / Lin Carter / Lyon Sprague de Camp ·
Conan von Cimmerien · 06/3206
Poul Anderson · Conan der Rebell · 06/4037
Robert E. Howard / Lyon Sprague de Camp ·
Conan der Pirat · 06/3210
Karl Edward Wagner · Conan und die Straße der Könige · 06/3968
Robert E. Howard / Lin Carter / Lyon Sprague de Camp ·
Conan der Wanderer · 06/3236
Robert E. Howard / Lyon Sprague de Camp ·
Conan der Abenteurer · 06/3245
Lyon Sprague de Camp / Lin Carter · Conan der Freibeuter · 06/3972
(urspr. 1972 erschienen als Conan der Bukanier
unter der Nummer 06/3303)
Robert E. Howard / Lyon Sprague de Camp ·
Conan der Krieger · 06/3258
Lyon Sprague de Camp / Lin Carter / Björn Nyberg ·
Conan der Schwertkämpfer · 06/3895
Robert E. Howard / Lyon Sprague de Camp ·
Conan der Thronräuber · 06/3263
(urspr. 1971 erschienen als Conan der Usurpator unter derselben Nummer)
Lin Carter / Lyon Sprague de Camp · Conan der Befreier · 06/3909
Robert E. Howard / Lyon Sprague de Camp ·
Conan der Eroberer · 06/3275
Robert E. Howard / Björn Nyberg / Lyon Sprague de Camp ·
Conan der Rächer · 06/3283
Lyon Sprague de Camp / Lin Carter · Conan von Aquilonien · 06/4113

CONAN-SAGA

Lyon Sprague de Camp / Lin Carter · Conan von den Inseln · 06/3295
Lyon Sprague de Camp / Lin Carter · Conan der Barbar · 06/3889
Robert Jordan · Conan der Verteidiger · 06/4163
Robert Jordan · Conan der Unbesiegbare · 06/4172
Robert Jordan · Conan der Zerstörer · 06/6281
Robert Jordan · Conan der Unüberwindliche · 06/4203
Robert Jordan · Conan der Siegreiche · 06/4232
Robert Jordan · Conan der Prächtige · 06/4344
Robert Jordan · Conan der Glorreiche · 06/4315
John Maddox Roberts · Conan der Tapfere · 06/4346
Steve Perry · Conan der Furchtlose · 06/4663
Leonard Carpenter · Conan der Renegat · 06/4664
John Maddox Roberts · Conan der Champion · 06/4701
Steve Perry · Conan der Herausforderer · 06/4745
John Maddox Roberts · Conan der Marodeur · 06/4781
Robert E. Howard · Conan und der Schatz des Tranicos · 06/4915
Robert E. Howard / Lyon Sprague de Camp ·
Conan und die Flammenklinge · 06/4930
John Maddox Roberts · Conan der Draufgänger · 06/4959
Roland Green · Conan der Wagemutige · 06/4988
Leonard Carpenter · Conan der Kriegsherr · 06/5044
Leonard Carpenter · Conan der Held · 06/5081
Steve Perry · Conan der Unbezähmbare · 06/5098
Leonard Carpenter · Conan der Angreifer · 06/5143
Steve Perry · Conan der Landsknecht · 06/5197
Steve Perry · Conan der Schreckliche · 06/5198
Leonard Carpenter · Conan der Große · 06/5345
Roland J. Green · Conan der Beschützer · 06/5436
John Maddox Roberts · Conan das Schlitzohr · 06/5437
Sean A. Moore · Conan der Jäger · 06/5657
Roland Green · Conan am Dämonentor · 06/5899
Leonard Carpenter · Conan der Gladiator · 06/5957
DAS CONAN UNIVERSUM von *Erhard Ringer* · 06/4908